Pierre Bellemare est né en 1929.
Dès l'âge de dix-huit ans, son beau-frère, Pierre Hiegel, lui ayant communiqué la passion de la radio, il travaille comme assistant à des programmes destinés à R.T.L.
Désirant bien maîtriser la technique, il se consacre ensuite à l'enregistrement et à la prise de son, puis à la mise en ondes.
C'est Jacques Antoine qui lui donne sa chance en 1955 avec l'émission *Vous êtes formidables*.
Parallèlement, André Gillois lui confie l'émission *Télé-Match*.
A partir de ce moment, les émissions vont se succéder, tant à la radio qu'à la télévision.
Pierre Bellemare ayant le souci d'apparaître dans des genres différents, rappelons pour mémoire :
Dans le domaine des jeux : *La tête et les jambes, Pas une seconde à perdre, Déjeuner Show, Le Sisco, Le Tricolore, Pièces à conviction, Les Paris de TF1, La Grande Corbeille*.
Dans le domaine journalistique : *10 millions d'auditeurs*, à R.T.L.; *Il y a sûrement quelque chose à faire*, sur Europe 1; *Vous pouvez compter sur nous*, sur TF1 et Europe 1.
Les variétés avec : *Plein feux*, sur la première chaîne.
Interviews avec : *Témoins*, sur la deuxième chaîne.
Les émissions où il est conteur, et c'est peut-être le genre qu'il préfère : *C'est arrivé un jour*, puis *Suspens* sur TF1, sur Europe 1 *Les Dossiers extraordinaires, Les Dossiers d'Interpol, Histoires vraies, Dossiers secrets, Au nom de l'amour, Les assassins sont parmi nous, Par tous les moyens, Quand les femmes tuent, Les 1000 histoires, Les Grands Crimes de l'histoire, Les Tueurs diaboliques, Marqués par la gloire*, puis *Crimes de sang, Crimes passionnels, Nuits d'angoisse, La Peur derrière la porte*. Enfin, un roman, *La Fourmilière*.

Dans le Livre de Poche

Pierre Bellemare présente

C'EST ARRIVÉ UN JOUR, *t. 1 et 2*
SUSPENS, *t. 1, 2, 3, 4*

Pierre Bellemarre et Jacques Antoine

LES DOSSIERS D'INTERPOL, *t. 1 et 2*
LES AVENTURIERS
HISTOIRES VRAIES, *t. 1, 2, 3, 4, 5*
DOSSIERS SECRETS, *t. 1 et 2*
LES ASSASSINS SONT PARMI NOUS, t. 1 et 2.
LES DOSSIERS INCROYABLES
LES NOUVEAUX DOSSIERS INCROYABLES
QUAND LES FEMMES TUENT

Pierre Bellemare et Jean-François Nahmias

LES GRANDS CRIMES DE L'HISTOIRE, *t. 1 et 2*
LES TUEURS DIABOLIQUES

Pierre Bellemare, Marie-Thérèse Cuny,
Jean-Marc Épinoux, Jean-François Nahmias

L'ANNÉE CRIMINELLE, *t. 1 et 2*

PIERRE BELLEMARE
MARIE-THÉRÈSE CUNY
JEAN-MARC ÉPINOUX
JEAN-FRANÇOIS NAHMIAS

L'Année
criminelle

DOCUMENTATION : GAËTANE BARBEN

Tome 1

ÉDITION° 1
TF1 ÉDITIONS

J'habite à une quarantaine de kilomètres de Paris dans un petit village.

Il y a un an, en face de chez moi, sur un terrain en friche, un homme qui m'était inconnu a décidé de construire sa maison. En six mois le gros œuvre était achevé, la charpente disposée, la couverture de tuiles établie et puis… plus rien !

Le chantier resta désert de longues semaines. Pire… des fenêtres, des portes déjà montées disparurent. La maison à peine construite se délabrait. Pourquoi ce mystérieux abandon ?

C'est le maire qui allait me donner la clef de l'énigme. Le constructeur inconnu était marié et père de famille. À la suite d'une scène de ménage, le mari rendu fou furieux avait tué son épouse et ses deux enfants et retourné l'arme contre lui.

Aujourd'hui, la maison est devenue une curieuse ruine neuve et déjà le village lui a donné un nom : « le chantier des quatre morts ».

Il m'arrive souvent au hasard d'une promenade de m'arrêter en ce lieu et une même question s'impose à mon esprit : comment un homme, habité par le désir de construire un lieu de vie, peut-il être dans le même temps un exterminateur ? J'aimerais trouver le psychologue qui me donnera une réponse satisfaisante.

C'est parce que la vie des hommes fabrique les situations dramatiques les plus extraordinaires que notre équipe, depuis bientôt quinze ans, s'est efforcée de réunir les meilleurs dossiers ayant fait l'objet de communication dans la presse du monde entier. À chaque fois, nous avons tenté de vous faire découvrir les deux faces d'un même univers, l'apparente et la cachée.

Cependant, jusqu'ici, nos recherches étaient orientées vers le passé.

Avec Gaëtane Barben notre documentaliste, Marie-Thérèse Cuny, Jean-François Nahmias et Jean-Marc Épinoux, nous avons décidé de nous consacrer au présent, à l'année que nous *vivions. En prenant le recul nécessaire, nous avons voulu vous faire vivre et peut-être parfois mieux comprendre les grandes affaires de notre temps. Mais il arrive aussi qu'un petit fait divers en dise plus long sur l'évolution de nos mentalités qu'un grand drame. C'est pourquoi vous trouverez aussi dans ce livre le cocasse, le burlesque et même le comique.*

L'année criminelle, c'est le miroir de notre humanité telle qu'elle est, sans le maquillage des faux bons sentiments qui nous font dormir tranquilles.

Pierre Bellemare

« S'ils viennent, je les tue ! »
Belgique
Août 1991

Le 8 août 1991, la presse française relate avec des gros titres un terrible fait divers : les cadavres d'un couple de Français, de leur fille et de deux de leurs neveux, tous froidement abattus d'une balle dans la tête, ont été découverts le mardi 6 au matin, dans un petit bois, près d'une localité belge, au sud-ouest du pays, à quelques dizaines de kilomètres de la frontière.

Il s'agit de Frédéric R., sans emploi, et de sa femme Anne-Marie, ouvrière dans une usine de confection, tous deux habitant près de Valenciennes. Ils étaient en compagnie de leur fille Élodie, trois ans et demi, et de leurs neveux Jonathan, neuf ans, et David, quatorze ans. Les corps ont été découverts le long d'un sentier de grande randonnée, à quelques centaines de mètres de l'autoroute Bruxelles-Lille.

Les cinq corps avaient les pieds et les mains liés avec du fil électrique et avaient été placés dans de grands sacs plastique bleus de fabrication française. Un promeneur, intrigué par ces sacs, a alerté la police, qui a immédiatement fait transporter les corps à l'hôpital. L'autopsie a révélé que les cinq victimes ont toutes été tuées par balle de carabine 22 long rifle dans la tête. Jonathan a visiblement tenté d'échapper au tueur, car il a été abattu de quatre balles.

Selon les enquêteurs, les meurtres ont été commis le 5 ou le 6 août. Une instruction a été ouverte à Valenciennes et les polices française et belge coòpèrent étroitement. D'après les premiers éléments, les victimes n'ont pas été tuées sur place, mais peut-être dans le nord de la France. Elles ont été transportées après leur mort dans le bois, certainement dans une voiture.

Aucun papier d'identité n'avait été laissé, mais les enquêteurs ont identifié les corps grâce aux alliances, où était gravée l'inscription: «Anne-Marie/Frédéric» et la date du 14 juin 1986. Les victimes portaient des vêtements d'été et n'avaient aucune trace de violence, à part les blessures par balles.

Guy Poncelet, procureur du roi à Tournai, a confirmé que l'instruction serait confiée à un magistrat français s'il s'avérait que les meurtres avaient été commis en France. Il a tenu à déclarer:

– Toutes les pistes sont suivies, mais il ne s'agit pas d'un crime de rôdeur. Les R. n'avaient aucune raison particulière de se trouver en Belgique et ils ne faisaient pas de camping. Il ne s'agit pas d'une nouvelle affaire Dominici...

C'est de cette manière que commence ce sanglant fait divers, qui surprend les vacanciers au début d'un mois d'août ensoleillé. Dans leurs titres, les journaux cherchent leurs qualificatifs: «horrible», «atroce», «abominable». Et pourtant, le plus horrible, le plus atroce, le plus abominable est encore à venir. Car quand, quelques jours plus tard, on apprendra comment et pourquoi ce couple et ces trois enfants ont été assassinés, alors là, il n'y aura plus de mots et on restera sans voix...

Denis G. naît en 1964 dans ce pays essentiellement minier que constitue la région de Valenciennes.

D'ailleurs, son grand-père était mineur et son père lui-même est mineur. La famille est unie et courageuse :

La scolarité du jeune Denis se déroule sans problèmes. Il a de bonnes notes, il n'est pas turbulent. Il est bien intégré, jouant, en particulier, avec l'équipe locale de football et passant ses vacances avec les colonies des Houillères.

Denis entre en sixième au collège, mais après deux ans d'études, il s'oriente volontairement vers une filière professionnelle et passe un CAP de tourneur. Une fois sur le marché du travail, il se heurte au fort chômage qui sévit dans la région et doit accepter un poste de manutentionnaire dans un supermarché.

Il a seize ans… Au physique, il est très mince, presque fluet ; ce n'est pas loin d'être un gringalet. Sa seule particularité est la grosse moustache brune qu'il se laisse pousser. De caractère, il est peu expansif, plutôt secret, mais il n'a jamais eu de problème avec personne.

Sa passion d'alors est la moto. Quand il ne fait pas de longues promenades sur son engin, il s'enferme dans sa chambre pour écouter de la musique. Il sort peu avec les filles et préfère tenir compagnie à sa mère, pour laquelle il se montre le plus attentionné des fils.

Au retour de son service militaire, qu'il accomplit à la satisfaction de tout le monde, il fait la connaissance de Gaëtane, seize ans, qui travaille au même supermarché que lui et habite tout près. Le coup de foudre est réciproque. Les parents de Gaëtane sont réticents quand il est question de mariage, mais Denis sait faire preuve de toute la fougue de son âge :

– Si vous ne voulez pas que j'épouse Gaëtane, je la mets enceinte !

Ils se marient à l'été 1985 et s'installent dans un petit pavillon. Au début, tout se passe bien, jusqu'à ce que le caractère du jeune homme se mette à changer. Alors qu'il avait toujours été calme et mesuré, Denis devient jaloux

11

et autoritaire avec Gaëtane. Il l'enferme à la maison, la bat. Elle s'enfuit une première fois, revient, puis repart définitivement. Le divorce est prononcé après deux ans de vie commune et Denis retourne chez ses parents...

Son occupation de magasinier lui paraissant par trop inintéressante, il donne sa démission du supermarché et s'inscrit dans une maison d'intérim. Les choses se passent bien et il a de nombreux engagements comme tourneur. À part cela, sur le plan personnel, il est redevenu comme avant: un garçon tranquille et sans histoire. Il ne fume pas, ne boit pas, ne fait pas parler de lui. Maintenant qu'il a son permis de conduire, sa passion n'est plus la moto, mais la voiture. Sa mère lui a donné sa Ford noire et son plus grand plaisir est de parcourir les routes avec. En outre, il adore la pêche, la chasse et la photo.

L'année 1989 arrive et marque un tournant dans sa vie. C'est alors, en effet, qu'il rencontre Sylvie V. et, de nouveau, c'est un coup de foudre réciproque. Sylvie a dix-huit ans, il en a vingt-cinq. Elle vient de terminer ses études dans une école pour handicapés mentaux légers. Elle s'intéresse aux feuilletons télévisés et aux bandes dessinées sentimentales. Denis est le premier homme dans sa vie. Elle en fait tout de suite son dieu et lui est entièrement soumise.

Ils se mettent en ménage dans un modeste pavillon. C'est loin d'être un paradis: c'est une maison de briques au bout d'une allée de gravier, au milieu des herbes folles, mais c'est chez eux et ils sont heureux.

Denis change de voiture et s'achète une Ford Escort bleu métallisé. Sylvie et lui sont très amoureux et font, à son bord ou à pied, de longues promenades dans la forêt. Ils reçoivent peu, à part les parents du jeune homme et la vie s'écoule ainsi pendant deux ans.

Au début de l'été 1991, Denis trouve un emploi saisonnier sur le chantier du tunnel sous la Manche. Le travail commencera à la mi-août et durera un mois. Voilà qui est le bienvenu, car Sylvie est enceinte. Quand il l'a appris, Denis est allé déclarer leur concubinage à la mairie et ils ont décidé de se marier. L'enfant sera un garçon : ils ont choisi le prénom de Julien.

Bref, ce serait le bonheur simple et sans histoire d'un jeune couple comme tant d'autres, si, fin juillet, Denis ne voyait un 4X4 rouge à la vitrine d'un vendeur d'occasions. Et ce 4X4, il le veut tout de suite, il le veut absolument ! Ce n'est pas raisonnable : il n'a pas d'argent ; il n'a même pas fini de payer les traites de la Ford Escort. Qu'importe, il l'aura quand même ! Quand il s'agit de voitures, Denis n'est pas raisonnable...

Frédéric et Anne-Marie sont mariés depuis cinq ans. Ils n'habitent pas très loin de chez Denis au cœur de ce qui fut, il n'y a pas si longtemps, le pays minier. Comme Denis et sa compagne, ils sont de condition modeste et confrontés au problème du chômage. Si Anne-Marie a un emploi dans une usine de confection, Frédéric, mécanicien, est, pour l'instant, sans travail.

Cela ne les empêche pas de faire des projets d'avenir. Ils rêvent d'avoir une maison à eux où ils pourront s'installer, avec leur fille Élodie. C'est pour cela qu'ils ont ouvert un plan d'épargne logement, dans lequel ils ont réussi à placer 35 000 francs.

Et puis voilà que Frédéric apprend qu'une Ford Escort presque neuve est en vente pas loin, pour 46 000 francs. À ce prix-là, c'est une affaire. Il convainc sa femme de l'acheter avec le plan d'épargne. Elle seule a une voiture, une vieille R5, indispensable pour se rendre à son travail. Mais lui n'a aucun moyen pour se déplacer : comment trouver du travail dans ces conditions ? Tant pis pour la maison de leurs rêves. Elle attendra.

Frédéric et Anne-Marie se rendent chez Denis avec Élodie. Denis et Sylvie les accueillent devant leur pavillon de brique, au bout de l'impasse en gravier. La Ford Escort est là, dans le garage, toute brillante, toute pimpante : l'hésitation n'est plus permise !

Ils font affaire sans plus tarder. Frédéric règle Denis avec un chèque postal de 35 000 francs (le montant du plan), un autre chèque de 6 000 francs, plus 5 000 francs en liquide, et il repart au volant de sa nouvelle voiture, tandis qu'Anne-Marie rentre avec la R5, qui les avait amenés.

Trois jours après, Frédéric se rend à la préfecture pour faire établir sa carte grise. Mais là, une très mauvaise surprise l'attend. Au lieu de lui donner le document attendu, l'employé lui déclare :

– Je suis désolé : elle est gagée.

– Qu'est-ce que cela veut dire ?

– Que son propriétaire n'a pas fini de la payer. Dans ces conditions, vous ne pouvez pas avoir de carte grise.

– Mais qu'est-ce que je peux faire ?

– Allez trouver celui qui vous l'a vendue, rendez-lui la voiture et demandez-lui votre argent…

Frédéric est hors de lui : il s'est saigné aux quatre veines, il a perdu le bénéfice de son plan d'épargne logement, il a dépensé les économies de cinq ans et tout cela pour se faire rouler !

Dès qu'il est rentré chez lui, il téléphone à Denis, fou furieux. Il l'injurie, le traite de tous les noms, à commencer par celui d'escroc. Au bout du fil, Denis essaie de gagner du temps. Rembourser, ce n'est plus possible : il a déjà tout dépensé pour s'acheter le 4X4. Il fait de vagues promesses et raccroche.

Lorsque la communication est terminée, il discute de la situation avec Sylvie. Ce n'est, d'ailleurs, pas vraiment une discussion : Sylvie est toujours de son avis ; c'est plutôt une réflexion à haute voix qu'il se fait pour lui-même. Il devrait revendre le 4X4, pour rembourser Frédéric, mais cela, il ne veut pas en entendre parler. Alors, il prend sa décision et l'annonce à sa compagne :

– S'ils viennent, je les tue!...

Le 4 août, Frédéric appelle encore une fois. Ce coup-ci, il n'y a plus moyen de tergiverser. Denis change brusquement de ton. Il se fait aimable, charmant.

– Mais bien sûr: ramenez la voiture, je vous rendrai l'argent. Il ajoute seulement:

– Mais venez à deux voitures, car je ne pourrai pas vous raccompagner.

Et rendez-vous est pris pour le lendemain, 17 heures...

Denis ne perd pas son temps. Dans la matinée du lundi 5 août, il va acheter un 22 long rifle, avec de nombreuses munitions, deux chargeurs et un silencieux. Puis il revient à son domicile.

Le pavillon ne comprend, au rez-de-chaussée, qu'une seule pièce, qui sert à la fois de cuisine et de salle à manger. Une grande table en occupe le centre; le long du mur, un canapé en skaï. Denis cache le fusil chargé derrière la porte et prend soin de mettre des sacs plastique recouverts d'une couverture sur le canapé, pour nettoyer plus facilement le sang. Pour le reste il ne s'inquiète pas: il est un excellent chasseur et est sûr de faire mouche. À présent, il n'y a plus qu'à attendre...

À 16 h 30, Frédéric se met au volant de la Ford, tandis qu'Anne-Marie monte dans sa R5 avec Élodie. Jonathan et David, leurs neveux, qui se trouvent chez eux, demandent s'ils peuvent venir. Ils n'hésitent pas.

– Bien sûr. Cela vous fera une promenade. On sera de retour dans une heure.

Frédéric reste seul dans la Ford et les gamins s'installent à l'arrière de la R5, de chaque côté de la petite Élodie... Vers 17 heures, les deux véhicules arrivent dans l'impasse bordée de maisons tristes.

Frédéric et Anne-Marie ne sont nullement inquiets. Ils sont certains que tout va bien se passer, sinon ils n'auraient pas emmené les enfants. D'ailleurs, Denis est là, qui les attend sur le pas de sa porte surmontée d'un fer à cheval et les invite poliment à entrer. À ses côtés, Sylvie, dont la grossesse de sept mois est bien visible. Quelle image pourrait être plus rassurante ?

Le couple et les trois enfants pénètrent dans la pièce unique, qui se trouve dans le plus grand désordre ; des assiettes sales traînent un peu partout. Au mur, des sabots hollandais vernis forment l'unique décoration.

Des verres ont été disposés sur la table centrale. Sylvie vient apporter des bières, de l'orangeade et une carafe d'eau. La discussion s'engage, détendue d'abord, mais Frédéric se rend vite compte que son interlocuteur n'a pas l'intention de rendre l'argent. Le ton monte. Il lui demande, exaspéré, pourquoi il l'a fait venir pour rien.

Denis ne répond pas. Il n'est pas vrai qu'il les a fait venir pour rien. Il les a fait venir pour les tuer et la présence de trois enfants ne change rien à sa détermination. Il se dirige vers la porte. Sylvie, qui sait ce que cela signifie, quitte la pièce, pour ne pas prendre une balle perdue et le cauchemar peut commencer...

Denis revient, la carabine à la main. Frédéric et Anne-Marie sont sur le canapé : il commence par eux. Il tire sur Frédéric, qui est tué net d'une balle derrière l'oreille gauche. Insensible aux cris d'Anne-Marie, il l'abat d'une balle dans la nuque. Jonathan se lève et veut fuir, il le tue de quatre balles dans la tête, puis il abat David d'une balle à la tempe gauche. Il ne reste plus que la petite Élodie, qui ne bouge pas, terrorisée, sur les genoux de sa mère morte. Il lui loge une balle en plein milieu du front.

Il est 17 h 30. Sylvie a assisté sans mot dire au carnage. C'est sans son aide qu'il ligote les corps avec du fil électrique et les enferme dans des sacs plastique. Puis, en attendant la nuit, il lave le sang à la serpillière.

Vers 10 heures du soir, le téléphone sonne. C'est la sœur d'Anne-Marie, la mère du petit David. Elle savait que Frédéric et Anne-Marie devaient passer chez lui. Au comble de l'inquiétude, elle lui demande s'ils sont bien venus. Denis répond d'une voix parfaitement calme.

– Oui, ils sont venus. Ils m'ont rendu la voiture et je leur ai donné l'argent. Ils ont dû s'attarder en route.

À 22 h 30, il met les corps dans la R5 et les recouvre d'une bicyclette. Il prend la nationale 51, passe le poste frontière, non gardé, d'un village qu'il connaît bien, se débarrasse des corps dans la forêt, précipite la voiture dans le canal tout proche reliant l'Escaut au bassin minier de Charleroi, se débarrasse de son arme un peu plus loin et rentre avec la bicyclette...

Dès le début de l'enquête, Denis fait figure de principal suspect. L'histoire de la Ford Escort bleu métallisé est immédiatement connue et intrigue fortement les policiers. De toute manière, le jeune homme est la dernière personne à avoir vu Frédéric et sa famille vivants et c'est à ce titre qu'ils viennent le trouver. Il leur fait la même réponse qu'à la mère de David :

– Ils sont venus, je leur ai donné l'argent et ils sont partis.

S'il s'était troublé, s'il avait paru tant soit peu inquiet, les policiers auraient insisté, mais il semble parfaitement détendu. De plus, il y a la présence, à ses côtés, de Sylvie, enceinte de sept mois. Comment imaginer quoi que ce soit dans ces conditions ?

Dès qu'ils sont partis, Denis décide de disparaître avec sa compagne. Il va se rendre à Calais où se trouve le chantier du tunnel sous la Manche. Il y attendra son embauche. Et, peu après, ils prennent la route, à bord du 4X4 rouge pour lequel il a tué cinq fois.

En chemin, Denis s'arrête chez ses parents. Il leur explique qu'il va à Calais, leur demande de prendre soin de son chat Fred, de son coq et de ses deux poules, leur montre, très décontracté, un bermuda dont il vient de faire l'achat et s'en va...

Si, en se rendant à Calais, Denis espérait échapper à

la police, le calcul était bien naïf. Les heures passant, il s'avère non plus comme le principal suspect, mais comme le seul et, le 8 août, il est arrêté, dans un hôtel de la ville, en compagnie de Sylvie.

Il passe aux aveux le jour même, devant le substitut Pierson. Celui-ci, après l'avoir inculpé d'assassinats et Sylvie de complicité d'assassinats, a déclaré à la presse :

— Il s'agit d'un meurtre prémédité. Les victimes sont tombées dans un véritable guet-apens.

Tel est le récit que l'on peut faire du drame, d'après les aveux de Denis et de sa compagne. Leur fils Julien naîtra en prison. Quant à eux, ce sera à la justice de décider de leur sort.

« Omar m'a tuer »
France
1991

Un luxueux mas provençal, autour d'une piscine : c'est là que vit seule, sans domestique, Ghislaine M., soixante-cinq ans, richissime veuve d'un industriel.

Le dimanche 23 juin 1991, vers 11 h 45, une de ses amies l'appelle au téléphone depuis Londres. La conversation est tout ce qu'il y a de normal et de détendu. Une autre amie appelle vers 12 h 30 : le téléphone ne répond pas. C'est le lendemain qu'une voisine donne l'alerte. Le téléphone ne répond toujours pas et Ghislaine n'est pas du genre à partir sans prévenir.

La voisine décide de se rendre dans la villa avec son médecin et l'installateur du système d'alarme pour débrancher les nombreuses protections électroniques du mas. Mais l'alarme n'est pas mise et Ghislaine est introuvable. Il n'y a plus qu'à alerter les gendarmes.

Ceux-ci arrivent peu après et opèrent une fouille méthodique de la maison. Ils constatent que la porte de la chaufferie est fermée à clé et la forcent. Un lit pliant a été mis contre la porte pour constituer une barricade dérisoire. Ghislaine, une belle et élégante femme blonde, gît un peu plus loin, dans un peignoir de bain défait. Elle est morte, sauvagement assassinée à coups de couteau et de barre de fer.

Pourtant, le plus extraordinaire attend encore les gendarmes. Des morts, ils en ont déjà vu, mais pas ce qu'ils découvrent quelques instants plus tard. Sur un mur de la chaufferie est écrit en lettres de sang majuscules: «OMAR M'A TUER» et, un peu plus loin, sur un autre mur: «OMAR». Avant de mourir, la victime a, semble-t-il, désigné son assassin avec son propre sang. Jamais, peut-être, des enquêteurs ne se sont trouvés en présence d'un indice aussi sensationnel. On se croirait en plein roman policier.

Car Omar existe bel et bien! La voisine, qui est restée sur les lieux, le dit aussitôt aux gendarmes. Il s'agit d'Omar R., un Marocain de vingt-neuf ans, le jardinier de Ghislaine. Elle précise:

– Il travaille trois jours par semaine chez moi depuis plusieurs années. Je l'avais recommandé à Ghislaine, qui l'employait un jour par semaine. Dimanche, justement, il a travaillé chez moi toute la journée.

Le jour même, Omar R. est interpellé à Toulon, au domicile des parents de sa femme, qui vient d'accoucher. Il est conduit à la gendarmerie et gardé à vue.

Une enquête hors du commun commence. La presse s'empare de l'affaire et lui consacre de gros titres. Elle n'a pas fini d'en parler…

D'abord en raison de la personnalité de la victime. Grande, blonde, avec de magnifiques yeux bleus, douée d'un goût très sûr – c'est elle qui a choisi les meubles et les objets d'art de sa maison et qui en a dessiné les plans – Ghislaine n'était pas n'importe qui.

Elle ne laissait rien filtrer de sa vie privée. Elle avait même la manie du secret. Si on lui demandait ce qu'elle avait fait la veille, elle ne répondait jamais. Cela ne l'empêchait pas d'aimer les mondanités. Elle jouait très souvent au bridge, répondait aux invitations et recevait elle-même. C'était une femme de caractère, autoritaire, intelligente et cultivée. Malgré sa richesse, elle était économe, pour ne pas dire près de son argent. Elle conduisait elle-même sa Rolls-Royce pour aller faire ses courses au supermarché voisin.

Mais Omar, lui non plus, n'est pas n'importe qui. Malgré cette terrible accusation qui le désigne par-delà la mort, il fait preuve, dès le début, devant les gendarmes, d'un calme impressionnant, déroutant même. Il nie fermement, imperturbablement. Il y a, d'ailleurs, quelque chose qui en impose dans son physique. Il est mince, élégant, comme les bergers des montagnes de son pays, avec un visage racé à la petite moustache brune.

Les renseignements que les enquêteurs recueillent sur lui sont excellents. Ses voisins le décrivent comme un homme mesuré et toujours prêt à rendre service ; ses employeurs successifs comme irréprochable. Selon un rapport de la préfecture, c'est un immigré parfaitement intégré. Sa femme Latifa est une Française originaire du Maroc. Le couple est très uni et ils viennent d'avoir un deuxième enfant.

Devant les gendarmes, il confirme qu'il a bien travaillé le dimanche 23 chez la voisine de Ghislaine, précisant :

– J'ai quitté mon travail pour aller déjeuner chez moi. J'ai acheté du pain chez ma boulangère et j'ai croisé un voisin dans mon escalier. En repartant, j'ai téléphoné à ma femme, à Toulon, à partir d'une cabine près de mon domicile.

Renseignements pris, les deux témoins ne peuvent rien dire : ils n'ont pas fait attention. Pour le coup de téléphone, la vérification est en cours auprès des Télécom.

C'est avec ces éléments que, le 28 juin, madame Sylvaine Arfinengo, juge d'instruction à Grasse, inculpe d'homicide volontaire Omar, qui continue à protester de son innocence, avec le même calme et la même assurance. Il est incarcéré.

L'enquête se poursuit… Pour les journalistes comme pour les enquêteurs, le plus sensationnel est, bien sûr, le fameux « OMAR M'A TUER ».

Et d'abord, l'inscription est-elle bien de la main de Ghislaine ? A-t-elle pu vivre assez longtemps après ses blessures pour l'écrire ? Sans compter que l'étonnante faute d'orthographe – « TUER », au lieu de « TUÉE » – pose un problème de la part d'une femme aussi cultivée, passionnée de mots croisés et qui avait, d'après ses proches, l'intention d'écrire un roman. N'est-ce pas plutôt un assassin, encore inconnu, qui a écrit la phrase pour faire accuser Omar à sa place ?

Ce sont les examens scientifiques qui vont apporter les éléments de réponse, à commencer par l'autopsie. Ghislaine a été frappée de six coups de couteau aux jambes, au buste et à la gorge. L'arme était de petite taille et à la lame effilée. Elle a reçu, en outre, trois coups de barre de fer à la tête. Aucune de ces blessures n'a été immédiatement mortelle. Elle est morte entre un quart d'heure et une heure après avoir été frappée. L'heure de l'agression se situe entre 11 h 45 et 12 h 45. Enfin, il n'y a pas eu de violences sexuelles.

L'analyse graphologique n'est connue que fin août, deux mois après le meurtre, alors qu'un nouveau juge d'instruction, monsieur Jean-Paul Renard, a remplacé madame Sylvaine Arfinengo, partie en congé de maternité. Mais si l'analyse est tardive, elle est sans ambiguïté: Ghislaine est bien l'auteur des deux inscriptions. L'expert a comparé les majuscules sanglantes à des grilles de mots croisés remplies par la veuve. Or, les « R », en particulier, sont très caractéristiques et rigoureusement identiques.

Le graphologue ajoute que l'inscription « OMAR » a été faite après « OMAR M'A TUER ». C'est sans doute la même phrase inachevée. Or, « la deuxième mention, moins claire que la première, démontre des traces d'affaiblissement physiologique chez le scripteur, ce qui permet d'écarter l'hypothèse d'une quelconque mise en scène ».

Dans ces conditions, le meurtre peut être reconstitué de la manière suivante: Ghislaine nettoie la piscine à l'aide de l'aspirateur automatique qui, depuis quelque temps, marche mal. Elle se rend à la chaufferie où se trouve la machinerie, car elle est bricoleuse et fort capable de la réparer. C'est là qu'elle est surprise par son agresseur, qui la frappe d'abord à la tête avec une barre de fer. En voulant se protéger, elle a un doigt presque sectionné et perd sa prothèse dentaire. Le meurtrier la frappe alors à coups de couteau et tente en vain de l'égorger, puis s'enfuit. La malheureuse, qui perd son sang en abondance, met un lit de camp contre la porte pour l'empêcher de revenir et trace avec son doigt sanglant les deux inscriptions, avant de tomber sans connaissance.

Mais qui est l'assassin et pourquoi?

Il faut bien en revenir à Omar, qui est toujours en détention, en cette fin août, et qui reste le seul suspect. Il a un mobile éventuel: de mystérieux besoins d'argent. On a parlé de dettes de jeu, sans que la chose ait pu être prouvée. Il avait, en tout cas, demandé plusieurs avances à son employeur principal, la voisine de Ghislaine et à Ghislaine elle-même. A-t-il fait une nouvelle démarche de ce genre, le dimanche 23 juin, auprès de la veuve de l'industriel? Et celle-ci, qui était près de son argent et volontiers cassante avec le personnel, l'aurait-elle éconduit d'une manière insultante, ce qui l'aurait rendu fou furieux? L'hypothèse ne peut être écartée.

Il faut ajouter que si aucun des objets précieux du mas n'a été touché, pas plus que le chéquier de la victime, en revanche, on n'a retrouvé aucune somme en liquide dans la villa, ce qui, pour le fils de la victime, paraît invraisemblable.

Les enquêteurs examinent avec la plus grande minutie l'emploi du temps d'Omar au moment du meurtre.

Selon ses dires, il a quitté la villa de la voisine de Ghislaine à 12 h 05, en cyclomoteur, et il est arrivé à 12 h 10 chez sa boulangère. Celle-ci, vu l'affluence qui régnait ce dimanche, ne peut ni confirmer ni infirmer. Rentrant chez lui, Omar aurait rencontré un voisin, gérant de supermarché. L'homme est bien sorti à cette heure-là, mais il n'a pas vu le jardinier et il précise qu'il était en compagnie de sa femme et de ses enfants, ce que l'inculpé n'a pas dit.

Parmi toutes les affirmations du Marocain, il y en a une, en tout cas, qui est incontestable. Omar dit avoir téléphoné à sa femme d'une cabine située à proximité de chez lui, vers 12 h 50. Et là, les Télécom confirment : l'appel a bien été enregistré, à 12 h 51.

Il est établi, enfin, qu'Omar était de retour à la villa des voisins à 13 h 10. Ceux-ci lui ont même offert un sandwich et une glace. Il n'y avait rien d'anormal dans son comportement et ni sang apparent ni désordre dans ses vêtements, dont il n'avait pas changé.

Par conséquent, si l'on s'en tient aux seuls éléments certains, et en admettant qu'il ait menti pour tout le reste, Omar a quitté la villa des voisins de Ghislaine à 12 h 05 et il a téléphoné à 12 h 51. Entre les deux, il y a un trajet de 20 minutes aller et retour en vélomoteur. Il lui restait environ 25 minutes pour tuer la riche veuve, un temps très court, compte tenu des circonstances du meurtre, mais suffisant.

Reste son calme absolu quand il revient à 13 h 05 chez les voisins, l'absence de sang sur ses vêtements et la manière impressionnante avec laquelle, par la suite, il affirme son innocence. Tout cela plaide évidemment en sa faveur, à moins qu'on ait affaire à un meurtrier hors du commun.

Telle est la situation de l'enquête fin août 1991, alors

que les vacances se terminent et que les rues se vident de leurs estivants. Malgré les recherches très poussées des enquêteurs, Omar reste le seul suspect sérieux. Il avait un mobile et la possibilité matérielle de commettre le meurtre. Et surtout, il y a cette terrible accusation écrite par sa victime. Une contre-expertise a été demandée par ses avocats, mais de l'avis général, sa situation est délicate.

D'autant qu'à la suite d'un accident, Omar conserve trois doigts de la main droite privés de leur souplesse. Les enquêteurs se sont étonnés de la faiblesse des coups portés à la victime, à tel point qu'ils ont même pensé que l'assassin pouvait être une femme. Ce pourrait être, aussi, un homme handicapé.

En fait, tout va dépendre des examens chimiques, dont le résultat tarde, en raison de leur délicatesse. Un crime aussi sauvage a forcément laissé des traces sur les vêtements du meurtrier, sans compter que le sol de la chaufferie était couvert de poussière et qu'il doit en rester sur ses semelles.

Au moment de son arrestation, Omar ne présentait ni griffures ni ecchymoses. Mais il y avait peut-être des fragments de peau de la victime sous ses ongles. Des prélèvements ont été faits et leur résultat est attendu. Parallèlement, les mêmes prélèvements ont été pratiqués sur le cadavre pour y trouver des fragments de peau de l'assassin.

Un mois et demi passe. À la mi-octobre, tombe le résultat des examens.

D'abord la contre-expertise graphologique, qui confirme pleinement la première : les deux inscriptions «OMAR M'A TUER» et «OMAR», sont, sans discussion possible, de la main de Ghislaine. Le jardinier va-t-il donc être définitivement inculpé ? Non, car – c'est le coup de théâtre – tout le reste l'innocente !

Les examens physiologiques sont totalement négatifs. Il n'y a pas le moindre brin d'herbe sur le sol de la chaufferie du mas, alors qu'Omar avait fait des travaux de jardinage toute la matinée. Inversement, il n'y a pas, sur les semelles du Marocain, le moindre grain de la poussière provenant du sol de la chaufferie. Il n'y a pas sur ses habits la moindre molécule de sang et, sur le corps de la victime, alors qu'il y a eu lutte, on n'a pas retrouvé le moindre fragment de chair ou de cheveu du jardinier.

Ce n'est pas tout. Deux témoins se font, au même moment, tardivement connaître. Ils affirment avoir discuté non loin de la propriété de Ghislaine, le dimanche 23 juin entre 11 h 45 et 12 h 15 et n'avoir vu personne entrer ou sortir de la villa.

Du coup, le trou dans l'emploi du temps d'Omar se trouve singulièrement diminué. Il ne pouvait être déjà dans la maison, puisqu'il était dans la villa voisine jusqu'à 12 h 05. S'il est bien le criminel, il n'a pu entrer au mas qu'après 12 h 15. Compte tenu des vingt minutes pour faire l'aller et retour jusqu'à la cabine, il ne lui reste plus qu'un quart d'heure pour assassiner la veuve.

On en est toujours là, aujourd'hui. Dans ce déroutant dossier, digne de Simenon ou d'Agatha Christie, il ne reste qu'une certitude : c'est bien Ghislaine qui a désigné avec son sang Omar comme son meurtrier. Mais c'est désormais loin d'être une preuve contre lui, puisque les analyses n'ont pas pu établir qu'il s'était rendu dans la chaufferie.

Alors, on en revient à l'hypothèse d'une machination. C'est la thèse que soutiennent les avocats d'Omar. Ghislaine aurait écrit l'accusation sous la menace et même sous la torture, puisqu'elle a reçu six coups de couteau non mortels. Quant à la faute d'orthographe, elle a été faite exprès par Ghislaine pour qu'on ne croie pas que l'inscription était d'elle, femme lettrée. Elle a écrit «OMAR M'A TUER» pour innocenter Omar !

Alors, qui a tué la riche veuve et a monté cette extra-ordinaire machination ? Les enquêteurs se remettent à s'intéresser à des témoignages qu'ils n'avaient pas privilégiés jusque-là. On a vu, le jour du meurtre, vers 18 h 30, une grosse voiture de couleur foncée, immatriculée en Suisse, garée devant le mas. Au volant se tenait une femme à l'opulente chevelure blonde. Est-ce l'assassin, qui serait revenu effacer les traces de son crime, puisqu'il est établi que les coups ont pu être portés par une femme ?

Pour l'instant, il est impossible de répondre à cette question, pas plus qu'à toutes les autres que pose ce meurtre, qui, à mesure que le temps passe, devient de plus en plus mystérieux. Comme l'a dit maître Girard, l'un des avocats d'Omar : «Dès le départ, la solution est inscrite sur le mur et dès le départ, personne ne veut y croire. Voilà bien la singularité de cette affaire !»

Le pavillon des grabataires
Autriche
1989-1991

Un vieillard nommé Josef P., âgé de quatre-vingt-sept ans, mourant et grabataire de son état, n'a aucune raison de se promener dans les couloirs du Pavillon 5 de l'hôpital de L., en Autriche. Comment est-il arrivé là, à 5 heures du matin ? Meurt-on dans les couloirs ? Il avait un lit, où il était censé souffrir de tous les maux, sans compter ceux de l'âge.

Son cadavre gît en travers du couloir, à plusieurs mètres de la chambre qu'il occupait avec d'autres grabataires.

Le Pavillon 5 compte 95 lits affectés à des vieillards comme Josef. C'est le dernier lieu où l'on meurt, dans cet hôpital. L'endroit où l'on «remise» les condamnés. Cela s'appelle un mouroir, en termes clairs. Il y a des hommes et des femmes que leurs familles ne supportent plus. Ou qui n'ont plus de famille. Les grands malades en phase terminale, les grands-pères et les grand-mères parvenus au terme de leur trop longue vie, et qui encombrent les enfants et petits-enfants.

Des êtres humains qui n'ont plus d'autonomie, ne mangent et ne se lavent plus tout seuls, qu'il faut soigner comme des bébés dans leurs langes. Certains pleurent et geignent tout au long des jours et des nuits.

28

D'autres se taisent, paralysés, immobiles, déjà dans l'attente de la mort qui tarde à les enlever... à l'affection de qui ?

L'hôpital de L., en Autriche, n'est guère différent, en apparence, de tous les grands hôpitaux des grandes villes. Régulièrement, les aides-soignantes tirent un rideau entre deux lits, ou installent un paravent, et les vieillards s'en vont discrètement sur une civière, sous un drap blanc, rejoindre leur dernière demeure, la morgue de l'hôpital.

En sept ans, le Pavillon 5 a vu partir ainsi 3 126 malades. C'est dire que le Pavillon 5 est un ultime lieu de passage, qui se vide régulièrement et se remplit de même. Ces deux dernières années furent particulièrement déprimantes : 222 départs pour la morgue. Évidemment, sur un hôpital qui compte plus de trois mille lits... Mais la statistique des disparitions du Pavillon 5 semble avoir progressé. La moyenne d'âge des malades en est peut-être la cause ?

Ce mort dans ce couloir est tout de même troublant. Il convient de faire pratiquer une autopsie. Elle révèle une dose inquiétante, puisque mortelle, d'un produit nommé Rohypnol, un puissant tranquillisant, très puissant. On s'en sert dans les prisons pour calmer les femmes, surtout celles qui hurlent la nuit et qui souffrent d'enfermement. On s'en sert dans les hôpitaux pour calmer les souffrances, aider à dormir.

Josef est mort d'une dose excessive de Rohypnol. Quelqu'un lui a administré une piqûre. Ce quelqu'un s'est-il trompé dans la dose ? Le malheureux Josef, c'est visible, a dû se sentir mourir et, dans un dernier effort, s'est traîné dans le couloir à la recherche d'un secours impossible. En plein nuit, les aides-soignantes sont difficiles à joindre. Les journées sont dures et celles qui font les nuits cherchent à dormir, au moins entre minuit et 6 heures du matin.

La direction de l'hôpital, c'est-à-dire, au premier chef, son patron, le professeur P. et, au second chef, la responsable du Pavillon 5, le docteur Christiane S., délivrent cependant le permis d'inhumer, en juin 1987. L'enquête intérieure demeure floue. Quelqu'un a vu quelqu'un faire cette piqûre, mais il s'agit d'une erreur professionnelle, ou d'une aide à l'euthanasie ; on considère ici que point n'est besoin d'en faire une histoire. Un mourant est un mourant, à quelques jours, voire quelques heures près, cela n'est pas si important. Ce sont des choses qui arrivent.

L'enquête intérieure ne porte d'enquête que le nom, d'ailleurs. Mademoiselle Dorah F., infirmière d'origine chilienne, aurait vu une aide-soignante, du nom de Waltraud W., faire cette injection non prescrite. Au Pavillon 5, les aides-soignantes ont en charge des responsabilités qui dépassent de loin leurs capacités et leurs aptitudes. Par exemple, elles ont accès en permanence à l'armoire à pharmacie, où se trouvent les produits tels que le Rohypnol, l'insuline, le Valium ou le Deminal.

Normalement, toute utilisation de ces produits doit être faite sur prescription du médecin, et lesdits produits délivrés après vérification, par une infirmière-chef, qui devrait détenir la clé de l'armoire. C'est la règle. Mais dans nombre d'hôpitaux, la règle se déforme, et la pratique courante prend le dessus.

Au Pavillon 5, on laisse la pratique aux aides-soignantes. À elles de juger si tel ou tel malade souffre trop ou a besoin d'insuline. Cette coutume laxiste est éminemment dangereuse. Dorah en a parlé avec un camarade médecin, le docteur W. Elle lui a dit : « J'ai entendu des conversations, des bruits, selon lesquels certaines aides-soignantes piquent des malades pour les "calmer". »

Dorah n'a pas voulu à ce moment-là accuser directement une collègue, en l'occurence Waltraud ; elle est donc restée floue sur l'information. Le docteur W. prévient tout de même le grand patron, le professeur P. Et les choses en restent là.

Une seconde mort, suspecte a priori, celle de madame Anna U., ne fera pas avancer l'enquête intérieure. L'autopsie est négative. C'est que personne n'imagine encore de quelle manière il est possible « d'aider » quelqu'un à mourir, sans laisser de trace.

L'insuline laisse des traces, en revanche. C'est clair en ce qui concerne monsieur Franz K., dont les quatre-vingts ans réchappent de justesse à une overdose. Et le vieillard ayant réchappé explique que l'aide-soignante Waltraud a fait cette piqûre d'insuline après l'avoir fait transporter dans une chambre particulière à un lit, chose suffisamment exceptionnelle pour devenir suspecte.

C'est ainsi qu'éclate la plus grande affaire criminelle en Autriche depuis la fin de la dernière guerre. Une énormité, une monstruosité telle, qu'elle laisse les enquêteurs et les journalistes pétrifiés.

Elles sont quatre. Une seule va parler et dénoncer les autres en s'accusant elle-même. S'accuser tout en s'excusant, d'ailleurs. Qu'y a-t-il de plus normal que d'aider les mourants à mourir ?

Stefania M., cinquante et un ans, mère de famille, grand-mère, dévouée, si dévouée à ses malades qu'elle a accepté comme argent comptant les conseils de Waltraud : « Que ceux qui doivent mourir meurent. » Et de désigner ceux que Waltraud, Irene L. et Maria G. ont fait mourir.

Il y en a 42 dont elle se souvient, il y en a peut-être, et sûrement, d'autres, dans les deux dernières années, mais elle ne veut parler que de ceux qu'elle connaît…

Voici venir au fronton de la presse internationale, « les anges de la mort ».

C'est au procès que le monde apprend leur existence et leurs mœurs. Quatre aides-soignantes, pas même infirmières diplômées, quatre femmes dont les tâches devraient, en principe, se réduire aux soins corporels, à l'administration de médicaments prescrits aux heures prescrites. Quatre femmes en blouse, chargées de soulager, de laver, de calmer, d'accompagner la souffrance. Le métier, certes, le plus difficile au monde et le plus mal payé, compte tenu des responsabilités et de la moralité qu'il réclame.

À l'hôpital de L., il était entre les mains de quatre femmes dont les compétences, le niveau intellectuel et la moralité étaient juste suffisants pour manier les serpillières et vider les bassins.

C'est ainsi que la première d'entre les quatre, la meneuse, Waltraud, trente-deux ans, ayant remarqué un jour qu'une piqûre de Rohypnol avait fait mourir un malade cardiaque, s'est dit tout simplement: «Mourir pour mourir, cancer ou Rohypnol, choisissons le Rohypnol.»

Ou l'insuline, ou le Deminal, ou la méthode du bain de bouche... c'est là que rien ne va plus. C'est là qu'aucune des quatre femmes ne peut prétendre avoir pratiqué l'aide à la fin, l'euthanasie, l'allégement des souffrances, et la mort en pente douce...

Le bain de bouche, c'est l'horreur.

Il existe une méthode couramment appliquée aux malades semi-comateux pour les faire boire et ingurgiter les médicaments: pincer le nez du malade, afin qu'il ouvre grand la bouche, aplatir la langue avec une spatule, pour qu'il ne l'avale pas, introduire la pilule et un peu d'eau, avec précaution, et faire déglutir, toujours avec précaution, le malade. Avec précaution car, s'il déglutit mal et que le liquide passe dans les bronches, donc dans les poumons, il s'asphyxie... La voilà, la méthode utilisée. Il suffit de pincer le nez, d'aplatir la langue, de faire couler de l'eau, et de laisser faire l'asphyxie. L'étouffement peut durer des heures, mais ça ne laisse pas de trace.

Waltraud, dans sa jeunesse, voulait devenir infirmière mais a raté l'examen. Elle a trente-deux ans, au procès. Des lunettes rondes et larges de chouette prise au piège. Il lui est attribué la responsabilité de vingt-quatre meurtres à elle seule, sur les quarante-deux répertoriés par l'accusation. Plus quelques tentatives ratées.

Stefania, cinquante et un ans, la mamie du Pavillon 5, si serviable, que les malades adoraient, vient loin derrière avec cinq meurtres, accomplis seule, et sept en complicité avec « la chef » Waltraud.

Irene, vingt-neuf ans, quatre meurtres en solitaire, et quatre en duo avec Waltraud.

Maria, vingt-huit ans, deux meurtres. Par Rohypnol. Elle se déclare incapable de noyer un malade par bain de bouche.

Toutes les trois disent de Waltraud qu'il était impossible de lui résister : c'était elle la chef des gardes-malades et elles l'ont crue lorsqu'elle leur a affirmé qu'il fallait abréger les souffrances de tel ou telle malade. De celui-ci, qui les empêchait de dormir en gémissant la nuit ou en réclamant à boire toutes les cinq minutes. De celle-là, qui n'en finissait pas d'étouffer, et de faire sous elle. De cet autre, qui voulait de la lessive pour laver ses chaussettes.

Un malade leur a-t-il jamais demandé la mort comme une grâce et une délivrance ?

Non. Jamais. Il faut être conscient pour cela et les grabataires, les comateux, les mourants en phase terminale de cancer, de diabète, d'embolie pulmonaire, ne parlent plus. Ils gémissent. Livrés, entièrement livrés à la main qui vient piquer, ou faire boire.

Elles ont tenté de plaider l'euthanasie. Mais leurs

déclarations, durant l'enquête, ne permettent d'affirmer qu'une chose: ces quatre femmes sont douées d'une «insensibilité qui méprise l'être humain».

Voilà qui rappelle certains souvenirs.

Waltraud en est l'exemple le plus évident. L'idée de se débarrasser des vieillards gênants lui est venue, en somme, «naturellement». «Puisqu'ils devaient mourir!»

Se sent-elle coupable? Il est clair que non. Un peu déstabilisée par l'ampleur du procès, certes, mais s'acharnant contre toute évidence à utiliser des phrases du genre: «Abréger les souffrances», «Faire mourir plus vite»... en utilisant la technique du bain de bouche. L'euthanasie est difficile à prétendre, ensuite. Des heures de souffrance, un étouffement long et sadique, dans le seul but de ne pas laisser de trace. Pourquoi pas un tuyau de gaz?

Mais nous sommes à Vienne, en Autriche, dans l'immense palais de justice aux murs de marbre, et l'avocat général Kloyber n'ira pas jusqu'à cette comparaison, qui vient pourtant à l'esprit.

Waltraud a montré aux autres comment tuer. C'était devenu une habitude. La preuve en est que 800 ampoules de Rohypnol ont disparu du placard, à l'étage du Pavillon 5, en un mois, alors que la moyenne dans les autres services était de 20.

Mais qui regardait ailleurs, lorsque s'ouvrait le placard aux médicaments? Qui détournait les yeux, lorsque défilaient les civières?

Tout le monde, apparemment. Le personnel de l'hôpital, sa direction, comme les familles.

Quatre semaines de procès et dix-sept jours d'audience, seize heures de délibérations pour un jury d'assises de six femmes et deux hommes.

La plus énorme affaire criminelle en Europe jugée cette année.

Mis à part quelques noms, relevés au hasard des dépositions des témoins, les victimes de cet holocauste bien particulier ne figureront sur aucun monument funéraire.

Il a été beaucoup question d'expertise, d'autopsie, de technique, de barbituriques. Beaucoup question, aussi, de la psychologie des accusées. L'une passe pour «intelligence moyenne avec personnalité dominante». L'autre pour une «simple d'esprit». Celle-là pour une «naïve», celle-ci pour une «manipulée».

Peu importe. Qui aurait envie de comprendre pour excuser? Pas un journaliste de la presse autrichienne, en tout cas. Non plus que les correspondants de la presse internationale.

Lorsqu'on demande à Waltraud si un seul de ses malades lui a demandé «d'abréger ses souffrances», elle répond:

– Non. Jamais.

«Moi, on ne m'arrêtera jamais», disait-elle à ses complices.

– Quand j'ai montré à Irene comment on piquait les vieux, elle a trouvé ça «super»... affirme-t-elle au président.

Elles sont piteuses, insolentes, ou en larmes, mais d'une froideur terrible, lorsqu'il s'agit des faits.

Et l'on refuse de se perdre en questions à leur sujet, on refuse de détailler les rapports psychiatriques, de découvrir la moindre explication de meurtre qui conduirait à la moindre excuse.

C'est humain. Elles ne le sont pas.

Même si le problème hospitalier en Autriche posait, paraît-il, des problèmes insolubles, vu le vieillissement de la population, le manque de place, le manque d'effectifs, le manque de qualification du personnel, et les salaires trop bas.

Au début de ces longues journées d'audience, le

public venait, comme au spectacle, examiner les monstres alignés. Puis l'indifférence est arrivée. Tous ces gens qui n'ont pas honte de laisser mourir leurs vieux à l'hôpital n'allaient pas se fâcher outre mesure. Mieux valait oublier l'horreur. Ne pas aller chercher trop loin les responsabilités, pas plus haut que dans la salle de soins du Pavillon 5.

Le patron a été démis de ses fonctions.

Le maire de L. a décerné un blâme à la police locale.

Waltraud a été condamnée à perpétuité.

Irene, perpétuité.

Stefania, vingt ans.

Maria, quinze ans. Pour avoir aidé l'enquête et dénoncé l'affaire avec bonne volonté.

Waltraud, que l'on dit la plus forte, la plus froide, s'est effondrée au moment du verdict.

Au cours de l'enquête, l'une de ses complices avait fait remarquer à un policier :

– C'est elle qui faisait tout, elle disait même : « Celui-là, il est pour moi »...

Aucune trace de culpabilité, aucun remords, le Pavillon 5 était son abattoir personnel ; les grabataires, du bétail à garder. Mais elle s'effondre au verdict...

Un personnage et un comportement qui rappellent trop de sinistres souvenirs.

Les Six de Birmingham
Grande-Bretagne
1984-1991

Londres, 14 mars 1991, à 15 h 45 : six hommes se fraient un passage, au milieu d'une foule en délire. On les acclame, on veut les approcher, les toucher, les contempler.

Les six hommes manifestent, eux aussi, leur joie, mais leur attitude est étrange, un peu irréelle. Ils semblent comme étonnés de se trouver là. Ils ne sont pas vieux : la quarantaine, la cinquantaine, peut-être, mais leurs visages sont étrangement marqués. Les uns ont des rides profondes, les autres, les cheveux tout blancs, d'une blancheur anormale, sans la moindre trace de gris, comme celle de la farine ou de la neige. De toute évidence, ces six hommes ont souffert...

Ils ont souffert exactement seize ans, trois mois et trois semaines. Comment ne pas connaître le nombre exact de jours lorsqu'on les a passés en prison et qu'on vient d'être les victimes d'une des plus dramatiques et des plus monstrueuses erreurs judiciaires de ce siècle ?

Remontons le temps. Nous sommes le jeudi 21 novembre 1974, dans un train qui fait le trajet entre Birmingham et le port d'Heysham, dans le Lancashire.

Il y a là cinq des hommes dont nous venons de parler. Richard McIlkenny, le plus âgé, quarante et un ans, John Walker, Paddy Hill, William Power et Gerard Hunter, le plus jeune, vingt-six ans.

Il est 19 h 30. Le soir est tombé depuis longtemps. Gerard Hunter sort un paquet de cartes de sa poche.

— Hé, les gars, qu'est-ce que vous diriez d'une petite partie ?

— Une grande, tu veux dire ? On ne sera à Heysham que dans trois heures. Allez, distribue !

Hunter s'exécute et les cartes passent de mains en mains...

Ils se connaissent bien tous les cinq. Ils sont tous de condition modeste, ouvriers dans la grande ville industrielle de Birmingham. Ils sont, surtout, tous Irlandais du Nord et cela signifie beaucoup de choses, en cette année 1974 où l'Armée républicaine irlandaise, organisation terroriste plus connue sous les initiales d'IRA, multiplie les attentats.

Depuis le 1er janvier précédent, il n'y en a pas eu moins de huit à Birmingham, et cinquante-huit dans le reste de l'Angleterre, dont certains très meurtriers. C'est une véritable atmosphère de guerre civile qui règne dans le pays. De chaque côté – Anglais protestants, de l'un, Irlandais catholiques de l'autre – la tension est à son comble.

La présence des cinq hommes dans le train Birmingham-Heysham est liée directement à la situation politique. Le dernier attentat de l'IRA, la semaine précédente, a échoué, mais il a fait tout de même une victime : James Mac Dade, le poseur de bombes, tué par son engin. Or, les cinq hommes connaissaient bien Mac Dade, un jeune homme un peu exalté, même s'ils ignoraient qu'il faisait partie de l'IRA : ils ne l'ont appris qu'à cette occasion.

Le terroriste doit être enterré dans son pays, à Belfast, et ils ont décidé d'assister à ses funérailles. Tout à l'heure, ils prendront le ferry pour leur île natale. Ce n'est pas qu'ils approuvent tout ce que fait l'IRA, et encore moins qu'ils soient terroristes eux-mêmes ; mais ils veulent réconforter la famille de Mac Dade. Et puis, ce sera l'occasion de revoir leurs propres familles qui sont restées là-bas. En attendant, Richard McIlkenny, John Walker, Paddy Hill, William Power et Gerard Hunter poursuivent tranquillement leur partie de cartes...

Au même moment, à Birmingham, deux hommes poussent la porte d'un pub. L'un est tout jeune, l'autre dans la force de l'âge. Le jeune porte une lourde valise. Ils s'attablent et commandent deux bières brunes irlandaises.

Après quelques minutes, ils se lèvent. Personne n'a fait attention à eux. Personne n'a remarqué qu'ils avaient laissé leur valise sous la table et que le plus jeune tremble comme une feuille. Quelques pas encore et ils ont disparu.

Il règne dans l'établissement l'animation traditionnelle des pubs anglais des quartiers populaires : à travers la fumée dense des cigarettes, ce sont des éclats de voix, des rires, des débuts de chanson. Qui pourrait entendre, dans un tel vacarme, le fort tic-tac qui s'échappe de la valise ?...

Birmingham, 20 heures juste. Un homme hors d'haleine entre dans une cabine téléphonique et compose fébrilement le numéro de la police.

– Ici l'IRA. Code convenu : double x. Deux bombes ont été posées dans deux pubs de la ville, le *Mulberry Bush* et le *Tavern in the Town*. Dépêchez-vous, elles vont sauter d'un instant à l'autre !...

20 h 05, dans le train qui conduit au port d'Heysham. Gerard Hunter abat son jeu avec un petit sourire satisfait. Ses quatre compagnons ont des exclamations dépitées.

– Encore gagné ! Qu'est-ce que tu as comme veine, ce soir !

– Qu'est-ce que vous voulez, les gars, il y a des jours comme ça…

20 h 06, deux explosions terribles secouent la grande cité industrielle de Birmingham : le *Mulberry Bush* et *le Tavern in the Town* ont explosé. Quelques minutes plus tard, les sauveteurs découvrent un spectacle d'horreur. Dans les décombres, les blessés hurlent ou gémissent, les mourants râlent. C'est un carnage. Quand un peu plus tard on pourra faire le bilan, on dénombrera vingt et un morts et cent vingt-six blessés. C'est – et de très loin – l'attentat le plus meurtrier de l'IRA en Angleterre…

Heysham, 23 heures. Les passagers du train de Birmingham descendent sur le quai. Ils sont surpris de découvrir des forces de police considérables. Les agents vérifient l'identité de tout le monde. C'est bientôt au tour des joueurs de cartes. L'un d'eux questionne, tandis qu'on examine leurs papiers :

– Qu'est-ce qu'il se passe ?

– Un attentat à Birmingham. Il y a beaucoup de victimes. On contrôle tous les trains qui viennent de la ville… Mais dites-donc : vous êtes d'Irlande du Nord, tous les cinq. Où vous allez, comme ça ?

– À Belfast.

– Et pour quoi faire ?

Il ne sert à rien de nier. De toute manière, les policiers apprendraient la vérité. Les cinq hommes avouent donc.

– On allait aux obsèques de James Mac Dade. On le connaissait. Enfin, on connaissait surtout sa famille. Mais il n'y a pas de mal à ça…

Non, il n'y a pas de mal à cela. C'est ce que semble penser le commissaire principal d'Heysham, que ses agents viennent d'alerter. Il s'adresse fort courtoisement à eux.

– C'est une affaire très grave. Nous sommes obligés de tout vérifier. Voulez-vous bien nous suivre au poste ?

– Bien sûr. On ne demande qu'à aider…

Au poste, tout se passe avec une identique correction, même si, visiblement, les policiers sont très nerveux. La liste des victimes ne cesse de s'allonger. Ils sont tous pâles; ils serrent les dents.

Le commissaire principal appelle au téléphone ses collègues de Birmingham.

– J'ai ici cinq Irlandais qui allaient à Belfast pour les obsèques de Mac Dade. Est-ce que vous auriez quelque chose sur eux? Voici leurs noms et leurs adresses…

Quelques minutes d'attente, puis le commissaire principal raccroche.

– C'est bon. Il n'y a rien à votre sujet.

Les cinq hommes s'apprêtent à partir, mais le commissaire se ravise.

– J'y pense… Cela vous ennuierait de passer un test pour vos mains? C'est par acquit de conscience.

Les Irlandais n'ont aucune raison de refuser.

– Bien sûr. Si ça peut vous aider…

Peu après, ils se retrouvent en présence du docteur Skuse. À un peu moins de quarante ans, Frank Skuse s'est spécialisé dans le dépistage des traces d'explosif. Il a mis au point un test permettant de détecter les traces de nitrocellulose, élément entrant dans la composition de la dynamite.

Il prend la main du premier des joueurs de cartes, badigeonne ses doigts avec un coton imbibé de son réactif, le presse au-dessus d'une coupelle et regarde, tout en comptant lentement:

– Un… Deux… Trois… Quatre… Cinq… Six… Sept…

Les quelques gouttes de liquide incolore viennent subitement de se teinter en rouge. Et il en est de même, quelques minutes plus tard pour les quatre autres. Positifs! Ils sont tous les cinq positifs! Les poseurs de bombes, ce sont eux! Les monstres de Birmingham, responsables de tant de victimes innocentes se nomment

Richard McIlkenny, John Walker, Paddy Hill, William Power et Gerard Hunter!

Alors d'un coup, dans le commissariat, tout bascule. Ces citoyens de la plus vieille démocratie du monde, ces policiers dont la correction est universellement vantée deviennent soudainement des bêtes sauvages.

Il y a des heures que la radio diffuse des reportages insoutenables où les cris des victimes se mêlent aux sanglots de leurs familles, et voilà que ceux qui ont fait cela sont devant eux. Il faut qu'ils payent et tout de suite!

– Salaud d'Irlandais! Tu as de la dynamite sur les mains!

Un premier coup part, puis un second. Les gradés interviennent, mais ce n'est pas pour arrêter leurs hommes.

– Pas de marques sur le visage. Surtout, pas de marques sur le visage!

Les cinq hommes tombent. Ils sont frappés à terre avec plus de férocité encore. C'est une partie de football hystérique qui commence au commissariat d'Heysham, avec toujours la même injure qui revient:

– Salaud d'Irlandais!

Elle couvre les protestations des cinq hommes qui, le souffle coupé, la bouche en sang, essaient désespérément de se faire entendre.

– Vous êtes fous! C'est pas nous! On n'a rien fait...

Leur cauchemar dure jusqu'à 9 heures du matin. À contrecœur, les chefs sont obligés de donner à leurs hommes l'ordre d'arrêter, car le commissariat ouvre et il ne faut pas que le public entende des cris de douleur ou des bruits de coups.

Le soir, les prisonniers sont conduits en fourgon de Heysham à Birmingham où l'instruction doit avoir lieu et leur calvaire recommence.

Livrés à eux-mêmes, sans témoins, dans leur véhicule qui fonce sur l'autoroute, les policiers se déchaînent. Ils visent les cinq hommes avec leurs revolvers ou menacent de les jeter par la portière, précisant:

— C'est sans risque! On dira que vous avec essayé de vous évader.

Paddy Hill voit un policier lui enlever ses menottes. Ce dernier crie à son chef, qui est assis à côté du conducteur et fixe la route:

— Il y en a un qui veut s'enfuir!

Le gradé répond sans se retourner:

— Abattez ce salaud! Vous êtes couvert par les ordres!

Personne ne sera abattu. Mais rien, cette nuit-là, n'empêchait que cela se produise...

À Birmingham, les cinq hommes sont remis à la brigade des West-Midlands, spécialement créée pour lutter contre le terrorisme. Pendant soixante-douze heures, le temps que dure la garde à vue, ils sont privés de nourriture, privés de sommeil. Dans leur cellule, on les vise avec le canon d'une arme ou on leur crie des ordres dès qu'ils ont la moindre tentation de se reposer:

— Debout! Assis! Marchez!

Et on les interroge sans relâche. Car il faut les faire avouer, et non seulement ils n'avouent pas, mais ils crient leur innocence avec toutes les forces qui leur restent. Alors, tous les moyens sont bons. Il y a les coups:

— Avoue, sinon je vais te faire interroger par un gars qui a perdu sa petite amie dans l'attentat et quand tu sortiras de ses mains, tu seras en bouillie!

Arrive alors un colosse qui se met à frapper...

Il y a la mise en scène de l'exécution: on met une couverture sur la tête de l'interrogé, on lui crie:

— Tu vas mourir!

Et on tire un coup de feu contre son oreille...

Les pressions psychologiques ne sont pas moins terribles. Les cinq hommes sont isolés les uns des autres; on dit à chacun d'eux que les autres ont avoué. On les terrorise sur le sort de leur famille.

– Ta maison est cernée par la foule. Si tu n'avoues pas, elle va lyncher ta femme et tes enfants. Si tu signes, on les mettra en lieu sûr.

Les prisonniers n'avouent pas, mais ils parlent tout de même. C'est ainsi qu'ils révèlent aux policiers qu'ils devaient être six à se rendre à Belfast. Un de leurs amis, Hugh Callaghan avait l'intention de les accompagner. Mais retardé au dernier moment, il a manqué le train.

Callaghan est arrêté séance tenante. Rentrant de son travail, il découvre des policiers chez lui, en compagnie de sa famille apeurée. Un des hommes se jette sur lui et lui met un revolver sur la tempe.

– Qu'est-ce que j'ai fait ?

– Tu vas le savoir très vite !

Hugh Callaghan, quarante-quatre ans, le plus âgé des six, rejoint donc ses compagnons. Pour lui, le test du docteur Skuse est négatif, mais qu'est-ce que cela change ? Cela prouve tout simplement que c'était lui la tête, le chef. Dans un commando, il y en a qui ne se salissent pas les mains. Ce sont même ceux-là les plus coupables... On va le soigner, Callaghan !

L'être humain a ses limites. Les prisonniers sont abrutis de coups, n'en peuvent plus de douleur, sont soumis à une suggestion systématique, incessante :

– Tu l'as fait ! Tu l'as fait ! Tu t'es mis dans la tête que ce n'était pas toi, mais tu l'as fait !

Alors, ils finissent par craquer. Quatre d'entre eux signent leurs aveux. Leurs déclarations sont incohérentes : rien ne concorde, ni l'emplacement des bombes ni les horaires, mais qu'importe ! On a fini par les avoir, on peut les conduire en prison, y compris les deux qui n'ont pas signé. Cela ne change rien. Cela prouve que ce sont des fortes têtes, et ce n'en est que plus accablant pour eux...

Nous sommes le 25 novembre 1974, quatre jours se sont écoulés depuis l'attentat, mais l'opinion publique de Birmingham ne s'est pas calmée, bien au contraire. Des cocktails Molotov sont jetés contre un centre de la communauté irlandaise. Dans la cité ne vivent pas moins de cent mille Irlandais et la tension est telle que leurs employeurs leur demandent de ne pas se rendre à leur travail, sinon, ils risqueraient leur vie.

Alors, on peut imaginer ce que pense la population de ceux que la police lui désigne comme les auteurs de l'attentat et qui, de surcroît, viennent de signer leurs aveux! C'est un déferlement de haine inimaginable. Il faut rétablir pour eux la peine de mort. Et encore, la corde serait trop douce! Il faut les faire mourir à petit feu, leur infliger les pires supplices!

Abasourdis, pantelants, les six prisonniers quittent le siège de la brigade des West-Midlands pour la prison de Winston Green. Ils vivent depuis leur arrestation un cauchemar absurde, inimaginable, mais ils pensent qu'au moins leurs souffrances physiques sont terminées. En prison, ils vont récupérer et, une fois qu'ils auront retrouvé leurs forces, ils pourront rétablir la vérité.

Ils se trompent: c'est exactement l'inverse. En prison, ils vont entrer dans l'enfer. À présent, ce n'est plus de passage à tabac qu'il faut parler, mais de véritables tortures.

Les gardiens sont là, qui les attendent, dans la cour de Winston Green, la matraque à la main. Les policiers les font descendre du panier à salade, leur disent:

– Voilà les poseurs de bombes!

Et ils s'en vont... Alors, c'est la ruée. Une horde hurlante se jette sur eux. Et les coups pleuvent, violents, acharnés, impitoyables. Ici, plus la peine de faire attention au visage: on dira que ce sont les autres détenus qui les ont frappés; ici, pas de public, d'oreilles indiscrètes à craindre: on peut tout faire, dans une prison!

C'est une scène monstrueuse qui se déroule dans la cour. Ils sont piétinés, bourrés de coups de poing, de coups de pied, et de coups de matraque. On les fait mettre contre le mur, qui se met à dégouliner de sang. Des cris éclatent :

– Salaud, arrête de salir mon mur !

Et les coups reprennent de plus belle… Ce ne sont plus que des loques quand on les traîne dans les bâtiments. Là, les attend le sinistre supplice de la baignoire. L'un après l'autre, on leur plonge la tête jusqu'à ce qu'ils suffoquent et s'évanouissent. Dès le deuxième, l'eau est toute rouge, ce qui excite la colère des tortionnaires. Les coups pleuvent, accompagnés de cris sauvages :

– Arrête de saigner, salaud !

Viennent ensuite les brûlures de cigarettes sur les paupières et des coups, des coups, encore des coups… On arrête enfin, non par humanité, mais parce que, si on avait continué plus longtemps, ils seraient morts.

Quelques jours plus tard, les six hommes peuvent recevoir la visite de leurs familles, qui sont saisies d'horreur. La fille de John Walker, âgée de huit ans, s'écrie :

– Ce n'est pas papa, il n'a plus de dents !

La mère de William Power s'évanouit en le voyant, et ce dernier dira que cela lui a été plus pénible que toutes les tortures qu'il a endurées…

15 août 1975 : neuf mois ont passé. Après quarante-cinq jours de débats, le procès de Richard McIlkenny, John Walker, Paddy Hill, William Power, Gerard Hunter et Hugh Callaghan se termine. Cette date même est un symbole : à la différence des catholiques, l'Assomption n'est pas une fête pour les protestants ; à Londres, les tribunaux fonctionnent et les Anglais, adeptes de la religion réformée, seront trop heureux de condamner les papistes irlandais ce jour-là.

Car condamnés, ils vont l'être ! Les Six de Birmingham étaient sûrs qu'on leur rendrait justice. Ceux qui avaient avoué se sont rétractés. Tous plaident non coupable. Mais ils n'ont pas pris la mesure de l'horreur de l'attentat, qui a fait perdre la tête à l'opinion. Coupés du monde, sans avoir le droit de lire les journaux, d'écouter la radio, de regarder la télévision, ils n'ont pas compris qu'ils étaient l'objet, de la part des Britanniques, d'une haine aveugle, au sens propre du terme.

Les sévices qu'ils ont subis en prison ont été trop graves pour qu'on ait réussi à les dissimuler. L'administration pénitentiaire ne peut les nier et les gardiens qui s'en sont rendus coupables passeront en jugement pour ces faits. Mais, lorsque les Six évoquent les brutalités policières, personne ne veut les entendre. Le président, le juge Bridge, leur rétorque :

– Croire une telle chose serait admettre l'existence, au sein des officiers en charge de l'affaire, d'une conspiration sans précédent dans l'histoire criminelle britannique !

Et d'ailleurs, qu'est-ce que cela change ? En admettant que les policiers se soient livrés à des violences, ils ne l'ont fait qu'après avoir eu la certitude qu'ils étaient coupables. Car il existe une preuve formelle contre eux : le test du docteur Skuse, qui s'est révélé positif.

Frank Skuse, qui a déposé à la barre avec une autorité sereine.

Lorsqu'un des avocats de la défense lui a demandé :

– Pouvez-vous affirmer que votre test est infaillible ?

Il a répondu calmement :

– Aucun test n'est infaillible. Disons que le mien est sûr à 99 %.

Tout est dit. D'autant que les sympathies des six accusés pour l'IRA sont évidentes. Quand on se rend aux obsèques d'un membre de ses commandos, c'est qu'on n'est pas très éloigné de ses idées.

À l'issue de la délibération des jurés, ils sont condamnés à vingt et une fois la prison à perpétuité pour chacune des vingt et une victimes de l'attentat. Ce n'est pas un artifice de procédure. Dans ces conditions, une réduction de peine devient presque impossible. Ils risquent de rester incarcérés toute leur vie.

Mais personne ne songe à les plaindre. On estime généralement qu'ils ont eu beaucoup de chance. Avant le procès, des parlementaires avaient demandé le rétablissement de la peine de mort pour crimes terroristes et le projet n'a finalement pas abouti. Ils ont sauvé leur tête : ils peuvent s'estimer heureux !...

C'est la prison qui recommence et, pour eux, elle est bien pire que pour les autres. Le monde carcéral a des règles impitoyables. Certains auteurs de crimes particulièrement odieux sont rejetés par leurs codétenus. Ils sont mis en quarantaine ; quelquefois même, ils sont en butte à des agressions et leur vie est en danger.

C'est le cas des Six de Birmingham. Ils ne sont, d'ailleurs, pas ensemble. Ils n'ont même pas la consolation de souffrir en commun. Chacun doit faire front seul, à sa manière. Richard McIlkenny se tourne vers la religion et aide l'aumônier à célébrer les offices ; Paddy Hill se bat pour leur réhabilitation ; il écrit à tout ce que l'Angleterre compte de personnes influentes et pleure de rage quand ses lettres lui reviennent non ouvertes par paquets de cinquante.

Les années passent... En 1976, les gardiens de la prison de Winston Green passent en jugement pour coups et blessures, mais sont relaxés. Pourtant, tout n'est pas sans espoir pour les Six de Birmingham. D'abord, il y a leurs familles qui, depuis le début, n'ont jamais douté de leur innocence et cessé de les soutenir ; c'est par elles qu'ils ont des nouvelles les uns des autres, qu'ils peuvent communiquer.

Ensuite, il se produit un brutal revirement chez leurs codétenus. En prison, on ne peut rien cacher, tout finit par se savoir et leurs camarades découvrent qu'ils ne sont pas les monstres qu'ils croyaient ; au contraire, ce sont eux qui sont les victimes d'une monstrueuse erreur judiciaire. À partir de ce moment, les témoignages de sympathie remplacent les brimades, les mots d'encouragement succèdent aux injures.

C'est, pour eux, une aide inestimable ; pourtant il y a le temps qui passe. Le temps n'est jamais agréable en prison, mais quand on est innocent, les jours, les heures comptent double, comptent triple...

1985 : onze ans ont passé depuis l'arrestation des Six de Birmingham, dix depuis leur condamnation et ils finissent par désespérer. Cette fois, tout le monde les a oubliés et ils ne retrouveront jamais la liberté.

Ils se trompent. Leurs efforts pour mobiliser l'opinion ont fini par porter leurs fruits. Trois personnes appartenant à des univers différents ont été gagnées par le doute et ont décidé d'agir.

Chris Mullin, quarante ans, est député travailliste. Il a, comme tous ses collègues, été alerté par les Six de Birmingham, mais il n'a, dans un premier temps, guère accordé de crédit à leurs protestations. Pas plus que les autres, il ne pouvait croire la justice et la police britanniques capables d'une telle énormité.

Un détail a fini pourtant par le troubler. L'IRA est réputée pour le soutien qu'elle apporte à ses membres en prison. Or, à sa connaissance, jamais l'organisation terroriste n'a fait la moindre chose pour les six hommes. Et si cela signifiait que ces derniers n'en font pas partie, qu'ils sont innocents ?

Chris Mullin les rencontre tous les six et John Walker lui rapporte un fait troublant. Un de ses codétenus, un authentique membre de l'IRA celui-là, lui a confié que l'attentat de Birmingham restait un mauvais souvenir pour l'organisation, ajoutant, sans vouloir en dire plus : « Ça s'est mal passé ce soir-là. »

« Ça s'est mal passé » : c'est le moins qu'on puisse dire ! D'habitude, l'IRA prévient suffisamment tôt avant l'explosion pour qu'on ait le temps de faire évacuer les lieux, ce qui a toujours permis de limiter le nombre des victimes. Le 21 novembre, les bombes ont sauté seulement cinq minutes après le coup de téléphone, d'où ce carnage sans précédent et qui ne s'est jamais reproduit depuis.

Le commando a sans doute commis une lourde erreur et l'IRA, qui n'a pas lieu d'en être fière, préfère garder le silence. Il s'agit de découvrir ce qui s'est passé et de la convaincre de parler...

Ian Mac Bride et Charles Tremayne sont journalistes à Granada Television, une chaîne privée britannique. Ils sont jeunes, ambitieux, et ils ne rêvent que de faire parler d'eux par un coup d'éclat. Or, il y a ces six Irlandais qui leur ont écrit à plusieurs reprises pour leur clamer leur innocence. Bien sûr, tout cela semble incroyable, mais si c'était vrai, quelle information sensationnelle !

Tremayne et Mac Bride ont étudié soigneusement le dossier. Ils ont été frappés par l'incohérence des aveux. Les condamnés ont prétendu que ces déclarations leur avaient été arrachées sous la torture. Est-ce totalement invraisemblable dans le climat d'hystérie collective qui régnait alors ? Il a été établi que les gardiens de la prison ont frappé avec sauvagerie les six hommes, alors pourquoi pas les policiers ?

Les deux journalistes entendent parler des intentions du député travailliste et décident de le rencontrer avant de passer eux-mêmes à l'action. C'est ainsi qu'un beau jour de 1985, Chris Mullin, Ian Mac Bride et Charles Tremayne se retrouvent à déjeuner. Ils confrontent leurs points de vue et ils se rendent compte aussitôt qu'ils n'ont pas la même manière d'aborder l'affaire, ce qui, dans le fond, est une bonne chose : ainsi, leurs deux démarches se compléteront.

Tremayne et Mac Bride ont décidé de refaire toute l'instruction. Ils vont tenter de faire parler les policiers qui avaient été chargés de l'affaire et, s'il y a eu une bavure, ils finiront par le savoir.

Chris Mullin expose à son tour ses intentions.

– L'important, pour moi, c'est le coup de téléphone. Il a été donné trop tard, ce qui a entraîné la catastrophe. Il faut savoir pourquoi.

– Comment le saurez-vous ?

– En allant à Belfast interroger l'IRA. Vous, vous voulez démontrer les erreurs de l'instruction, moi, je veux retrouver les vrais coupables.

– Et pourquoi l'IRA parlerait-elle ?

– Pour des raisons politiques. Si les Six de Birmingham deviennent connus du grand public, elle dira la vérité. Elle ne peut pas laisser payer des innocents à sa place. C'est trop mauvais pour son image...

Chris Mullin se rend donc à Belfast, capitale de l'Irlande de Nord.

Il ne s'attend pas à une tâche facile et, effectivement, elle ne l'est pas. Il parvient à rencontrer dans l'anonymat un responsable de l'organisation. Ce dernier est plus que réticent.

– C'est une opération politicienne. Vous appartenez à l'opposition. Vous voulez déstabiliser le gouvernement.

– Je veux seulement que vous me disiez si les Six sont coupables ou pas...

Le dialogue s'engage tout de même. À la fin, l'interlocuteur de Mullin semble hésiter.

– Tout ce que je peux vous dire, c'est la composition d'un commando. Il faut un homme pour fabriquer les bombes, deux pour les poser, un pour donner le coup de téléphone, plus le chef, bien entendu.

– Et alors ?

– Alors, cela fait cinq, pas six...

Chris Mullin sent une intense émotion l'envahir.
C'est un aveu implicite. Les Six de Birmingham sont innocents et il est le premier à le savoir ! Mais il faut aller plus
loin. Il faut du tangible, des preuves.

– Pourquoi le coup de téléphone a-t-il été donné trop
tard ? Faites-moi rencontrer un des deux poseurs de
bombes. C'est indispensable pour faire éclater la
vérité !

Mullin est convaincant. De plus, ainsi qu'il l'avait
confié aux journalistes, l'IRA ne peut durablement,
sans entacher son image de marque, faire payer des innocents à sa place. Un nouveau rendez-vous est fixé.

Quelques jours plus tard, après un véritable jeu de piste
pour semer d'éventuels poursuivants, Chris Mullin se
retrouve dans un appartement d'un quartier pauvre de
Belfast. L'homme qui lui ouvre a la quarantaine dépas-
sée. Il devait avoir un peu plus de trente ans au moment
des faits. Le député a aussitôt la certitude qu'il se trouve
devant l'un des poseurs de bombes.

L'homme reprend la même formule que le camarade
de détention de John Walker.

– Ça s'est mal passé ce soir-là...

– Pour le coup de téléphone ?

– Oui. Le gars qui devait prévenir la police est allé à
la cabine prévue, mais elle était cassée. Il y en avait une
autre de secours un peu plus loin, mais elle était cassée
elle aussi. Le temps qu'il aille dans une troisième, il était
trop tard.

– Les cabines n'avaient pas été vérifiées ?

– Si, à 16 heures, et elles fonctionnaient. Normalement,
elles auraient dû encore être vérifiées à 19 heures, mais
on manquait de monde. Presque tous les nôtres étaient
aux obsèques de Mac Dade.

– Tout vient de là.

Chris Mullin regarde son interlocuteur bien dans les yeux.

— Je suis sûr que vous êtes l'un des poseurs de bombes. J'ai l'intention d'écrire un livre et de le dire. Mais je ne le ferai pas sans votre accord. Si ce n'est pas vous, détrompez-moi.

Il y a un long silence. Le député remercie et s'en va...

À Birmingham, l'enquête des deux journalistes de Granada Television ne rencontre pas le même succès. La brigade antiterroriste des West-Midlands a été dissoute depuis longtemps et il n'est pas facile de retrouver ses membres. Certains ont été versés dans d'autres unités de police, certains exercent une autre profession ou sont à la retraite. Tremayne et Mac Bride parviennent tout de même à avoir leurs noms et leurs adresses, mais ils se heurtent à un mutisme complet. Dès la première question, les visages et les portes se ferment.

— Je n'ai rien à dire. Allez-vous-en !

— Pourquoi vous occupez-vous de cela ? Ils ont été jugés, non ?...

Les deux journalistes ont réussi, d'autre part, à se procurer des photos d'identité judiciaire montrant les six hommes le visage affreusement tuméfié, mais cela ne prouve rien. On pourra toujours prétendre que les clichés ont été pris après leur incarcération, et les violences qu'ils ont subies en prison n'ont jamais été niées.

Ian Mac Bride et Charles Tremayne en viennent à douter du bien-fondé de leur démarche. Les six hommes sont coupables. Ils mentent pour éviter la prison à vie, ce qui, après tout, est humain.

C'est alors que Mullin revient d'Irlande et leur communique sa conviction absolue : ils sont innocents ; il est sûr d'avoir rencontré l'un des véritables terroristes...

Après un moment de réflexion silencieuse, Ian Mac Bride a une illumination.

– Si c'est cela, nous faisons fausse route depuis le début !

Et il précise sa pensée à l'attention de ses deux compagnons.

– Dans le dossier d'accusation, il y a quand même une preuve : le test du docteur Skuse. S'ils sont innocents, c'est que le test est faux. C'est par là que nous aurions dû commencer.

Quelques jours plus tard, les journalistes de Granada se trouvent dans les locaux d'un laboratoire privé. Un médecin a préparé le même réactif que le docteur Skuse ; des bâtons d'explosif semblables à ceux dont se sert l'IRA ont été posés sur une table. Le praticien prie l'un des deux journalistes de les prendre en main, puis le soumet au test. Au bout de sept secondes, le précipité rouge apparaît. Mac Bride pousse un gros soupir.

– Cette fois, c'est fichu ! Ils sont coupables. Mullin s'est trompé...

Mais c'est au tour de Charles Tremayne d'avoir une illumination.

– Le test fonctionne dans ce sens, mais il peut peut-être se tromper dans l'autre ! Docteur, est-ce qu'une autre substance que la nitrocellulose pourrait déclencher une réaction positive ?

Le médecin hésite un instant.

– Certains revêtements plastiques, éventuellement... Mais il faudrait les avoir touchés très longtemps, les avoir, pour ainsi dire, tripotés et retripotés.

– Bon sang, les cartes !...

Tremayne parle avec précipitation.

– Quand ils ont subi l'examen, ils venaient de jouer aux cartes pendant trois heures. Est-ce que cela a pu les rendre positifs ?

– Je ne sais pas. Il faut voir...

On court se procurer un jeu de cartes. Charles Treymane le pétrit pendant un bon quart d'heure. Le médecin du laboratoire prend sa main, badigeonne ses doigts avec le coton imbibé de réactif, le presse au-dessus d'une coupelle et se met à compter lentement :

– Un… Deux… Trois… Quatre… Cinq… Six… Sept…

Les quelques gouttes de liquide incolore viennent subitement de se teinter en rouge. Tremayne pousse un cri de triomphe :

– Et voilà : je suis un terroriste ! Je suis pour la prison à vie !

Le député et les journalistes décident de frapper en même temps. Fin 1986, paraît *Erreur judiciaire*, livre où Chris Mullin dit avoir rencontré les véritables auteurs de l'attentat de Birmingham, tandis qu'à Granada Television, dans une émission retentissante, Tremayne et Mac Bride démontrent la nullité du test de Skuse.

Pour l'opinion publique, qui n'était au courant de rien, c'est la stupeur la plus totale. D'autant que deux coups de théâtre suivent ces révélations. Trois jours seulement après l'émission de télévision, Frank Skuse est mis à la retraite, alors qu'il a tout juste cinquante ans. Et peu après, Tom Clarke, un des policiers qui avait refusé de parler aux deux journalistes, vient les trouver spontanément. Oui, il a bien été témoin de violences pendant les interrogatoires et il est prêt à en témoigner devant n'importe quel tribunal.

Dans ces conditions, il est difficile d'empêcher un procès en appel. Début 1987, le ministre de l'Intérieur Douglas Hurd décide de renvoyer l'affaire devant la justice. Ceux que tout le monde appelle désormais les Six de Birmingham peuvent enfin espérer…

Leurs avocats essaient pourtant de tempérer leur enthousiasme, ainsi que celui de leurs familles. La justice d'appel n'est pas rendue par un jury, mais par trois juges professionnels, toujours très réticents à désavouer un jugement, surtout si, comme c'est le cas, l'affaire s'est accompagnée d'une importante campagne médiatique.

Lorsque s'ouvre le procès, on revoit pour la première fois les Six de Birmingham et on les découvre avec d'autres yeux... Richard McIlkenny, John Walker, Paddy Hill, William Power, Gerard Hunter et Hugh Callaghan se tiennent silencieux dans le box. Pour la majorité du public, ce ne sont plus les monstres qu'on croyait, ce sont des victimes. D'ailleurs, depuis le premier procès, en un peu moins de douze ans, ils ont incroyablement vieilli. N'est-ce pas le poids de l'injustice qui les a marqués ainsi ? Leurs rides et leurs cheveux blancs ne sont-ils pas la meilleure preuve de leur innocence ?

À la barre, le docteur Skuse n'est pas ménagé par les avocats.

– Alors, docteur, êtes-vous toujours sûr de votre test à 99 % ?

Il se défend comme il peut, tentant de mettre en doute les méthodes du laboratoire qui se serait trompé dans ses dosages, mais il n'a pas l'air de croire lui-même ce qu'il dit.

Tom Clarke, le policier, est extrêmement précis dans ses accusations :

– Les policiers les traitaient de « salauds d'Irlandais ». Pendant les interrogatoires, ils étaient battus. En cellule, ils ne pouvaient pas dormir. On les visait sans cesse avec des revolvers à travers le judas.

Malheureusement pour lui et pour les Six de Birmingham, il y a une tache dans son passé et le procureur ne se fait pas faute de l'exploiter.

– Monsieur Clarke, n'avez-vous pas été renvoyé de la police ?

– Si, Monsieur.

– Pouvez-vous dire au tribunal pour quelle raison ?

– On m'a accusé d'avoir volé un prisonnier.

– Mais vous affirmez que ce n'était pas vous ?

– Oui, Monsieur.

– Donc, selon vous, vous avez été accusé à tort par vos collègues et injustement renvoyé. Dans ces conditions, n'avez-vous pas quelques raisons de vous venger de la police ?

L'argument a porté. Il n'y a qu'à voir le regard sévère que le président du tribunal jette au témoin pour en être persuadé.

Paraît ensuite l'ancien chef de la brigade des West-Midlands, le surintendant George Reed, qui a mené toute l'instruction. Il rejette avec indignation les accusations de sévices contre les prévenus. Il ne peut, en revanche se justifier complètement sur les procès-verbaux. Certains, qu'exhibe la défense, ont été trafiqués ; des charges ont été rajoutées contre les accusés. Il admet que plusieurs de ses hommes ont peut-être commis une faute professionnelle dans l'énervement qui régnait alors.

Le moment du verdict arrive enfin. Les Six sont tout pâles, crispés. Lord Lane, celui des trois juges qui préside énonce la sentence d'une voix douce :

– Nous n'avons pas négligé que les tests ne concordent pas avec ceux refaits par la suite, et que l'emplacement des bombes n'a pas été clairement défini par les accusés. On peut se demander aussi si les aveux n'ont pas été arrangés par la police…

Dans la salle, tout le monde a compris. Si le juge commence par ce qui est favorable aux accusés, c'est que la conclusion va aller dans l'autre sens.

Effectivement, le juge énonce, du même ton uni :

– Mais Tom Clarke n'a pas été un témoin convaincant et aucun élément vraiment nouveau n'a été apporté. La cour estime que le verdict est juste et que les condamnations sont justifiées et entièrement satisfaisantes. L'appel est rejeté.

Chez les Six de Birmingham, leurs familles et ceux,

de plus en plus nombreux, qui les soutiennent, la déception est immense, à la mesure de l'espoir qui l'avait précédée. Tout est donc à refaire! Un jour ou l'autre, c'est certain, leur innocence sera reconnue, malgré la justice et la police qui font tout pour dissimuler leurs fautes. Mais dans combien de temps? Combien d'années de souffrance attendent encore ces hommes?

Richard MacIlkenny, John Walker, Paddy Hill, William Power, Gerard Hunter et Hugh Callaghan se retrouvent donc en prison, dans l'état d'accablement que l'on imagine. Mais aucun d'eux ne désespère complètement, ne songe à mettre fin à ses jours. Ils sentent que, face à l'adversité, leur seul moyen de survie est de continuer la lutte.

Et ils ont raison: les choses sont allées trop loin. Pour les vrais coupables, les remords sont trop lourds et les consciences vont parler.

Une semaine après le procès, Charles Tremayne trouve un pli anonyme dans son casier à Granada Television. Il l'ouvre et en reste interdit. Ce qu'il a sous les yeux dépasse tout ce qu'il a vu dans cette affaire, pourtant riche en rebondissements! Il appelle son collège Mac Bride.

– Écoute cela: c'est un dossier de police qui date de 1975 et qui a été établi par la brigade des West-Midlands, donc les mêmes hommes qui ont fait inculper les Six!

Et le journaliste lit l'incroyable document.

– «Après leur arrestation, Michael Hayes et James Gavin, tous deux d'origine irlandaise, ont reconnu faire partie des auteurs de l'attentat du 21 novembre 1974 contre les deux pubs de Birmingham. Hayes a avoué être l'un des poseurs de bombes, Gavin avoir fabriqué les explosifs.»

Ian Mac Bride en a le souffle coupé.

– Cela date de 1975 ? Mais alors, au procès, les policiers savaient que ce n'était pas eux. Ils connaissaient les vrais coupables !

– Oui. Et ils ont choisi de se taire pour cacher ce qu'ils avaient fait...

– Et ce Hayes et ce Gavin, qu'est-ce qui leur est arrivé ?

– Rien. Le dossier a été classé sans suite...

Il y a un silence. Mac Bride reprend la parole.

– Qu'est-ce qu'on fait, maintenant ?

– On continue notre boulot, bien sûr ! Et aussi, on va donner les deux noms à Mullin. Avec ça, c'est bien le diable s'il n'obtient pas ceux du commando tout entier...

Cette fois, une impulsion décisive est donnée à l'enquête des deux journalistes. Le surintendant George Reed affirme que le document daté de 1975 est un faux, mais il ne peut empêcher des examens plus approfondis des procès-verbaux. Or, il s'avère qu'ils ont été gravement falsifiés : des charges décisives ont été rajoutées contre les accusés.

Tremayne et Mac Bride font, d'autre part, faire de nouveaux contrôles du test de Skuse et les résultats qu'ils obtiennent sont insensés. On s'aperçoit que le réactif est sensible aux substances les plus diverses. Des choses aussi banales que la soupe ou le savon provoquent un résultat positif. À présent, la preuve est faite : le test du docteur Skuse ne veut strictement rien dire !

Pendant ce temps, à Belfast, nanti des noms de deux des coupables, Chris Mullin progresse rapidement. L'IRA n'a, à présent, plus guère le choix : elle doit dire la vérité d'elle-même avant qu'elle ne soit, de toute façon, découverte.

C'est ainsi qu'on lui fait rencontrer un certain Seamus Mac Laughin, dit «Belfast Jimmy», soupçonné d'être un terroriste important. Dès qu'il est en sa présence, Chris Mullin a la certitude d'avoir devant lui le chef du commando. Il procède de la même manière que lorsqu'il avait rencontré le poseur de bombes.

– J'ai l'intention de publier que c'est vous qui avez dirigé le commando de Birmingham. Mais je ne le ferai pas sans votre accord. Si vous le souhaitez, détrompez-moi.

Il y a un long silence et, comme la première fois, le député remercie et s'en va...

Peu après, Chris Mullin est en mesure de donner la liste complète des auteurs de l'attentat du 21 novembre 1974 à Birmingham. Chef et organisateur: Seamus Mac Laughin, dit «Belfast Jimmy», qui vit en Irlande; auteur du coup de téléphone pour prévenir la police: Mick Murray, qui vit en Irlande, après avoir fait douze ans de prison pour d'autres délits; premier poseur de bombes: James Gavin, le plus âgé des deux, celui-là même qui a avoué aux policiers britanniques et qui purge une peine de prison à vie pour meurtre en Irlande. Mullin a, enfin, rencontré le second poseur de bombes, le jeune homme qui tremblait au moment de l'attentat, mais il a décidé de ne pas rendre son nom public pour raison de sécurité.

Maintenant, plus rien ne peut empêcher le dernier acte. Mais trois nouvelles années sont encore perdues. Ce n'est qu'en mars 1990 que le ministre de l'Intérieur accepte un nouvel appel, et c'est un an plus tard encore, le 4 mars 1991 que le procès s'ouvre devant Old Bailey, le tribunal criminel de Londres.

On revoit donc sur le banc d'infamie Richard McIlkenny, John Walker, Paddy Hill, William Power, Gerard Hunter et Hugh Callaghan, plus marqués encore que la fois précédente. Mais leurs visages n'ont pas la même expression que quatre ans plus tôt. Cette fois, on sent que la confiance l'a définitivement emporté chez eux...

La tournure que prennent les débats ne laisse,

effectivement, plus de place au doute. Le premier à déposer est Frank Skuse. Les avocats de la défense ne le ménagent pas et lui font passer, sans doute, le pire moment de sa vie.

– Avec quoi nettoyez-vous les coupelles dans lesquelles vous déposez vos réactifs, docteur Skuse ?

– Avec du savon...

– Savez-vous qu'il a été établi que le savon donne parfois une réaction positive avec votre produit ?

– Oui. Je l'ai entendu dire.

– Donc, en ce qui concerne les accusés, c'est peut-être le savon qui a donné le résultat positif.

– Peut-être...

– À moins qu'il ne s'agisse des cartes. Car les cartes à jouer produisent le même effet... Selon vous, docteur Skuse, s'agit-il des cartes ou du savon ?

Le malheureux praticien ne trouve rien à répondre. Mais il y a bien plus grave contre lui.

– Docteur Skuse, un de vos assistants a fait passer votre test aux passagers du ferry que devaient prendre les accusés. Or, il y a eu deux cas positifs et ces personnes avaient un alibi qui les innocentait sans discussion possible. Vous le saviez, lors du premier procès ?

– Oui.

– Et vous ne l'avez pas dit au tribunal.

– Non...

Les policiers ne sont guère plus à leur aise. Il leur est, cette fois, impossible de nier les violences contre les accusés pour leur arracher leurs aveux. Ils reconnaissent, en outre, avoir falsifié les procès-verbaux. Bref, au bout de quelques audiences, il ne reste rien du dossier d'accusation...

14 mars 1991, 15 h 30. C'est l'instant solennel, celui qui va mettre fin à plus de seize ans d'une incroyable erreur judiciaire, ou plutôt d'une monstrueuse bavure policière et judiciaire.

Le Lord Chief of Justice, le plus haut magistrat britannique, qui préside la séance, prend la parole.

– Les demandeurs peuvent-ils se lever ?

Richard MacIlkenny, John Walker, Paddy Hill, William Power, Gerard Hunter et Hugh Callaghan se dressent à leur banc, mais il se produit alors un mouvement extraordinaire: toute la salle se lève en même temps qu'eux. Depuis longtemps déjà, l'opinion publique est entièrement acquise aux Six de Birmingham; ce ne sont pas seulement eux qui demandent leur acquittement et leur réhabilitation, c'est l'Angleterre tout entière !

Le Lord Chief of Justice essaie de faire rasseoir le public, mais personne ne bouge. Il finit par renoncer et c'est dans une salle au garde-à-vous qu'il prononce sa sentence:

– Les condamnations ne sont plus défendables ni satisfaisantes. L'appel est accepté. Vous êtes libres !

Les vieux murs d'Old Bailey croulent sous les applaudissements et, quelques minutes plus tard, c'est la sortie triomphale des Six dans les rues de Londres, dont nous parlions au commencement.

Leurs premières déclarations sont pour dénoncer le scandale dont ils ont été victimes. Gerard Hunter:

– Aucun système judiciaire n'est parfait. L'incroyable est qu'il ait fallu seize ans pour que celui-ci reconnaisse s'être trompé. Il y a très longtemps que ceux qui nous ont condamnés savent que nous sommes innocents.

Paddy Hill est plus précis et plus véhément:

– Les policiers savaient depuis le début qu'on n'avait rien fait. Mais ils nous ont dit qu'ils s'en foutaient. C'était nous les coupables, une fois pour toutes. C'était tombé sur nous et c'était tant pis pour nous !

Et tous ajoutent cette affirmation, qui fait froid dans le dos:

– En prison, nous avons rencontré beaucoup d'autres innocents, dont personne n'a jamais parlé…

Et, de fait, l'affaire dépasse leurs simples personnes. À travers eux, c'est toute la justice anglaise qui est remise en question. Après l'acquittement, il a été décidé qu'une Commission royale enquêterait pendant deux ans sur la procédure criminelle britannique «afin de minimiser autant que possible la possibilité que de tels événements se reproduisent». En outre des poursuites seront engagées contre les policiers fautifs et l'enquête sera réouverte pour trouver les vrais coupables.

Les Six ne peuvent guère en dire plus, ce jour-là. Ils sont pris, happés par leurs familles et ils s'en vont avec elles pour les retrouvailles, avec l'émotion qu'on imagine.

Quand, quelques jours plus tard, ils se confient aux journalistes, c'est pour des déclarations plus personnelles. Paddy Hill :

– Un jour, j'ai pris le train et, à la descente, j'ai été jeté en enfer pour seize ans. Maintenant, j'ai retrouvé le monde, mais ce n'est plus le même. On n'imagine pas à quel point le monde peut changer en seize ans.

William Power confie, avec amertume :

– Ma fille aînée avait huit ans quand j'ai été emprisonné. Maintenant, elle a une fille qui a presque cet âge-là.

Mais il ajoute, pour conclure sur une note d'optimisme :

– Ce que je n'ai pas vécu avec mes enfants, je le vivrai avec mes petits-enfants.

D'autres évoquent les bonheurs tout simples qu'ils ont retrouvés ; des bonheurs inimaginables pour les gens libres que nous sommes et qui, pourtant, n'ont pas de prix : marcher dehors, regarder les gens, voir le ciel sans bout de mur.

Mais le mot de la fin, laissons-le à Gerard Hunter :

– Ce qui m'a le plus fasciné, c'est la poignée de la porte de ma chambre. Je l'ai fixée un temps interminable en me disant cette chose folle : je pouvais me lever, la tourner et la porte allait s'ouvrir !

Sanguine vilain fruit

Australie
1991

Edward B., quarante-sept ans, cinq enfants, cantonnier de son état en Australie, vient de passer sa journée de congé à boire de la bière et à jouer aux fléchettes, au *Caledonian-Club*. Trop de bière, au point que les fléchettes n'atteignaient plus la cible aux environs de 10 heures du soir et qu'il devenait nécessaire de prendre l'air, de rassembler ses idées, et de regagner le domicile conjugal.

L'air frais et la bière font une curieuse alchimie. La tête d'Edward se met à tourner, il s'accroche à un réverbère et voit double. Quadruple même.

Il y a là, dans une belle Commodore verte, quatre filles engageantes, sourire aux lèvres, qui lui font signe. L'invite est claire. Edward, dans les brumes de la bière, ne refuse pas de monter et se laisse emmener en promenade vers le parc voisin, là où l'herbe est tendre et la rivière fraîche. Le coin idéal pour un petit coup de canif au contrat de mariage.

En fait de canif, c'est un couteau dont il recevra quinze coups. Poignardé dans le dos, dans la nuque, au front, encore et encore, Edward le cantonnier sera retrouvé au matin près de la rivière. La tête quasiment détachée du tronc.

Quelques piétinements dans l'herbe, du sang partout. Il est nu et ses vêtements sont découverts non loin de là, près d'un fourré, soigneusement pliés. Chemise, pantalon, slip, il y a même les chaussettes et les chaussures.

L'horrible fait divers est aisé à reconstituer. Cet homme a cru participer à une *sex-party*. Il s'est déshabillé de lui-même, en toute confiance, et le résultat est affreux à voir.

Curieusement, à l'intérieur de l'une de ses chaussures, une carte de crédit. Mais cette carte n'est pas au nom d'Edward. Le titulaire est une femme : Tracey W.

Le pauvre cantonnier a dû la ramasser dans l'herbe, croyant qu'il s'agissait de la sienne, et l'a placée prudemment dans sa chaussure, avant les ébats auxquels il s'attendait. Il possède lui-même une carte de crédit de la même banque.

Tracey W. Vingt-quatre ans. Fille adoptive d'une grande famille – des transporteurs –, dont elle a hérité une bonne somme de 75 000 dollars.

Tracey coupable de meurtre ?

Coupable de pire encore.

Le procès de l'année, en février 1991, révèle l'impensable, l'incroyable et l'indicible.

Tracey a avoué sans difficulté le meurtre du cantonnier. Elle n'était pas seule, trois autres filles l'accompagnaient, mais elle demande un procès séparé, se voit condamnée à perpétuité, et disparaît aussitôt en prison, à l'abri, en quelque sorte, de toutes les questions. Cette technique d'aveux spontanés l'isole de ses complices. Elle ne présente aucune défense, relate les faits, avoue sa culpabilité. En neuf minutes ; le tribunal entérine ses aveux et la condamne à vie. Rideau sur Tracey, la justice devra se contenter de ses complices.

Voici la seule déclaration recueillie par le détective Glenn Burton, de la police criminelle, et reprise par les journalistes:

– J'avais deux couteaux, un dans chaque main. Il s'est assis dans l'herbe, j'étais derrière lui. Ça a commencé comme une blague, je voulais «l'allumer» et le laisser tomber. Mais je l'ai poignardé dans le dos, puis dans le cou. Je me suis assise pour l'observer. J'avais frappé avec assez de force pour que les couteaux pénètrent profondément dans le corps. J'ai recommencé dans le cou. Puis je l'ai attrapé par les cheveux et j'ai frappé au front, et encore sur la carotide. Il vivait toujours. Je l'ai fait basculer de côté, pour frapper dans la nuque à nouveau, en essayant de casser les os. Je crois avoir tranché les nerfs. Ça gargouillait, le sang sortait de sa bouche. Je me suis assise à nouveau près de lui et je l'ai regardé mourir. Mais comme je n'étais pas sûre qu'il meure vraiment, j'ai encore frappé. Il était allongé de côté sur l'herbe, le visage vers le ciel. Après cela, je suis allée me laver les mains dans la rivière, et les couteaux également. J'ai rejoint mes amies.

L'indicible, ce que ne prononce pas Tracey, c'est ceci: «J'ai bu le sang de cet homme.»

Nous y sommes. L'horreur de ce fait divers moyen-âgeux en plein XXᵉ siècle s'appelle vampirisme.

Tracey aime le sang. Il semble qu'elle soit fascinée, droguée même, par cet aliment dont notre société ne considère la consommation que du point de vue animal.

Ce sont donc les complices de Tracey, ses trois camarades d'orgie, qui vont en parler.

Dans cette voiture, ce soir du 13 octobre 1989, outre Tracey La Vampire, trois autres jeunes filles. Lisa P., vingt-quatre ans, Kim J., vingt-trois ans, et Tracey W., vingt-trois ans.

Lisa est la compagne de Tracey. Elles se ressemblent physiquement: corps lourds, cheveux courts, masculines, agressives. Leur idylle sent le soufre et le sang. Pour

stimuler leurs rapports sexuels, elles se servent d'aéro-
sols destinés aux asthmatiques! Dans ce domaine, on
n'arrête pas l'imagination des consommateurs...

Tracey, de son côté, a l'habitude de saigner sa compagne au creux du coude et de se délecter de son sang.
Ce que l'autre accepte sans sourciller. Par contre, elle
a une moue de réprobation en expliquant au tribunal
que la Vampire avait également la manie désagréable
de décongeler de la viande sur la table de la cuisine,
et de se perdre en contemplation devant les rigoles de
sang, voire d'en faire des dessins cabalistiques du
bout du doigt. La viande congelée ne devait pas manquer au domicile de la demoiselle vampire, la société
familiale étant spécialisée dans le transport de viandes
congelées.

Pour les besoins de sang frais au déjeuner matinal, le
boucher du coin faisait l'affaire. Un bol de rouge, nature
et sans sucre.

Autre petite manie: les films d'horreur, qu'elle
contemplait jusqu'à l'abrutissement sur magnétoscope,
s'offrant des ralentis suggestifs et sanguinolents.

Tracey, ayant reçu une fortune conséquente à la mort
de ses grands-parents, Avril et George, dépensait sans
compter dans les boîtes punk ou homosexuelles. Elle y
avait même trouvé un emploi à la mesure de sa personnalité: videur – ou devrait-on dire videuse? Il est des fau-
teuses de troubles dans les boîtes de nuit lesbiennes
comme ailleurs. Tracey portait habituellement un couteau, dissimulé dans sa botte.

Lisa, l'amante en titre, parmi d'autres aventures dont
Tracey ne se privait jamais, payant même pour la chose,
Lisa, donc, a un passé morbide.

Elle tient probablement le record des tentatives de suicide. Hospitalisée 85 fois en cinq ans, soit une moyenne
de 17 tentatives de suicide par an. Tentatives... uniquement par automutilation, par saignée au poignet de

préférence. Un comportement plus maniaque qu'une véritable envie de mort.

Tracey et Lisa, le premier couple, sont montées à l'avant de la voiture bleue, en sortant d'une boîte homosexuelle, ce soir d'octobre 1989.

À l'arrière un autre couple féminin, Kim et Tracey. Même tranche d'âge, mêmes coutumes lesbiennes, mais plus calmes. Ces deux-là sont simplement subjuguées par la meneuse, la Vampirella dont elles disent :

≈ Elle a un pouvoir sur les autres, on ne peut pas s'empêcher d'obéir lorsqu'elle ordonne quelque chose.

Et dont elles disent encore :

– C'est une sorcière, elle est capable de disparaître à la vue des humains en ne laissant apparaître que ses yeux de chat.

La sorcière-vampire déclare ce soir-là qu'elle est en manque.

En manque ni de drogue ni d'alcool… en manque de sang. Depuis quelque temps, elle ne supporte plus les aliments solides. Un steak trop cuit, un poisson, quelle horreur ! Un club-sandwich, jamais… Il lui faut du liquide. Les autres ne s'en étonnent pas. Elles savent.

Le champagne ne l'a pas calmée.

La voiture bleue roule vers un inconnu accroché à son réverbère, offert dans la lumière comme un papillon épinglé.

Les quatre filles qui l'interpellent ne lui font pas peur. Et c'est ainsi qu'il va finir ses jours de cantonnier heureux, buveur de bière et lanceur de fléchettes, nu et tailladé de quinze coups de couteau.

Tracey est la meurtrière au premier degré. Lisa a assisté au meurtre, comme au spectacle, mais n'y a participé que passivement. Les deux autres attendaient dans la voiture. Lorsque la vampire est revenue prendre le volant, Kim a remarqué un sourire de satiété, qu'elle traduit ainsi devant le tribunal :

– Elle avait l'air de quelqu'un qui vient de s'offrir un repas complet avec dessert...

Tracey est un mystère. Le peu que l'on sait des tests psychiatriques qu'elle a subis avant et après le procès, donne le frisson. Il n'y a pas une Tracey, mais huit. Huit personnalités différentes, dont trois ont été évoquées dans la presse spécialisée.

La première et, semble-t-il, la plus ancienne, remonte à l'enfance. Elle se nomme Big. Big est dépressif, malheureux, angoissé.

Une autre est nommée Bobby. Ce Bobby est agressif, violent, cruel. Il a dû naître en elle vers l'âge de neuf ou dix ans...

Une troisième est baptisée l'Observateur. Un être froid, logique et rationnel, qui passe son temps à observer le comportement des autres personnages de Tracey. La soirée du bain de sang a dû être, pour l'Observateur, une mine de renseignements objectifs...

Nous l'avons dit, la justice australienne a dit: vampire. Buveuse de sang. Y aurait-il une explication à ce détournement des habitudes alimentaires ?

Dans la prison où elle va passer le reste de sa vie, en principe, Tracey reçoit peu de visites, on s'en doute. Cependant, sa mère, sa tante Dorrell et sa sœur Michelle viennent la voir régulièrement.

Une famille non conventionnelle, faite de bric et de broc.

Pour comprendre, il faut savoir qu'en 1937, George W., milliardaire, épouse Avril. Le jeune couple ne pourra jamais avoir d'enfants. Il pratique donc une première adoption: Rhonda, en 1942, qui deviendra la mère du vampire. Puis Dorrell, en 1950. Quelques années plus tard, ils adopteront également une petite fille illégitime, issue d'un couple ami de Rhonda. L'enfant se prénomme Michelle, elle est à demi indienne, et les W. ne l'adoptent pas légalement, eu égard à ce sang «impur»...

À vingt et un ans, l'aînée des adoptées, Rhonda, se marie, et accouche de Tracey. Mais le mariage est une catastrophe et elle retourne, avec son enfant, vivre chez ses parents. Puis elle rencontre un autre homme et part avec lui, en laissant la petite fille chez ses grands-parents. Tracey y est si bien, elle a tout ce qu'il lui faut et n'a pas l'air de vouloir suivre sa mère.

D'ailleurs, à l'âge de sept ans, elle est adoptée à son tour par ses grands-parents. Elle est l'enfant chérie de sa grand-mère et de son grand-père, qui lui donnent tout. Les meilleures écoles, des cours de danse et de musique, tout ce que l'argent peut offrir à l'éducation d'une gamine.

C'est là que les choses se gâtent. La dernière petite fille adoptée, Michelle, devient le souffre-douleur de Tracey. Elle lui plante un canif dans la jambe, l'accuse de tout. La petite métisse a une vie d'enfer.

Tracey malmène les animaux, son comportement devient agressif, elle commence à parler du personnage qui vit en elle, ce Bobby dont la cruauté est responsable de ses mauvaises actions, mais pas elle...

La mère de Tracey et sa sœur d'adoption, Dorrell, ont accordé une interview exclusive au magazine *New Idea*, au cours de laquelle elles ont apporté des révélations tragiques sur l'enfance de Tracey. Sa mère a déclaré notamment :

– Jamais je n'aurais dû la laisser entre les mains de ses grands-parents. Avril était une femme possessive, volontaire, qui la dominait totalement, l'empêchait de communiquer avec des enfants de son âge, ou d'aller jouer à l'extérieur. Et à l'âge de neuf ans, Tracey a été la victime de sévices sexuels. L'auteur en est George, son grand-père, mon propre père adoptif. Lorsque nous avons compris ce qu'il s'était passé, ma sœur Dorrell et moi, il était trop tard. Mais, lorsque George est mort, Tracey avait quatorze ans, nous avons trouvé bizarre son attitude. Elle n'a pas pleuré, elle n'a manifesté aucun chagrin, elle est allée se coucher dans son lit, s'est recroquevillée dans la position du fœtus, et a dormi une journée entière.

Avril, sa grand-mère, ne cessait de lui répéter des horreurs sur les hommes. Il ne fallait pas les fréquenter, ils faisaient aux jeunes filles des choses horribles lorsqu'ils les épousaient. Elle entretenait chez Tracey une haine terrible du sexe masculin. À sa mort, Tracey a hérité de quelques millions de dollars, et s'est mise à les dépenser follement, dans toutes les boîtes homosexuelles. Elle faisait des cadeaux à ses conquêtes et traînait toujours une petite cour avec elle.

Pour conclure, la mère a ajouté :

– Toute ma vie, je me sentirai coupable de ce qui lui arrive. J'aurais dû l'emmener avec moi, l'arracher à ce couple monstrueux, mes parents adoptifs. Ce sont eux qui en ont fait ce qu'elle est. Mais les troubles ne sont devenus évidents qu'à la mort de George, puis à celle d'Avril en 1981. J'ai tenté de la faire vivre avec moi, mais nous ne nous entendions pas, elle s'est enfuie.

Et sa sœur Dorrell de conclure l'interview par ces mots :

– Nous savons toutes les deux de quoi nous parlons à propos de nos parents adoptifs, nous sommes passées par là...

Voilà. L'explication est de poids, bien entendu. Violée à neuf ans par son grand-père, probablement jusqu'à l'âge de quatorze ans... séquestrée par la grand-mère stérile, possessive, et peut-être complice des sévices sexuels que l'enfant subissait. Si bien qu'à dix-huit ans, héritière, lâchée dans la nature, Tracey se venge et explose. Lesbienne, schizophrène, maniaque du sang et criminelle à vingt-quatre ans.

Il est également un événement, dans sa vie, qui n'a pu être confirmé totalement mais a été évoqué au cours du procès de ses complices. Vers l'âge de vingt et un ans, Tracey aurait subitement changé totalement d'apparence, s'habillant en fille, se voulant séductrice et sensuelle, pour séduire le patron de la boîte de nuit où elle travaillait. Pour lui demander de lui faire un enfant. Ce qu'il aurait refusé dans un premier temps, et accepté ensuite. Tracey, enceinte, aurait fait une fausse couche dramatique et sanglante.

Le sang, toujours, le sang comme une obsession dans la vie de Tracey. Autre obsession, son grand-père George. En prison, elle a confié à sa famille :

– Ce n'est pas Edward que j'ai tué. J'ai tué George. Je ne voyais que George, tout à coup, il n'y avait que George devant moi.

Sa mère la comprend et l'excuse, si personne n'a pu le faire au procès.

– Elle aurait dû être quelqu'un d'autre, elle s'est vengée de son enfance. Edward s'est simplement trouvé là, au mauvais endroit, à la mauvaise heure.

George et Avril sont enterrés sans pierre ni tombeau, ni inscription, pas même de nom. Leurs enfants adoptifs ont toujours refusé de leur accorder cet honneur.

Les yeux bleus de Simone
France
1980-1991

Cinq ans et demi d'instruction, dix-huit mille pages de dossier, plus d'une centaine de témoins entendus, une exhumation, une reconstitution à grand spectacle, des perquisitions, des tonnes de terre retournées et même un canal asséché sur plusieurs centaines de mètres: l'affaire Simone Weber, dont le procès va s'ouvrir en ce début 1991, réunit tous les éléments pour sortir de l'ordinaire.

Rappelons les faits... Simone Weber, née le 28 octobre 1930, est d'abord inculpée du meurtre de son amant, Bernard H., le 22 juin 1985.

Habitant l'un et l'autre Nancy, ils se sont rencontrés trois ans et demi plus tôt, en novembre 1981, dans un supermarché de la ville. Ils ont alors cinquante et un ans tous les deux. Bernard est contremaître dans une usine, Simone Weber vivote de la vente de voitures d'occasion. Ce jour-là, elle a des ennuis avec sa tondeuse à gazon. Galant, Bernard se propose de la réparer. Leur liaison dure deux ans.

C'est lui qui prend l'initiative de rompre. Mais Simone ne l'entend pas ainsi et le malheureux Bernard va découvrir de quoi elle est capable. Elle le harcèle : coups de téléphone anonymes, filatures ; elle le poursuit de ses assiduités, fait des scandales auprès de ses nouvelles maîtresses ; elle s'introduit chez lui à l'aide de fausses clés, lui vole ses chéquiers et ses lettres personnelles. Enfin, le matin du 22 juin 1985, elle lui demande d'aller chez sa sœur, avenue de Strasbourg, à Nancy, pour déboucher un évier. On ne le reverra jamais.

Les soupçons se portent vite sur elle. Des voisins ont vu entrer Bernard avenue de Strasbourg et ne l'ont pas vu ressortir. Ils ont entendu un bruit étrange, cette nuit-là, comme celui d'une tronçonneuse et l'ont vue, au matin, descendre une quinzaine de sacs-poubelle.

Or Simone Weber avait loué, la veille, une meuleuse à béton. A-t-elle tué et découpé son ancien amant ? La question se pose d'autant plus qu'à partir de ce moment, elle cesse de le poursuivre de ses assiduités. Elle fait tout, en revanche, pour faire croire qu'il est vivant : elle demande à l'un de ses gendres de se procurer un faux certificat d'arrêt de travail au nom de Bernard, elle bouge sa voiture en tous sens et finit par disparaître avec elle.

Courant septembre 1985, on repêche un tronc humain dans la Marne. Le groupe sanguin est identique à celui de Bernard, de même que certaines malformations des vertèbres. Mais le cadavre porte une cicatrice, résultat d'une opération de l'appendice, que n'a pas subie, semble-t-il, Bernard.

Le 8 novembre, Simone Weber est retrouvée à Cannes, où elle a rejoint sa sœur Madeleine. Les policiers découvrent la voiture de Bernard dans un box qu'elle a loué sous un faux nom. À l'intérieur du coffre, il y a la meuleuse à béton, dont les disques sont manquants… Simone Weber est inculpée d'assassinat le 10 novembre 1985, par le juge Theil, et incarcérée à la maison d'arrêt Charles-III, de Nancy.

Mais l'instruction ne fait que commencer, car l'affaire en fait découvrir une autre: l'affaire Marcel F.

En fouillant dans le passé de Simone Weber, le juge Thiel découvre, en effet, une bien étrange histoire... En 1978, seule et ayant de gros soucis d'argent, Simone Weber répond à la petite annonce matrimoniale d'un adjudant-chef en retraite, Marcel, possédant, entre autres, une maison non loin de Nancy. Elle se vieillit de quinze ans, s'invente un prénom (Monique), un métier (professeur de philosophie en retraite), présente son fils comme son neveu et s'installe dans la vie de l'ancien militaire.

Marcel est loin d'être un don juan: il a quatre-vingts ans et il est pratiquement grabataire. Cela n'empêche pas Simone de se marier avec lui le 22 avril 1980, à Strasbourg.

Mais l'a-t-elle vraiment épousé? Le mariage n'a eu que deux témoins, deux vieilles amies à elle, et Marcel n'en a parlé à personne. Alors, de là à penser qu'il s'agit d'une mise en scène, et que son rôle a été tenu par un figurant, il n'y a pas loin. La même question se pose à propos de la vente, tout de suite après, de la maison de Marcel. L'homme qui l'a cédée devant notaire à Simone, pour une bouchée de pain, était-il bien Marcel?

Ce qui est certain, en tout cas, c'est que ce dernier meurt brutalement le 14 mai 1980, trois semaines seulement après son «mariage». Ce qui est tout aussi certain, c'est que Simone Weber avait acheté peu avant deux boîtes de digitaline, un accélérateur dangereux du rythme cardiaque, grâce à une fausse ordonnance, et qu'une seule de ces boîtes a été retrouvée. Enfin, troisième et dernière certitude, Simone Weber a avoué avoir falsifié, après sa mort, le testament du défunt, s'instaurant sa légataire universelle. Simone Weber va donc répondre de deux meurtres: celui de son mari, Marcel, et celui de son amant, Bernard.

Mais plus que les faits eux-mêmes, c'est sa personnalité qui sort de l'ordinaire. Les qualificatifs manquent quand on veut la caractériser: Simone la Terrible, Simone l'Infernale, Simone la Diabolique. Simone qui, malgré les charges qui pèsent contre elle, a tenu tête haut et fort et n'a pas fait un semblant d'aveu; Simone qui mène ses avocats à la baguette et qui en a renvoyé vingt-quatre depuis le début de l'instruction; Simone, qui accable de sarcasmes et d'injures les familles des disparus, Simone n'est assurément pas n'importe qui et compte bien le montrer à son procès!

Celui-ci s'ouvre le jeudi 17 janvier 1991 à 10 h 30, devant la cour d'assises de Nancy, dans le cadre majestueux de l'ancienne salle de réception des ducs de Lorraine, et il débute par un coup de théâtre auquel l'accusée est strictement étrangère.

Ce matin du jeudi 17 janvier, en effet, la guerre du Golfe vient d'éclater. Si Simone Weber espérait jouer les vedettes, elle n'a vraiment pas de chance! Elle attend depuis plus de cinq ans son jugement et celui-ci tombe juste le jour du déclenchement d'une guerre dans laquelle la France est impliquée. Elle était promise à la une et aux gros titres des journaux, elle se trouvera reléguée en page faits divers!

Avant l'ouverture du procès, les commentateurs judiciaires s'étaient battus pour trouver des chambres à Nancy, toute la ville avait réservé des places dans la salle d'assises, mais aujourd'hui, le cœur n'y est plus. On parle de Bagdad, de Saddam Hussein, de missiles. Quelques-uns, dans le public, ont même un transistor collé à l'oreille...

Les acteurs de cet événement prévu pour durer plus d'un mois, se mettent pourtant en place: le président Pacaud, l'avocat général Ker, maîtres Garaud, Robinet,

Behr et Liliane Glock, avocats de la défense et, pour la partie civile, maîtres Lombard, Lagrange et Anne-Lise Bloch.

Sur ordre du président, on fait entrer l'accusée, et les esprits qui s'étaient évadés du côté du Golfe reviennent aussitôt dans la salle d'assises. De corpulence plutôt forte, Simone Weber est tirée à quatre épingles, avec un gilet de laine blanche sur un chemisier noué à ras du cou. Elle a le front bombé, les cheveux blonds savamment bouclés, un léger sourire aux lèvres. Elle s'incline en direction de la cour, fait de petits saluts, serre négligemment la main de ses avocats. Sa sœur Madeleine s'installe discrètement à ses côtés. Elle est accusée de recel et de destruction de documents privés. Ensuite, Simone Weber se laisse photographier et filmer avec bonne grâce pendant une dizaine de minutes.

Il est incontestable qu'il y a quelque chose en elle qui force l'attention. Ce n'est pas son allure générale, qui pourrait être celle de n'importe quelle grand-mère. C'est plutôt son comportement, qu'on sent décidé, volontaire, autoritaire et aussi ses yeux. Simone Weber a des yeux qu'on n'oublie pas, des yeux d'un bleu admirable, mais difficile à soutenir, un bleu très clair, limpide, glacé, métallique, un bleu d'acier, « un bleu laser » a-t-on pu écrire.

L'interrogatoire d'identité se déroule sans incident, après quoi le président Pacaud se tourne vers la défense pour savoir lequel des avocats est chargé de récuser les jurés. Simone Weber se lève :

— C'est moi et moi seule qui vais m'occuper des récusations.

Il y a un remous dans l'assistance devant ce comportement tout à fait exceptionnel. Ce qu'on savait de l'accusée se confirme : c'est une femme de caractère, une maîtresse-femme. Celle-ci chausse de grosses lunettes et observe attentivement les arrivants. Elle en récuse cinq, toutes des femmes de son âge, veuves ou retraitées: Simone Weber ne veut pas être jugée par ses semblables. Au bout du compte, il reste cinq hommes et quatre femmes. Pendant ce temps, les avocats de la défense, le nez plongé dans leurs dossiers, font semblant de s'intéresser à autre chose. Ils savent bien que c'est elle qui dirige. Peut-être même craignent-ils, en cas de réflexion déplacée, de connaître le sort des vingt-quatre confrères qui les ont précédés.

Suit le défilé des témoins venant prendre leur feuille de convocation à la barre. Ils ne sont pas moins de cent vingt-trois et cette fastidieuse formalité occupe tout le restant de la première audience.

À la reprise, le lendemain matin, le président Pacaud annonce la lecture par la greffière de l'acte d'accusation et c'est l'occasion du premier incident. Simone Weber:

– De toute façon, tout le monde sait de quoi on m'accuse. Un journaliste l'a dit dans un livre, qui n'est qu'un torchon!

Elle finit pourtant par se taire et la lecture peut avoir lieu.

– Il existe un faisceau de présomptions particulièrement lourdes, précises et concordantes, selon lequel Simone Weber a, par dépit amoureux, donné la mort à son ancien amant, Bernard. Tout indique qu'elle a perpétré son crime en lui tirant une balle dans la tête à l'aide d'une carabine 22 long rifle munie d'un silencieux. Elle a, par la suite, découpé le cadavre à l'aide d'une meuleuse électrique et dispersé les membres et la tête dans des sacs-poubelle, a transporté le tronc dans une valise lestée par un parpaing et l'a jeté dans la Marne, à Poincy. Des charges suffisantes pèsent également sur elle d'avoir, au cours de la période comprise entre le 5 et le 14 mai 1980, empoisonné à l'aide de digitaline son mari Marcel...

Nouvel éclat de l'accusée:

– C'est pas vrai!

Le président Pacaud:

– Taisez-vous! Vous vous expliquerez tout à l'heure.

– C'est ce qu'on me dit depuis cinq ans.

Encore une fois Simone Weber finit par se taire et cela permet d'écouter son enquête de personnalité. Elle n'est pas tendre. Selon l'enquêteur, Simone Weber est une femme «menteuse, autoritaire, aimant l'argent, n'admettant pas la contradiction, arrivant toujours à ses fins, arrogante et méchante». On s'attend à une violente repartie de l'intéressée, mais elle dit seulement, d'une voix douce:

– Je ne suis pas d'accord.

Et elle entreprend de raconter directement aux jurés qui elle est, en commençant par son milieu familial: des parents qu'elle aime, malgré la froideur de sa mère et les fréquentes absences de son père, une sœur cadette, Madeleine, qu'elle adore. En 1942, à douze ans, elle contracte une pleurésie, maladie grave à l'époque, surtout en pleine guerre. La famille va s'installer à Modane où l'air est meilleur et elle guérit.

Avec les années, elle devient même fort belle. Ses parents divorcent. Sa sœur Madeleine et elle restent avec le père, qui épouse une jeune femme, Suzanne T. Simone jette son dévolu sur le frère de cette dernière, Jacques, et l'épouse à son tour. Mais le mariage est malheureux: volage, alcoolique, Jacques lui fait cinq enfants et l'abandonne. Faisant preuve du caractère qui est le sien, Simone Weber multiplie les mauvais coups contre son mari; elle va même jusqu'à le faire interner. Puis, elle renonce: il n'en vaut pas la peine. Le divorce est prononcé et elle reste seule avec ses cinq enfants.

C'est alors que se produit le premier grand drame de sa vie. En 1968, son aînée, Catherine, meurt à l'âge de seize ans à l'infirmerie de son lycée où on l'avait conduite pour un malaise. Simone se bat contre l'Éducation nationale pour obtenir justice, mais l'enquête ne conclut pas à une négligence.

En octobre 1977, le destin la frappe de nouveau : un de ses deux fils, Philippe, se suicide en se tirant une balle dans la tête, la veille de son service militaire. Simone gardera en souvenir le revolver et la douille. Et depuis ce temps-là, elle contracte, étrangement, la passion des armes.

Si l'on ajoute que sa cadette, Brigitte, est très fragile et passe toute son enfance dans les hôpitaux, on découvre que tout n'est pas aussi simple que l'on pensait dans le personnage de Simone Weber. Cette femme qui semble tout d'un bloc cache, en fait, de douloureux secrets...

Lundi 21 janvier 1991 : tandis que missiles Scud et Patriot s'affrontent dans le ciel du Golfe, le procès Weber entre dans sa deuxième semaine. On entend à la barre le premier mari de l'accusée, Jacques, ce qui donne lieu à une scène de ménage en pleine cour d'assises. Le témoin retrace son calvaire quand il a voulu divorcer.

— Elle m'a pris toutes mes affaires, même mes chaussettes, Monsieur le Président. J'ai tout connu, les grossièretés, les menaces, la destruction de ma voiture. Un jour que j'étais dans mon lit, voilà que les pompiers arrivent et m'emmènent à l'asile.

Son ex-femme n'est pas en reste.

— C'est un monstre ! Tout est faux ! Mensonges ! Il ne pensait qu'à jouer aux cartes, à courir les dancings. Il menait une vie de patachon avec sa cocotte. Il était violent. Il a éclaté un petit chat au plafond, brutalisé les enfants...

Le ton est donné : rien ni personne n'empêchera Simone Weber de parler ; c'est elle qui dominera tous les débats. Elle le prouve à l'audience suivante en interrompant brutalement un témoin, pourtant cité par la défense. C'est un ami de jeunesse qui s'exprime à son sujet en termes affectueux.

– Simone est une vieille camarade. Je l'ai connue quand elle avait vingt ans. C'était une jeune fille romantique et même romanesque...

Simone se dresse sur son banc.

– Qu'est-ce que c'est que ce gros patapouf qui dit n'importe quoi ? Ce type nage en plein délire ! Et puis, je ne vois pas pourquoi on l'écoute. Ce n'est pas un vrai témoin. Les vrais témoins, évidemment, on ne les entendra pas !

Le président Pacaud, qui, depuis le début, fait preuve d'un calme forçant l'admiration, intervient:

– Je vous rappelle tout de même que c'est moi qui dirige cette audience.

– Et alors ? Quand est-ce qu'on va enfin parler de ce qu'on me reproche ? La semaine dernière, vous m'avez dit que ce serait pour cette semaine et maintenant...

Le président, toujours aussi maître de lui:

– Nous allons entendre les psychologues et le psychiatre qui vous ont examinée.

– Je ne crois pas à la psychologie !

– Nous les entendrons tout de même !

Simone Weber, sans doute à court de répliques, trouve autre chose. Elle éclate d'une quinte de toux abominable. On a beau lui donner des pastilles, un verre d'eau, rien n'y fait. Le président Pacaud décide une suspension d'audience. À la reprise, Simone tousse toujours autant. Il remet la suite du procès au lendemain et c'est le 22 janvier qu'on entend les psychologues.

Le docteur Francis Scherrer livre le résultat de ses investigations:

– Cette femme aime avoir une certaine emprise sur ses interlocuteurs. Elle est satisfaite d'être devenue, au fil des années, un personnage mythique, connu et reconnu de tout le monde. Elle a complètement intégré le halo médiatique qui l'entoure. Chez elle, le personnage a absorbé la personne...

À la manière dont elle se comporte au procès, comme une star, une diva, on le croit volontiers. Mais voici qui entre davantage dans le vif du sujet:

— Ce qui frappe, c'est la rapidité et l'aisance avec lesquelles elle peut passer d'un sentiment à son opposé. Elle passe ainsi du charme à l'invective, du courroux à l'attendrissement, de l'amour au mépris.

L'avocat général demande à l'expert de donner un exemple.

— Eh bien, au cours de notre entretien, elle a appelé son juge d'instruction «mon poussin», pour le qualifier, cinq minutes plus tard, de «salaud». Cette attitude résulte sans doute du fait que Madame Weber a été, très tôt dans sa vie, exposée à des sentiments contradictoires. Actuellement, les autres, selon elle, lui sont forcément hostiles.

Simone Weber bondit sur son banc:

— La psychologie est une science à laquelle je ne crois pas!

Elle a tort. Il n'est pas du tout certain que ce que vient de dire le professeur lui soit défavorable...

Après plusieurs séances assez ternes consacrées au bric-à-brac retrouvé chez l'accusée — tampons de mairie volés lui permettant de faire des faux, armes et même bâtons de dynamite —, après l'audition de ses deux autres sœurs et de son frère — qui n'aiment ni Simone ni Madeleine («les deux vaches»)—, on en vient enfin aux faits, et d'abord à la mort de Marcel.

Les journalistes sont moins nombreux. Beaucoup ont été priés de rentrer, car la guerre du Golfe occupe toute l'information. Mais chez ceux qui sont restés, l'intérêt n'a pas diminué...

Il s'est mis à faire froid. Simone est en manteau de fourrure, le col rabattu et se plaint du chauffage, ce en quoi le public l'approuve.

On commence par la vente de la maison de Marcel en faveur de Simone Weber, qui a été faite devant maître B., notaire, dans des conditions très louches. Il y a gros à parier que l'homme qui s'est présenté avec Simone n'était pas Marcel. Le notaire, qui arrive très décontracté à la barre – « Je suis à la retraite et je me la coule douce » –, n'a pas demandé ses papiers au client pour la bonne raison qu'il ne le fait jamais.

Colette M., la secrétaire de maître B., est plus précise :

– C'était une personne de taille moyenne, qui n'était pas dégarnie sur le dessus de la tête, comme le défunt. Et puis, il avait les cheveux gris et non pas blancs, comme ceux de Marcel sur les photos.

Le président Pacaud enchaîne sans transition sur le testament :

– Et ce n'est pas lui non plus qui vous a institué sa légataire universelle !

Simone Weber passe un mauvais moment. Elle a fait un faux et elle n'a pu le nier. C'est d'ailleurs pratiquement le seul aveu qu'elle ait fait. Mais elle n'est jamais à court d'arguments.

– C'est vrai... J'ai décalqué son premier testament et j'ai mis mon nom dessus. Mais c'était pour obéir à la volonté de mon mari. La veille de sa mort, il m'avait dit qu'il fallait refaire son testament.

Le président aborde les conditions très particulières dans lesquelles elle a rencontré Marcel.

– Vous reconnaissez que vous vous êtes présentée à Marcel sous un faux nom et une fausse qualité ?

– Je lui ai dit que je me prénommais Monique.

– Et aussi que vous aviez soixante-dix ans et que vous étiez professeur de philosophie à la retraite. Vous aviez même mis une perruque blanche pour vous vieillir.

– C'est parce qu'il neigeait. Et la neige pour quelqu'un

qui, comme moi, a les cheveux laqués, c'est une catastrophe…

– Pourquoi avez-vous décidé d'épouser un homme de trente ans plus vieux que vous ?

– Je suis une femme qui n'aime pas les aventures. Mais je ne voulais pas terminer ma vie seule. Bien sûr, dans l'état de Marcel, il n'était pas question de faire des galipettes. Mais c'était quelqu'un de vraiment bien !

L'avocat général Ker se dresse :

– C'est sans doute pour cette raison que vous lui avez écrit : «Quelle femme pourrait rester près de vous à changer vos draps et vos vêtements pleins de pipi-caca, vous remettre dans le lit quinze fois en vingt-quatre heures et à nettoyer votre bouche pleine de crachats collés ? »

Un murmure agite le public. Simone Weber fait face :

– Nous nous étions disputés… Et puis, il avait tant d'humour ! Il a très bien compris ce que je voulais dire.

La réponse vaut ce qu'elle vaut. Reste le mariage de Strasbourg. Le président Pacaud pose directement la question :

– Marcel vous a-t-il vraiment épousée ou bien était-ce encore une mascarade avec un figurant ?

L'accusée pousse les hauts cris.

– Alors là, vous exagérez ! Marcel et moi sommes unis en bonne et due forme par Monsieur le Maire.

Mais le seul témoin survivant de cette union, Odette K., ancienne amie de Simone, vient dire à la barre que ce n'était pas lui :

– Il était petit, voûté et il louchait…

Le président Pacaud insiste.

– La signature sur le registre a été examinée. Elle ne peut pas être de Marcel.

Mais Simone Weber n'est jamais décontenancée.

– C'est parce que Marcel était fatigué et que le registre était trop bas.

84

Dernier volet de l'affaire : la mort de Marcel. Ses neveux sont précis, accusateurs :

– Avant de la rencontrer, il était solide comme un chêne. Après, il s'est mis à avoir des malaises. On aurait dit qu'il avait bu ou qu'il était drogué.

Les médecins, eux, sont beaucoup moins affirmatifs. La digitaline qu'a achetée l'accusée a-t-elle pu provoquer une mort ressemblant à une crise cardiaque ? Le docteur appelé alors, et qui a signé le permis d'inhumer, vient répéter qu'il a trouvé le décès «normal». Le médecin qui lui succède à la barre fait preuve de la plus grande prudence.

– Nous privilégions l'hypothèse de la mort naturelle, mais nous n'écartons pas celle de l'intoxication aiguë.

Le cadavre a été autopsié en 1986, mais l'expert vient dire à la barre que, six ans après, les analyses ne pouvaient pas être concluantes.

Tous ces débats ont été fort longs et ne s'achèvent que dans les premiers jours de février. Il en résulte qu'on ne peut rien conclure dans un sens ou dans un autre et c'est plutôt bon pour Simone Weber, car le doute va logiquement en sa faveur...

Avec la comparution des codétenues de Simone Weber, on change totalement de registre. On voit arriver à la barre des tenues voyantes, des visages trop fardés, on entend les propos les plus crus. Le public découvre alors le monde pitoyable des prisons de femmes, avec ses ragots, ses rivalités, sa promiscuité, ses mesquineries, ses jalousies, ses grandes et ses petites haines. Certains des témoins disent quand même des choses compromettantes. Caroline, par exemple :

– Simone Weber m'a proposé de l'argent pour téléphoner à la presse et dire que j'avais aperçu Bernard au buffet de la gare de Nancy avec une femme.

Ou Michèle :

– Elle m'a demandé de téléphoner à sa sœur Madeleine

pour qu'elle fasse disparaître certains papiers qui, évidemment, devaient concerner Bernard...

5 février 1991, on en arrive au cœur des débats, avec la mort de Bernard. Le président Pacaud s'intéresse d'abord aux relations entre l'accusée et le disparu.

– Madame Weber, Bernard était votre amant.

Éclat coutumier de l'intéressée :

– Je n'aime pas ce mot ! Qu'est-ce que ça veut dire : «amant» ? Je ne suis pas de ces femmes qui collectionnent les aventures. Je vous l'ai déjà dit et je n'aimerais pas à voir à le répéter : il y a des mots qui blessent. Qu'on cesse enfin de me salir !

Le président fait marche arrière :

– Bon. Je retire le mot «amant». Dites-nous alors qui était exactement Bernard pour vous.

Simone se radoucit :

– C'est un homme prévenant, attachant, qui a besoin d'une certaine stabilité, d'un véritable foyer...

Il faut noter qu'à la différence du président, qui emploie l'imparfait, Simone Weber parle de Bernard au présent, voulant bien montrer par là que, pour elle, il est toujours vivant. Elle continue :

– Et puis, tout cela s'est écroulé quand j'ai appris qu'il avait d'autres liaisons. Un jour que je voulais lui faire une surprise, je l'ai suivi. Je l'ai vu coucher avec une femme, dans une voiture, sur un parking.

– Et vous lui avez écrit : «Je te laisse le lit, tu n'auras plus besoin de faire l'amour dans une bagnole.»

– Évidemment, moi, j'ai le caractère tranchant !

La salle gronde et Simone Weber se rend compte trop tard de ce que ce mot a de malheureux, compte tenu de l'histoire de la meuleuse à béton.

L'audition des maîtresses de Bernard lui donne l'occasion de retrouver sa voix. Face à ses rivales, elle se déchaîne. Ce sont des bordées d'injures:

– Pocharde, déchet, débris...

Elles sont trois à venir témoigner: Nathalie, Nicole et Colette. Nathalie, trente-trois ans, précise:

– C'était un homme généreux, doux et attentionné. Il m'appelait «ma reine».

Simone bondit dans le box.

– Moi aussi, il m'appelait «ma reine».

Le ton a quelque chose de tragique. Cette fois, ce n'est pas une invective. C'est le cri d'une femme blessée et encore amoureuse.

Toutes les trois confirment le même étonnant détail: Bernard était un amant pudique; elles ne l'ont jamais vu nu. C'est ennuyeux, car, sans quoi, elles auraient pu dire si oui ou non il avait une cicatrice d'opération de l'appendice, comme le tronc retrouvé dans la Marne... Colette, la dernière à venir à la barre, apporte quelques précisions fâcheuses pour l'accusée.

– Bernard avait peur de Simone Weber. Peu avant sa disparition, il m'a dit: «Je n'ose plus rentrer à la maison. Simone m'attend avec le fusil.» Je lui ai conseillé d'appeler la police, mais il avait honte d'avoir peur devant une femme.

Simone Weber sentant sans doute que ce témoignage est particulièrement grave explose avec plus de violence que d'habitude:

– C'est une déposition de basse classe faite par une femme de la pègre! J'ai droit à un procès équitable, moi. Qu'on me mette au poteau! Qu'on me fusille!

Et puis, d'une voix mourante:

– Et dire qu'on veut faire respecter le droit au Koweit!...

On en arrive à la journée fatidique du 22 juin 1985. Elle a commencé très tôt pour Simone Weber. Le président Pacaud:

– À 5 h 30, vous êtes allée attendre Bernard à la sortie de son travail de nuit, avec un fusil dans votre voiture.

Simone Weber, naturelle:

– Je voulais lui demander de venir déboucher mon évier, avenue de Strasbourg, à Nancy, et de nettoyer les bordures de mon jardin de Rosières avec ma meuleuse.

– La meuleuse que vous veniez de louer juste la veille...

Silence buté de Simone. Le président insiste.

– C'est pour déboucher un évier que vous avez fait sonner votre réveil pour aller trouver Bernard à 5 h 30 du matin?

Dans la salle, le silence est impressionnant. Simone Weber se contente de hausser les épaules. Le président passe à la suite.

– Mais il a refusé de vous suivre. Alors, vous êtes revenue le relancer à son domicile à 10 heures du matin. Vous avez trouvé porte close. Vous êtes repartie. Un séminariste que vous avez croisé vous a entendue dire: «Il me le paiera!»

L'accusée n'est toujours pas impressionnée:

– Ce séminariste? C'est un prêtre du diable!

Mais Bernard a fini par se rendre 158, avenue de Strasbourg où l'attendait, paraît-il, l'évier bouché. C'est là que se place le témoignage capital de madame H., la voisine du dessous. Cheveux blancs, lunettes, portant fort bien ses soixante-dix-neuf ans, Marie H. sait que c'est en grande partie sur elle que repose l'accusation, mais cela n'a pas l'air de l'impressionner. Elle est claire, précise.

– C'était le 22 juin 1985. On était avec mon mari, qui est mort depuis. Que Dieu ait son âme!...

La presque octogénaire laisse passer un temps et poursuit:

– C'était Les Chiffres et les Lettres, donc il était

entre 18 h 30 et 19 h 15. Mon mari était à la fenêtre. Il a vu entrer Simone Weber et un monsieur...

Marie H. poursuit, dans un silence total :

— Peu de temps après, deux jeunes gens à cheveux longs ont sonné à la porte. Ils ont dit qu'ils étaient inquiets pour Bernard, dont la voiture était devant l'immeuble. Ils craignaient que Simone Weber l'ait drogué.

Il s'agissait des fils d'une de ses maîtresses, que celle-ci avait envoyés aux nouvelles. Leur intervention s'est avérée décisive, car, à partir de ce moment, le couple H. a été sur le qui-vive et n'a rien perdu de la suite.

— Je n'ai jamais vu le monsieur redescendre... Le lendemain soir, à 22 h 20, c'était la fin du film à la télé, on a entendu un gros bruit qui venait de chez Madame Weber. Ça faisait «pouf», comme un corps qui tombe. J'ai pensé d'abord que c'était elle qui était tombée. Tout de suite après, on a entendu un bruit de moteur. Ce n'était pas un aspirateur. Ça ne faisait pas «ron, ron, ron», mais «prouf, prouf, prouf», comme une tronçonneuse.

Dans son box, Simone Weber est toute pâle.

— Et puis, vers minuit, je me suis réveillée, parce que feu mon mari avait des problèmes de vessie et j'ai entendu un grand bruit dans l'escalier. Je suis allée voir à l'œilleton. C'était Madame Weber qui descendait, avec un gros seau et un sac-poubelle noir. Elle a recommencé à 5 heures du matin, avec des sacs-poubelle bleus. Elle a fait sept voyages. Elle en a descendu quinze en tout. Elle les a mis dans sa voiture et elle est partie.

Le président demande à l'accusée de s'expliquer. Elle a sa réplique toute prête.

— J'attendais Bernard H. J'avais vu sa voiture garée devant l'immeuble, mais il ne venait pas. Pour tromper cette attente, je me suis mise à ranger les placards et à jeter beaucoup de choses, surtout des conserves périmées.

Mais Marie H. n'en a pas fini.

— Et le lendemain, lundi, elle a lavé l'escalier à la petite brosse. Jamais elle n'avait fait ça avant. Et puis, plus tard, alors que je balayais mon couloir, j'ai vu un gros sac bleu avec du sable dedans. J'ai regardé. Il y avait des chiffons. Ça sentait le sang.

Simone Weber se dresse et crie :

– Non, tout ça, c'est faux ! C'est une radoteuse, une vieille folle qui se vautre dans le mensonge pour se rendre intéressante ! C'est à cause de canailles comme elle et son mari que je suis en prison depuis cinq ans et demi et qu'on me fait mourir à petit feu. Elle débloque !

Le public ne peut s'empêcher de manifester et sa voix est couverte par les huées. Elle se rend compte qu'elle est allée trop loin et reprend sa défense plus calmement :

– Comme vous avez pu l'entendre, Madame H. a l'habitude de guetter les gens. En imaginant que j'aie voulu tuer Bernard, croyez-vous que j'aurais été assez bête pour le faire dans un lieu où je savais que tout le monde me surveillait ?...

Eugène H., lui, est un voisin de Bernard. Il a vu Simone le relancer, lors de la journée fatidique du 22 juin 1985.

– Madame Weber est arrivée chez Bernard. Il a dit : « Ça va chauffer ! » Elle est entrée chez lui. Moi, j'écoutais par la porte, qui était restée ouverte. Elle lui a crié : « Je vais te tuer ! Je vais te tuer ! »

Le président Pacaud :

– Et vous n'êtes pas intervenu ?

– Ben, elle a fermé la porte.

Et il ajoute, prenant le public à témoin :

– C'est vrai ce que je raconte. Je le jure sur la tête de mes petits-enfants ! Qu'ils meurent tout de suite si je mens !

La défense observe un silence gêné, mais Simone Weber ne perd pas son sang-froid :

– Si Monsieur buvait moins, il verrait beaucoup moins de choses !...

Georgette et Monique, les deux sœurs de Bernard,

viennent dire à la barre leur découverte progressive du drame.

Prévenues le 23 juin, par une de ses maîtresses, que leur frère avait disparu, elles se rendent d'abord chez lui, mais l'appartement est vide. Elles vont alors trouver Simone Weber, qu'elles soupçonnent de l'avoir drogué.

Celle-ci les reçoit les mains bandées. Dans l'appartement de l'avenue de Strasbourg, il y a plein d'eau dans la cuisine, des linges douteux, grisâtres sont en train de sécher partout. Il faut marcher sur des serpillières. Simone explique que la machine à laver a débordé. Effrayées, les deux sœurs vont trouver la police, qui ne les prendra au sérieux que quelques jours plus tard, quand elles viennent avec le faux arrêt de travail de Bernard.

Bien entendu, Georgette et Monique ont droit à leur bordée d'injures de la part de l'accusée:

— Elles sont entrées chez moi comme des bêtes sauvages. S'il y avait quelque chose de sale dans mon appartement, c'était bien elles et leur accusation. Je m'énerve, mais il y a de quoi! Elles planent dans la drogue.

Les jours suivants sont consacrés à des débats d'experts, d'abord à propos du tronc retrouvé dans la Marne. Il est vrai que Simone Weber s'est rendue, à cette époque, chez l'une de ses filles qui habitait non loin, alors qu'elle ne lui rendait jamais visite. Il est vrai que la valise est du même modèle que celle achetée par Bernard dans un supermarché de Nancy. Mais le tronc est-il bien le sien? Personne ne peut le dire.

La meuleuse à béton, dont la vision provoque un frisson dans l'assistance, n'est pas un élément décisif non plus. Simone Weber l'a bien louée la veille du meurtre, en a payé le prix intégral peu après, prétendant l'avoir perdue, alors qu'on l'a retrouvée en sa possession, mais les spécialistes ne peuvent pas dire si l'engin a servi ou non à découper un être humain.

La déposition de Brigitte, fille cadette de Simone, est

en revanche un moment important du procès. Timide, asthmatique, la jeune femme a du mal à trouver son souffle et ses mots. Elle aime sa mère, qui l'a soignée au cours d'une enfance maladive, et pourtant ce qu'elle dit est des plus compromettant pour elle. Simone Weber est venue le 30 juin au domicile du couple.

– Cela faisait trois ans que je ne l'avais pas vue, précise Brigitte. Nous n'avions plus de contact. Elle a demandé à mon mari de trouver un médecin qu'il ne connaissait pas et de se faire passer pour Bernard. C'était pour faire un certificat médical d'arrêt de travail, pour que Bernard, absent, n'ait pas d'ennui à son usine.

La démarche était mal inspirée, car c'est ce faux certificat médical qui a alerté la police et déclenché l'enquête. Mais là n'est peut-être pas le plus grave. Poincy, le village sur la Marne où on a retrouvé le tronc, est sur le chemin entre Nancy et la ville où habitent Brigitte et son mari. Brigitte ajoute :

– On a voulu mettre un filet à provisions dans le coffre de sa voiture, mais maman s'y est opposée. Elle a dit qu'il était plein...

Lundi 25 février 1991 : c'est le début des plaidoiries. On a entendu les cent vingt-trois témoins, qui n'avaient pas tous quelque chose à dire. Ils ont dû, à quelques exceptions près, subir les invectives de l'accusée. Mais maintenant, du moins, elle va se taire. On va enfin entendre une autre voix que la sienne dans la salle d'audience.

Première à prendre la parole, Anne-Lise Bloch, jeune avocate de la fille de Bernard. Très violente, elle dresse un portrait sans nuances de l'accusée. Simone Weber l'écoute sans broncher, sauf quand maître Bloch évoque la mort de sa fille, Catherine :

– Laissez ma fille tranquille. Arrêtez de salir les morts !

Réplique de l'avocate, d'une voix mal assurée :

– Je ne salis pas les morts, mais vous, vous tuez les vivants.

Maître Bloch poursuit en lisant les lettres d'amour de Simone à Bernard qu'elle appelait « mon roi », « mon chenapan ». On se demande pourquoi. Cela prouve au contraire que celle que l'avocate veut présenter comme un monstre a été une femme amoureuse comme toutes les autres. Cela n'empêche pas maître Anne-Lise Bloch de conclure :

– Si le diable existe, il suffit de vous regarder pour voir que vous lui avez vendu votre âme. Votre visage, vos yeux, vos mots sont le reflet de votre âme !

Maître Joël Lagrange représente la partie civile pour le meurtre de Marcel. Il est nettement plus mesuré. Il parle d'un « véritable feu d'artifice de charges », puis évoque « la mort lente et programmée » du militaire à la retraite.

– Parce qu'elle est capable de faux testaments, elle peut bien écraser quelques grains de digitaline dans une tasse.

Sa conclusion est nette :

– Il y a trop de bizarreries, trop de coïncidences. Elle l'a tué.

Dans l'après-midi, maître Paul Lombard clôt les parties civiles. Il trace, lui, un portrait tout en nuances de l'accusée.

– Ce n'est pas le mannequin médiatisé dont j'ai vu la trace caricaturale dans les journaux.

Et il prend le contre-pied exact de maître Anne-Lise Bloch.

– Madame Weber, contrairement à ce qu'on a pu dire, vous êtes une femme de cœur et de sang. Vous détestez la médiocrité, vous aspirez à l'amour. Mais la haine de la misère vous a poussée à tuer Marcel, la passion vous a poussée à vous débarrasser de Bernard H. Vous l'aimiez à la folie. J'aurais aimé, de votre part, entendre un aveu. Si la cour l'avait recueilli, comme ces débats d'une tristesse épouvantable auraient pris un autre tour ! J'aurais pu vous adresser les mots de compassion qui vous auraient fait du bien.

Philippe Ker, avocat général, qui s'était montré très discret pendant les débats, se rattrape pour son réquisitoire, qui ne dure pas moins de cinq heures et demie.

– Nous avons dépassé le domaine de la conviction pour entrer dans celui de la certitude.

Et, après un exposé argumenté, minutieux et quelque peu fastidieux, les réquisitions tombent enfin :

– Elle ne peut bénéficier d'aucune circonstance atténuante. Quel moyen avons-nous de briser cette personnalité indestructible ? Je ne veux pas qu'elle reparaisse parmi nous. J'ai l'honneur de requérir la réclusion criminelle à perpétuité, assortie d'une peine de sûreté de dix-huit ans.

Quant à sa sœur et complice Madeleine, « une peine qui ne soit pas inférieure à deux ans d'emprisonnement » est demandée contre elle.

Le 27 février, avant-dernier jour du procès et premier jour des plaidoiries de la défense, commence par une surprise qui n'en est pas vraiment une : Simone Weber se lève dans son box et demande la parole. Il fallait être bien naïf pour imaginer qu'elle allait consentir aussi facilement à se taire. Simone, qui a confié à l'un de ses avocats : « On n'est jamais mieux servi que par soi-même », reparle.

Et d'une manière pour le moins déconcertante ! Pendant plus d'une heure, c'est un incroyable discours, qui mêle des citations de Rimbaud et de François Mitterrand à des injures contre la famille de Bernard.

Simone évoque les choses les plus futiles. Elle reproche à maître Lagrange d'avoir dit qu'elle avait eu une enfance pauvre («Papa avait une maison de neuf pièces et pas n'importe où dans Nancy»). Elle proteste de sa sensibilité :

– Un jour, j'ai failli écraser un petit chat avec ma voiture. J'ai freiné, je suis descendue, je tremblais de tous mes membres. Et on veut faire croire à cinquante-cinq millions de Français que j'aurais pu assassiner deux hommes pour qui j'avais de l'affection ?

Elle est beaucoup plus violente avec maître Anne-Lise Bloch qui, il faut le reconnaître, a été un peu loin.

– Avec votre couteau de charcutière, vous avez osé fouiller dans ma vie. C'est vous le diable !

L'avocat général Ker a droit à ses dernières invectives et elle se tait enfin, au grand soulagement de ses avocats.

C'est donc à eux d'intervenir. Maîtres Liliane Glock, Alain Behr et François Robinet déplorent la longueur des cinq années d'instruction, dénoncent le manque de preuves et réclament l'acquittement :

Maître Glock :

– Si nous avons joué guignol à guichets fermés ici, ce n'est pas ma faute. Par contre, je vous dis qu'il n'y a pas une seule preuve objective dans ce dossier. C'est un dossier d'ambiance.

Maître Robinet :

– Malgré une procédure boulimique, un dossier obèse, nous sommes toujours au bord d'un gouffre, un abîme de doute.

Maître Behr :

– L'absurde, c'est de vous demander de condamner dans un crime sans cadavre et dans un empoisonnement sans poison.

Maître Garaud plaide le lendemain, 28 février. Il reconnaît les faux dont Simone Weber s'est rendue coupable et, pour cette raison, renonce à demander l'acquittement, mais proteste avec véhémence contre les réquisitions de l'avocat général :

– Réclamer une peine de sûreté de dix-huit ans, c'est la faire sortir à quatre-vingts ans… La foule vous crie : « Brûlez la sorcière ! » Vous n'êtes pas la foule. Vous êtes les jurés. Pour condamner, il faut des preuves. Vous ne les avez pas.

Et il conclut :

– Je suis le dernier avocat de la défense. Puisse la paix, après le verdict que vous rendrez, habiter vos consciences.

Mais non, bien entendu, il n'est pas le dernier. L'émotion et les doutes créés par sa plaidoirie vont être gâchés par Simone Weber. Car celle qui avait parlé avant ses défenseurs va aussi parler après. À la question du président :

– Avez-vous quelque chose à ajouter pour votre défense ?

Elle se lève.

– Je ne suis pas le mur de glace et de granit dont a parlé l'avocat général. Je ne suis pas du tout le monstre qu'il vous a présenté.

Et la voilà qui se met à lire une vieille lettre écrite par elle pour une codétenue victime d'une dépression nerveuse, afin de montrer qu'elle a du cœur. Après quoi, elle y va de son petit couplet patriotique sur la guerre du Golfe :

– Pendant tout le procès, j'ai plus pensé au sort de nos soldats qu'au mien.

C'est, d'ailleurs, une coïncidence tout à fait extraordinaire : son procès, qui a commencé juste le jour du début des hostilités, se termine avec celui du cessez-le-feu. Car c'est ce jeudi 28 février 1991 que Saddam Hussein vient de capituler, après l'attaque foudroyante des troupes alliées…

Comme à son habitude, Simone Weber est confuse et

pas très bien inspirée. Citant Camus, elle s'en prend à l'institution judiciaire : « Je ne crains pas la justice divine, car j'ai connu la justice de ce monde. » Prodigieusement agacés, voire consternés, mais impuissants, les avocats la regardent faire. Enfin, elle a terminé. Le jury se retire pour délibérer. Il est midi.

Cette fois tout est dit, et le public pense pouvoir souffler un peu en attendant le verdict. Mais le répit ne dure pas longtemps. En quittant la salle, dans le couloir, Simone tombe en syncope. La nouvelle se répand immédiatement dans la salle des assises de Nancy :

– Elle a eu un malaise cardiaque !

Il n'est que léger et on ne tarde pas à apprendre que son état n'inspire aucune inquiétude. Elle est néanmoins gardée en observation au service des urgences de l'hôpital central de Nancy.

Ainsi donc, jusqu'au bout, on n'aura pas quitté le dramatique et le spectaculaire ! Dans la foule qui se disperse en attendant la fin de la délibération, prévue pour les premières heures de la nuit, les commentaires vont bon train : « Même partie, elle veut rester la vedette » « Elle a voulu prouver qu'elle avait un cœur. »

Ce n'est pas exclu : tout est possible de la part de Simone Weber. Mais est-il besoin d'aller aussi loin ? Cette sexagénaire qui vient de se dépenser de la manière qu'on a pu voir, au cours d'un procès qui a duré plus d'un mois, ne peut-elle pas être sujette à une défaillance à l'heure où son sort va se jouer ?…

20 h 55 : après onze heures de délibération, le jury a pris sa décision. Le président Pacaud demande qu'on fasse revenir l'accusée. Il y a un bruit, un remue-ménage dans le couloir et la même rumeur que précédemment se met à circuler :

– Elle a eu un malaise cardiaque.

Le président Pacaud garde le calme qui s'impose :

– Je constate l'absence de l'accusée Simone Weber.

La cour va désigner un expert pour l'examiner et dire si elle est en état d'entendre le verdict.

À 22 h 20 la réponse de l'expert est connue : souffrant de troubles cardiaques, Simone Weber doit être hospitalisée par le SAMU.

Le président décide donc que le verdict sera rendu en son absence et lui sera signifié à l'hôpital, par huissier. C'est la première fois en France, depuis la condamnation à mort de Laval, en 1945.

La sentence est donc prononcée : Simone Weber est déclarée non coupable du meurtre de Marcel. Elle est, au contraire, reconnue coupable de celui de Bernard, mais avec circonstances atténuantes. De même, le jury a répondu « non » à la préméditation. En conséquence, Simone Weber est condamnée à vingt ans de prison. Sa sœur Madeleine se voit infliger deux ans, dont six mois avec sursis.

Le public se retire avec des sentiments confus. La préméditation refusée exclut, en bonne logique, que la meuleuse à béton louée la veille ait servi à tronçonner la victime. Mais dans ce cas, puisque Simone Weber est reconnue avoir tué Bernard, comment l'a-t-elle fait disparaître ? Qu'est devenu son corps ?

Ces questions sont sans objet. Un jury n'est pas tenu de justifier ses décisions ; il n'est même pas tenu de respecter la logique. En condamnant Simone Weber à vingt ans de prison, la cour d'assises de Nancy a jugé qu'elle était une meurtrière, mais non un monstre.

Le ragoût du Kazakhstan
Russie-Août 1991

Tout le monde sait que l'Union soviétique, ou ce qui la composait, est en pleine effervescence. Il s'y passe des choses que ni Marx ni Lénine, ni même Staline, qui ne manquait pas d'imagination, n'auraient pu rêver et encore moins imaginer. Tenez! par exemple : imaginez Nicolaï, un élégant Kazakh, aux yeux bridés. Il aborde les femmes dans les lieux publics, dans les parcs, dans la rue, les invite chez lui, dans sa chambre du foyer des travailleurs, à prendre un thé russe...

Voilà que ces femmes disparaissent. Mais l'URSS est grande, ces femmes ne présentent pas beaucoup d'intérêt, sinon pour leur famille. Les responsables ne les cherchent pas bien longtemps, supposant qu'elles ont décidé de refaire leur vie dans une autre République, sous un nom d'emprunt, ou qu'elles travaillent pour le KGB... ce qui explique tout en Union soviétique.

Un soir, deux Moscovites, Sergueï et Andreï, rentrent dans leur foyer pour y dormir après avoir absorbé un peu plus de vodka qu'ils n'auraient dû. Ils ne sont pas franchement ivres, mais ils ont du mal à retrouver la serrure qui va avec leur clé. Ils ont même du mal à retrouver la chambre qui va avec leur serrure. Alors, sans s'en rendre compte, ils pénètrent chez le voisin qu'ils ne connaissent pas. Ça sent, d'ailleurs, une drôle d'odeur là-dedans, une odeur de ragoût fade. Effectivement, une gamelle bouillonne gentiment sur un réchaud.

Une fois que nos deux lascars sont dans la place, ils ont la curiosité de soulever le couvercle de la casserole. Précipitamment, ils le laissent tomber au sol, n'ayant pas trop de leurs deux mains pour s'empêcher de vomir... Une tête de femme mijote dans un mélange de tripes humaines. Andreï s'évanouit et Sergueï, soudain beaucoup moins «gai» se précipite sur le téléphone.

Quand le «cuisinier cannibale» rentre chez lui, il est attendu par les policiers. Tous aveux faits, on l'enferme dans un établissement spécialisé. Il pourrait difficilement nier les faits d'ailleurs, car, chez lui, on découvre des lambeaux humains en état de putréfaction... Il ne peut pas expliquer pourquoi il suit des femmes belles et jeunes uniquement pour les massacrer à coups de hache et de couteau, ni pourquoi il éprouve le besoin de les dépecer, sinon parce que les petits morceaux sont plus commodes à cuire en ragoût... Difficile de mettre une femme dans une cocotte-minute.

Comme, dans sa République, on a encore des traditions culinaires, Nicolaï accommode ses victimes avec des épices et des ingrédients qui font qu'il se lèche les babines en dégustant ses victimes. Pauvres filles en mal d'amour qui espéraient connaître l'extase et pas du tout finir en plat de résistance ! Il faut croire que Nicolaï (qui a refusé tout contact sexuel avec ses proies) est un fin cordon-bleu car il fait partager ses «préparations» à d'autres ouvriers du foyer des travailleurs, et ceux-ci s'en sont déclarés fort satisfaits sans savoir, bien sûr, qu'il dégustaient de pauvres filles. Quand ils l'ont su, ils ont eu des nausées.

On interne Nicolaï pendant neuf ans à Tachkent, en Ouzbékistan. On l'examine, on fait des rapports, on lui administre à fortes doses des neuroleptiques, on le fait sauter sous la douleur des électrochocs : aucun résultat notable, on le trouve plutôt bien élevé, mais irresponsable. Quand il demande à être transféré dans un établissement psychiatrique plus proche de la résidence de sa famille, les médecins acceptent le changement. Mais Nicolaï, lors du transfert, s'évade et disparaît : une nouvelle série de candidates à l'amour se transforme en plats du jour. La presse, pourtant, multiplie les mises en garde. On publie une série de portraits de Nicolaï qui, selon les journalistes, verrait sa physionomie se transformer, telle celle d'un loup-garou, au moment où il s'apprêterait à égorger sa victime offerte à l'amour…

On vient d'arrêter Nicolaï dans un contrôle de routine, bien loin de Moscou où l'on pensait qu'il se cachait commodément pour commettre ses forfaits. Déjà, il y a trente ans, un assassin terrorisait les Moscovites en égorgeant les innocentes qui lui ouvraient leur porte. Il leur disait, à travers l'huis, qu'il était l'employé du gaz. On ne l'a jamais retrouvé… Il ne savait peut-être pas cuisiner.

La chute du Papillon d'Argent
France-Octobre 1991

Vous avez assisté aux représentations du cirque d'Achille Zavatta dans les années 50 ? Vous avez peut-être gardé un souvenir ébloui du spectacle. Vous vous souvenez du splendide trapéziste en maillot collant à paillettes d'argent qui faisait transpirer d'angoisse la foule silencieuse en se jetant dans le vide selon des figures qui semblaient impossibles à réaliser, se rattrapant au moment le plus inattendu pour repartir à nouveau vers le haut du chapiteau, bloquant sa chute au moment où l'on n'y croyait plus…

Mais vous avez sans doute oublié l'identité de cet artiste du vertige, de ce magicien de l'irréalisable, dont chaque muscle répond avec précision pour éviter la mort qui le guette à tout instant... Le Papillon d'Argent, Bernard R., utilise un nom passe-partout bien fait pour le personnage, car, en dehors des minutes excitantes de voltiges quotidiennes sous le chapiteau, l'acrobate d'argent se transforme et met son talent musclé au service de causes moins spectaculaires mais plus enrichissantes, en tout cas pour lui.

La nuit, Bernard, vêtu d'un collant noir, se glisse discrètement le long de façades cossues, cherche et trouve une fenêtre entrouverte, une porte vitrée qui, depuis un toit ou une terrasse, permet de s'introduire dans l'intérieur luxueux de quelque riche personnalité du monde élégant qui gravite entre Paris, New-York et Saint-Trop. Les signes extérieurs de richesse, voilà ce qui attire notre Papillon d'Argent. Il repart, quelques instants plus tard, chargé de petits sacs anonymes. Ces petits sacs contiennent des bijoux et des billets de banque encore plus anonymes. Ces valeurs vont permettre à Bernard de figurer dignement, et pendant de longues années, parmi la faune internationale qui hante les jours et les nuits de la Riviera.

Hélas ! le Papillon se brûle parfois les ailes. Rattrapé par la police, il est quelques fois condamné à des peines qui le retiennent loin des trapèzes et loin des chambres bourgeoises. Quand il refait surface, il n'a aucun problème pour reprendre sa place sous le chapiteau : parmi les gens du voyage, on ne juge pas les individus sur leur casier judiciaire mais seulement sur leurs capacités professionnelles. La jet society, encore moins scrupuleuse, juge souvent les gens sur la marque de leur voiture ou celle de leur whisky...

Rendu plus prudent et plus efficace par ses déboires précédents, le Papillon, après quelques condamnations, ne se lance plus que dans des cambrioles de haut vol. Fréquentant le monde frelaté des fortunes vite faites, il s'y intègre de mieux en mieux. Plagiste sur la Côte d'Azur dans les années 60, on le retrouve très vite avec une villa de rêve dans le Var; le trapéziste entre sans effort dans la peau d'un gentleman cambrioleur, conducteur de Jaguar, charmeur avec les dames, séducteur de jour et monte-en-l'air de nuit. Parfois on l'arrête, parfois on le condamne : un mois par-ci, trois ans par-là.

Il élargit le champ de ses exploits : la Grèce, où on le mitraille alors qu'il est à califourchon en haut d'un mur, l'Italie, où il s'échappe d'un commissariat, la Belgique, l'Angleterre. Partout il pénètre, sans presque se faire remarquer, dans les maisons de millionnaires au moment où la fête bat son plein. Show-business et princes arabes sont ses victimes désignées. Mais les choses n'aboutissent pas forcément : ainsi l'une de nos stars nationales et internationales peut se féliciter de l'efficacité de son système d'alarme : sans lui, on lui aurait peut-être dérobé autre chose que sa fameuse collection d'escarpins...

En août 1989, au moment où monsieur M. et son épouse reçoivent leurs amis pour fêter le tout proche accouchement de madame, notre Papillon d'Argent, tout de noir vêtu, pénètre dans une chambre où bien imprudemment, on a laissé traîner dans un secrétaire 120 000 francs de bijoux et 200 000 francs en billets de banque. Quelqu'un, peut-être, a vu une silhouette là-haut, se glisser sur le toit, mais on n'est sûr de rien.

Et la vie continuerait ainsi si le trapéziste monte-en-l'air ne se faisait quelques ennemis. Un « ami » le trahit. Le travail classique de la police fera le reste : on surveille ses appartements, ses activités professionnelles (il prétend être associé dans une affaire d'immobilier à Neuilly), ses relations (un bijoutier-receleur déjà connu à la PJ et déjà condamné à quinze ans pour recel-aggravé), ses maîtresses plus ou moins ingénues, plus ou moins bavardes, ses contacts – proxénète avoué ou chauffeur de taxi louche.

De dénonciation en coup de téléphone anonyme, de perquisition en mandat d'arrêt, d'aveu en découverte, les policiers finissent par mettre la main, chez l'une ou chez l'autre, sur plusieurs sacs de bijoux hâtivement jetés dans des canalisations de w.c.

Tous avouent avec des explications confuses. Le Papillon d'Argent a des troubles de mémoire et se mélange un peu dans ses souvenirs. Comme par hasard, les bijoux qu'on trouve chez lui sont, prétendument, des cadeaux, des liquidations de souvenirs de famille yougoslaves, des achats intéressants que lui ont proposés des « amis » – justement introuvables, réfugiés à l'étranger ou en villégiature au cimetière.

Mais les bijoux, surtout de grande classe, ne se « fourguent » pas aussi facilement : les diamants, taillés en forme de roses par la maison Cartier, ont un créateur qui sait les identifier.

D'autant plus que, les débouchés étant de plus en plus étroits dans le monde des acheteurs sans scrupule, on finit par proposer les bijoux volés à celui-là même, légitime propriétaire, qui en avait été dépossédé. Décidément, le Papillon d'Argent, en voulant compliquer les figures de haut vol, a fini par se mélanger dans ses trapèzes.

Chute définitive de Bernard, cinquante-huit ans, inculpé, cette fois, de 17 cambriolages entre Nice et Saint-Tropez : dans une dizaine d'années, sortant de derrière les barreaux, il sera certainement bien trop vieux pour reprendre ses escalades nocturnes. Que lui restera-t-il des 42 784 400 francs de bijoux et des 3 058 800 francs de liquide qu'il a indûment fait sortir des commodes de ses hôtes involontaires ? Quand on songe qu'il est « tombé » pour avoir été trouvé en possession de deux petites montres qui valent à peine 10 000 francs. Quelle misère ! Il aura peut-être droit à l'aide de ses deux enfants, s'ils ne se sont pas brûlé les ailes, comme leur père, aux lumières de la Riviera...

Un peu de chaleur
Suisse-Mars 1991

Madame D. a quarante ans. Enceinte de 27 semaines, elle ressent soudain les premières douleurs. Dans les plus brefs délais on la transporte à la clinique. Clinique genevoise puisque madame D. est Suissesse, et qu'elle s'attend, un peu prématurément il est vrai, à donner un citoyen de plus à cette Confédération bénie des dieux. Mais, 27 semaines, c'est un peu tôt, même en Suisse, pour mettre au monde. Alors madame D. s'inquiète, légitimement, mais elle n'a pas trop le temps de réfléchir, car voilà que l'enfant pointe le bout de son nez.

Le médecin, lui non plus, n'est pas trop optimiste. Il a à tort, cru comprendre que madame D. est enceinte de 25 semaines et il pense déjà, par avance, que l'enfant n'a pas beaucoup de chances de survie. Il lui est déjà arrivé d'accoucher deux prématurés de 28 et 29 semaines : l'un est resté aveugle et l'autre souffre de lésions cérébrales. Horreur pour les familles qui doivent faire face à ces problèmes pour le reste de leurs jours.

Madame D. a mal, mais c'est normal. Son médecin est pessimiste et ça se comprend...

Lorsque cet enfant-là paraît, ce n'est qu'une toute petite chose qui respire à peine. 750 grammes toute mouillée (car c'est une fille). Elle n'aura sûrement pas le temps de porter le prénom de Lisa que sa mère avait déjà choisi par avance. Les larmes aux yeux, madame D. échange un regard interrogateur avec le médecin qui, en faisant la moue, se contente d'un mouvement du menton facile à interpréter : « Aucun espoir ».

Madame D. soupire, comprend qu'elle a mis au monde un enfant mort-né et ferme les yeux en pleurant de plus belle. Alors le médecin, pour ne pas prolonger davantage les souffrances morales de la mère, roule cette petite chose rouge et gluante dans une serviette et l'emporte sans un mot, puis, ne sachant trop qu'en faire, la dépose dans un coin, sur la plaque d'un radiateur allumé car nous sommes encore dans la saison froide. Quelqu'un, se dit le médecin pessimiste, passera un peu plus tard quand la nature aura fait son œuvre pour disposer de ces 750 grammes de chair malchanceuse et inutile qui ne seront jamais suisses.

Madame D. referme sa petite valise. Elle récupère vite et désire penser à autre chose, peut-être déjà au futur bébé qu'elle va à nouveau tenter d'obtenir du ciel dans quelques mois mais, « vous savez, à quarante ans, les choses deviennent délicates. Si c'est pour se retrouver une autre fois avec un enfant presque mort-né »...

Ensuite elle rentre chez elle. Le médecin aussi rentre chez lui et la future « ex » Lisa reste abandonnée sur le radiateur, sans même une bénédiction quelconque, avant de rejoindre le purgatoire des infortunées...

Un peu plus tard dans la nuit, une infirmière de service fait sa ronde et, machinalement, remet en place tout ce qui traîne. Elle avise la serviette sur le radiateur, et son âme suisse frémit : ça fait vraiment désordre, ces paquets de linge sale posés n'importe où. En empoignant d'une main ferme la serviette, elle est surprise de sentir à l'intérieur une « chose » vivante et qui respire. Qui respire mal, mais enfin, « depuis quand, dans les vingt-trois cantons, laisse-t-on des nouveau-nés en équilibre sur les radiateurs ? », se dit l'infirmière helvète. Avec une efficacité certaine, cet ange de garde a tôt fait d'administrer les premiers soins à Lisa. Grâce à elle, on la transfrère dans un autre établissement plus hospitalier et plus optimiste.

Aujourd'hui, Lisa a retrouvé une maman ébahie, heureuse, et confuse. Elle pèse pratiquement un poids normal, mais elle souffre de problèmes respiratoires qu'on aurait sans doute pu éviter si un médecin «optimiste» lui avait nettoyé les voies respiratoires et lui avait donné sur les fesses la claque qui vous assure, en principe, un bon départ dans la vie. Parions qu'elle va vivre jusqu'à quatre-vingt-dix-neuf ans au moins...

Gigot et brochettes
France-Octobre 1991

Robert G., contremaître, est au chômage. Alors, pour se changer les idées, il décide que sa femme et lui vont prendre quelques jours de vacances dans un camping sympathique. La vie ne sera pas plus chère au camping que chez eux et, malgré tout, Robert peut encore s'offrir les quelques litres d'essence nécessaires au voyage, ainsi que le prix d'entrée journalier du camping. Il se réjouit de ces jours de repos, jours de soleil avec un peu de chance, de grand air, loin des soucis du quotidien. Rien de tel qu'une semaine ou deux là-bas pour se refaire une santé, attaquer la rentrée et un nouveau travail, peut-être, du bon pied.

Mais on ne sait jamais ce que l'avenir réserve...

Robert regarde la télévision en compagnie de son épouse quand quelqu'un frappe discrètement à la porte de leur appartement. Robert ouvre et découvre une voisine qu'ils connaissent vaguement, et qu'ils n'ont pas vue depuis longtemps. Une dame avenante qui tient un sac en plastique à la main.

– Tenez, dit l'aimable voisine, je viens de rentrer d'Arabie Saoudite.

– Ah oui ! dit Robert, comme ça doit être intéressant...

– Ma fille occupait mon appartement, mais à présent je suis rentrée. Elle m'a laissé un gros paquet de viande dans le congélateur : c'est du mouton mais, vous savez, après des années en Arabie, je ne peux plus supporter le mouton, alors, si ça peut vous faire plaisir, je vous en fais cadeau.

Robert, après un temps d'hésitation, se confond en remerciements, fait entrer la voisine, lui propose de boire un petit quelque chose pour la remercier, mais la dame a hâte de rentrer chez elle. Sa fille, Véronique, a occupé les lieux et y serait encore si la guerre du Golfe n'avait tout bouleversé. Elle doit faire un peu de ménage. Robert trouve que ce cadeau tombe à pic. Il va emmener toute cette viande au camping et, une fois décongelée, il va y avoir plusieurs jours de brochettes, de ragoût et autres petits plats.

Mais, en réalité, Robert et son épouse vont être déçus.

Le lendemain, Robert et sa femme prennent la route avec toutes les provisions possibles et le mouton dans une glacière. On va pouvoir s'offrir des vacances pour presque rien. Mais, un jour plus tard, après l'installation au camping, Robert, qui s'apprêtait à faire des brochettes ou un beau gigot aux flageolets, croit s'évanouir d'horreur en déballant la viande congelée.

En fait de rôti de pré-salé, il trouve, à demi décongelée, une petite fille et son cordon ombilical. Prévenue, la voisine, éperdue d'horreur, réalise pourquoi sa fille Véronique avait un drôle d'air, récemment. De toute manière, elle a disparu sans laisser d'adresse. On comprend pourquoi...

Fléchettes
France-Avril 1991

Marguerite C. a trente-sept ans et des ennuis de toutes sortes : divorcée, mère de famille, très dépressive, on lui a retiré ses trois enfants. Elle est seule, ses ressources diminuent et elle ne paie plus son loyer depuis plusieurs termes. Heureusement, elle vit en HLM, ce qui lui permet de souffler un peu. Malheureusement elle vit dans le nord, où le soleil ne remonte pas le moral tous les jours, surtout en hiver. Alors, après quelques séjours en institution psychiatrique, Marguerite, petit à petit, se retire du monde, maigrit de 20 kilos, ne parle plus à personne, même aux voisins. Ceux-ci finissent par ne plus savoir si elle est là ou partie en voyage.

Mais les HLM, malgré leur patience légendaire, ont fini par expulser Marguerite. Au point où elle en est, ça ne la trouble pas. Elle écrit une lettre confuse, ne l'expédie pas. Le temps passe... Elle ne prend plus de nouvelles de ses enfants, confiés à la DDASS.

Bien sûr, il y a monsieur C., l'ex-mari, qui paie une pension alimentaire. Mais l'ex-épouse n'encaisse plus les chèques. Monsieur C. vient tambouriner sur la porte de l'appartement : personne ne répond et comme Marguerite a fait changer les serrures, il ne peut pénétrer à l'intérieur. Alors, en haussant les épaules, monsieur C. se dit qu'on verra plus tard, que sa femme s'est peut-être arrangée autrement, qu'elle a peut-être lié son destin de dépressive à un autre destin.

Autrement dit, tout le monde se désintéresse de ce qui arrive à Marguerite, sauf ses enfants, qui n'ont pas droit à la parole, et les HLM qui comptent leurs sous... On coupe l'électricité ; Marguerite ne prend même plus son courrier dans sa boîte. Où diable a-t-elle bien pu aller ?

Finalement, ce mardi 2 avril 1991, un huissier de justice en complet-veston et cravate discrète, un serrurier et quelques agents de police se présentent devant la porte de Marguerite pour l'expulser – ce que l'on nomme une « reprise des lieux ». Et ces messieurs font leur devoir. Après avoir donné du poing contre l'huis, puisque la sonnette ne fonctionne plus, l'huissier fait procéder à l'ouverture, sous l'œil intéressé des voisins. À l'intérieur tout est calme, poussiéreux, tranquille. Juste un relent un peu plus fort que la normale.

– Cet été, on pensait qu'il y avait un chat crevé dans un coin, précise une voisine, sans commentaire superflu.

Ces messieurs s'avancent d'un pas prudent : on ne sait jamais. Un carreau cassé dans une baie vitrée : voilà le seul désordre chez Marguerite qui était trop déprimée pour en mettre davantage.

Mais Marguerite est là ! Muette, tranquille, assise dans son fauteuil, immobile. Marguerite ne dit rien car elle est morte. Momifiée. Près d'elle, la fameuse lettre qu'elle n'a pas expédiée. Il est évident qu'elle a mis fin à ses jours. Mais les cheveux se dressent sur la tête de l'huissier, du serrurier et des agents de la force publique (qui en ont pourtant vu d'autres)… Marguerite a choisi, pour mettre fin à ses jours, une technique qui laisse tout le monde pantois : elle s'est suicidée en se plantant dans la tempe… une fléchette, comme celles qu'on lance habituellement sur de jolies cibles noires et jaunes. D'ailleurs, la malheureuse s'y est certainement reprise à plusieurs fois avant de s'enfoncer l'engin fatal en plein dans la tempe : celle-ci est percée de plusieurs trous. Après diverses tentatives atroces, semble-t-il, elle a fini par parvenir à ses fins et elle est morte. Et son corps est demeuré assis sur le fauteuil pendant dix-huit mois ; à présent, c'est un corps parcheminé qui contemple le monde de son regard fixe.

Ceux qui suivent toute cette affaire avec le plus grand intérêt, ce sont tout d'abord les voisins de palier qui, d'ailleurs, n'ont jamais rencontré Marguerite depuis leur arrivée dans le bâtiment. Jamais rencontré ? Enfin presque… Et ça dépend de qui l'on parle car, si les parents n'ont jamais vu Marguerite vivante, les enfants, eux, âgés d'une dizaine d'années, la connaissent. Et c'est là que l'affaire devient surréaliste, rejoignant l'univers macabre d'Edgar Poe.

Les balcons des deux appartements sont contigus et les enfants des voisins, par curiosité, passent de l'un à l'autre. Une fois sur le balcon de Marguerite, ils jettent un regard par la fenêtre, puis, cassant une vitre, ils réussissent à ouvrir et à entrer. Une fois à l'intérieur, les deux gamins, tremblant un peu, commencent à explorer les pièces.

Soudain, ils se figent : là, assise dans son fauteuil, les contemplant d'un air triste et fâché, Marguerite. Mais les deux enfants en ont vu d'autres à la télé et au cinéma. Vite, le garçon dit à sa sœur : « Tu vois bien qu'elle est morte », et comme la petite sœur n'en est pas très convaincue, le grand frère, avisant un jeu de fléchettes abandonné sur la table, attrape un des petits fuseaux emplumés et, d'un geste précis, le lance vers Marguerite, dans laquelle il se plante. Marguerite encaisse sans broncher… et pour cause. Alors les enfants repartent, car la clef de la porte palière est dans la serrure. Quelques jours plus tard, ils reviennent, seuls ou avec d'autres petits camarades, ravis de leur terrain de jeu secret, emportant des jouets, les remettant en place (à la demande des parents qui ont des principes).

Et, plusieurs fois, Marguerite sert de cible, ce qui fait d'abord croire à la police, en voyant les multiples traces de fléchettes qu'elle porte à la tempe, que la pauvre créature s'y est reprise à plusieurs fois pour réussir son suicide… Marguerite, pourtant, s'est simplement laissé mourir de désespoir…

Des baisers dans les vestiaires
Allemagne-Avril 1991

Stephanie V. n'est pas mécontente de voir la fin de la journée : elle n'est encore qu'élève-infirmière à l'hôpital, mais les journées sont bien remplies entre les cours, toutes les activités pratiques, les infirmières-chefs, les collègues plus expérimentées, les malades, et tout un univers fait de tensions, de souffrances, d'ambitions et de gestes précis.

Dans le vestiaire, Stephanie bavarde avec une autre élève-infirmière, pressée elle aussi de rentrer chez elle, et qui s'éclipse très vite. Stephanie pense à la soirée qui s'annonce quand soudain, elle sent une main sur son épaule. Avant qu'elle réalise ce qui se passe, une bouche gourmande se colle à son cou, tandis qu'une voix connue lui roucoule, en haletant, des petits mots doux. Elle sursaute, se dégage, et reconnaît son « agresseur » : Mathias, l'objecteur de conscience qui effectue son service « militaire » à l'hôpital. Celui-là, c'est vraiment un cas.

Tout en se débattant sous les baisers, la jeune fille lui lance des injures, puis, comme il insiste, elle appelle au secours en se disant que, cette fois, la coupe est pleine. Dès le lendemain, elle ira se plaindre à la directrice des études – « Qu'est-ce qu'il se croit celui-là, avec ses façons d'agresser toutes les filles de l'hôpital en leur proposant "de faire quelque chose ensemble" ? Il ne s'est jamais regardé dans une glace. Un vrai remède contre l'amour... »

Mais Stephanie, qui continue à se débattre, n'a pas le temps de penser plus avant. Surprise et horrifiée, elle sent soudain un coup violent à l'estomac. Son « amoureux », vexé de son refus, paniqué par ses hurlements, vient de lui enfoncer un couteau dans l'estomac. Un second coup suit le premier. Le sang gicle dans les vestiaires. Stephanie perd conscience, glisse au sol.

Mathias la contemple fixement, puis se dirige vers la porte (qu'il avait pris la précaution de fermer en entrant), tourne la clef et sort en laissant sa victime sans connaissance. Il rentre chez lui, se dirige vers l'écurie, enfourche sa jument et part, le regard vague, se promener dans la forêt toute proche. Sa promenade dure deux heures. Au bout de ce laps de temps, très long, il décide de se rendre à la police pour régler ses comptes avec la justice et, peut-être, pour savoir enfin si la pauvre Stephanie est encore vivante...

Au cours du procès, Mathias affirme que Stephanie, dans la bagarre, l'a traité d'«obsédé sexuel», et qu'il a «déconnecté» en entendant ça, qu'elle s'est moquée de ses «exploits». Exploits qui lui ont pourtant valu une renommée mondiale et 432 jours de prison, mais qui font que, depuis sa libération, aucun employeur ne veut prendre dans son entreprise un «allumé» du genre de Mathias...

Vous ne vous en souvenez pas ? En 1987, un petit avion Cesna atterrit en plein milieu de la Place Rouge, à Moscou, déjouant tout le système de défense antiaérienne soviétique. Le ministre de la Défense soviétique est aussitôt limogé. L'audacieux pilote, un Allemand de l'Ouest âgé de dix-neuf ans, Mathias R., est arrêté sur-le-champ. Condamné à quatre ans de prison soviétique, il fait la une des journaux du monde entier. Relâché après plus d'un an, sollicité par la presse, vedette sympathique, il doit cependant subir un traitement psychiatrique pour retrouver son équilibre. On lui fait prendre des drogues... Voilà sans doute pourquoi, pour draguer, il fait dans le genre «violent».

La blessure infligée à Stephanie est plus profonde que la lame du couteau, une partie du manche a pénétré dans la blessure... Mais la pauvre fille en réchappe.

Mathias, quand il sortira de prison, après deux ans et demi, veut consacrer sa vie à des études de théologie. De toute manière, les autorités allemandes lui ont interdit à vie de reprendre les commandes d'un avion... Pour ce qui est des couteaux et des filles...

La nausée
France 1991

Deux prénoms de fillettes ont symbolisé, cette année, la longue liste des crimes d'enfants. Muriel et Ingrid, qui s'en allaient main dans la main acheter au village des images d'Épinal à coller dans leurs cahiers. Une petite fille blonde, une petite fille brune, dix ans chacune, vivaient dans les Pyrénées-Orientales. Elles étaient cousines et Ingrid fêtait son anniversaire. Dix ans.

Un homme passait par là, par hasard... Ou peut-être pas. Un homme marié, père de deux enfants déjà grands, un cadre de société dans une Polo blanche ; un homme qui n'était pas du village. Un homme qui ne porte pas inscrit sur le visage ce qu'il est en réalité. Un pédophile.

La définition de ce vilain mot est la suivante : « Trouble présenté par des adultes cherchant à obtenir une excitation sexuelle en ayant des relations, le plus souvent des attouchements, avec des enfants prépubères, ou en s'imaginant ces relations. Dans la majorité des cas, l'enfant est une fillette âgée d'une dizaine d'années. »

Le 19 octobre 1991, nous sommes dans la « majorité des cas ». L'homme a déjà été condamné pour « attouchements ». Une première fois en 1983, à Orléans ; une seconde fois en 1990, à Chaumont. À l'exception de sa femme, des victimes, des policiers, du juge qui l'a condamné, du psychiatre qui l'a suivi, et de son dernier employeur qui l'a licencié, personne n'est au courant de ses antécédents ; mais cela fait beaucoup de monde, finalement.

La première fois, il s'agissait d'un attentat à la pudeur avec violence sur une mineure – treize mois de prison ferme, et obligation d'un suivi médical.

La deuxième fois, cinq ans plus tard, il est arrêté en flagrant délit... mais comme sa première condamnation date de plus de cinq ans, il est jugé comme pour un premier délit. Sa femme le défend, affirme qu'il va régulièrement chez le psychiatre, qu'elle lui a pardonné et veut l'aider à s'en sortir. Elle supplie pour que l'on ne cite pas son nom dans la presse régionale, afin de préserver ses propres enfants. Honte, humiliation et secret. Tabou.

Jugé en correctionnelle pour s'être exhibé nu devant deux petites filles, au bord de la Marne, l'homme écope d'une peine de deux mois avec sursis.

Il a quarante-six ans, un quotient intellectuel que l'on dit remarquable. Bonnes études, carrière très convenable ; son dernier emploi dans une entreprise de bois de décoration lui assurait un bon revenu. Mais son comportement au sein du personnel a fini par le perdre. Il engage des stagiaires en minijupe, en leur promettant monts et merveilles, dans une chambre d'hôtel louée pour effectuer ce recrutement très particulier. Il poursuit une secrétaire de ses assiduités et, lorsque intervient sa condamnation pour exhibitionnisme, le personnel affronte la direction : ou il s'en va, ou on affiche le jugement...

C'est cet homme-là qui se balade en voiture, le 19 octobre 1991, dans les Pyrénées-Orientales.

Il parcourt la région. À la recherche de quoi ? D'un emploi ou d'un autre fantasme ?

Debout près de sa voiture, une carte de téléphone à la main, il demande aux deux petites filles :

– Vous pourriez m'indiquer une cabine à carte ?

116

Et les deux petites files vont monter dans la voiture blanche pour indiquer au «monsieur» le chemin de la cabine.

Tous les parents ont seriné à leurs enfants, et en particulier aux petites filles, de ne jamais suivre un inconnu, de ne jamais monter dans une voiture avec un étranger. Les parents de Muriel, durant la première terrible semaine d'enquête, diront même : «Elle n'aurait pas suivi un inconnu.»

Si. Parce que les enfants sont ainsi, confiants envers les adultes, n'imaginant pas une seconde le mal dont on leur parle. À quoi ressemble-t-il, ce mal ? Il n'a aucune consistance, aucune réalité.

Il y a peu de temps, dans une école en Suisse, une expérience a été tentée. On a expliqué à toute une classe d'enfants de dix ans qu'il ne fallait pas accepter de parler à un inconnu ou de le suivre à la sortie de l'école. Qu'il ne fallait surtout jamais monter dans une voiture avec quelqu'un d'inconnu. La semaine suivante, un «commando» de volontaires adultes, hommes et femmes, s'est posté à la sortie de l'école et a joué le jeu. Quatre-vingt-quinze pour cent des enfants ont accepté l'invitation. Ils se sont laissé prendre par la main, croyant le premier prétexte invoqué ; ils sont montés dans une voiture ; ils ont cru à tous les mensonges. Ils ont suivi des gens inconnus, qui pour un bonbon, qui pour se faire ramener à la maison, «maman t'attend».

Et c'est terrifiant.

Muriel et Ingrid, dix ans chacune, montent dans la voiture blanche. L'homme les conduit à Collioure. Il y dispose d'un studio prêté par un ami.

Il a enlevé les deux petites filles le 19 octobre vers

19 heures ; le 21 octobre, il se débarrasse des corps dans le massif du Larzac, au fond d'un ravin boueux où stagne de l'eau, le cirque de Navacelles.

Entre-temps, il a soigneusement fait disparaître les traces de son double crime. Le studio est lavé, nettoyé. Avec un sang-froid terrible, l'homme s'est organisé : il a parcouru 250 kilomètres pour brouiller sa piste ; il s'est débarrassé des vêtements dans un étang ; il a transporté les corps sur des routes fréquentées, pour finalement les jeter dans ce ravin. L'émotion, le remords et toutes ces sortes de choses normales n'encombrent pas son cerveau. L'assassin est intelligent. Il cherche à sauver sa peau.

L'enquête dure depuis deux semaines. La France est à l'écoute, les photos des petites filles, la blonde et la brune, ont paru dans toute la presse. Une immense mobilisation de tout le village où vivaient les deux enfants a permis de ratisser les environs. Cent cinquante gendarmes et militaires, ainsi que des bénévoles, ont exploré les six kilomètres qui mène du village à la mer, à mi-chemin entre Perpignan et Collioure. Le maire a fait un travail formidable, un véritable PC de guerre s'est installé à la brigade de recherches de Perpignan, où deux ordinateurs trient le flot des informations. Le réseau Saphir de la gendarmerie fonctionne de façon exemplaire.

Un seul témoignage a été pris en considération : une femme du village a aperçu l'homme à la voiture blanche ; il était debout et a tenté de dissimuler son visage lorsqu'elle l'a croisé. En apprenant la disparition des enfants, cette femme a compris instinctivement que la piste était là. On lui montre deux modèles de véhicule, elle désigne une Polo, carrosserie break.

Quant à l'homme, il est chauve ; c'est le seul signalement qu'elle peut donner.

Sans numéro d'immatriculation, le fil à remonter le crime demeure mince, mais le réseau Saphir est une véritable toile d'araignée. En dix jours, tous les sadiques de la région, tous les renseignements sur les condamnations pour mœurs ont été épinglés. Dont un, provenant de Hollande.

Une personne proche d'un certain Christian Van G., connaissant ses mœurs et ses condamnations, ayant appris sa présence dans la région de Perpignan, a des doutes et s'interroge avec angoisse. Angoisse compréhensible, car le suspect est son fils...

Christian est fiché; les renseignements parviennent rapidement au PC de la gendarmerie de Perpignan avec ses condamnations et son adresse récente. Immédiatement, un premier indice – l'homme a effectué un retrait bancaire le 19 octobre à Perpignan – confirme qu'il était dans la région le jour de la disparition de Muriel et Ingrid.

Le réseau Saphir resserre ses filets sur le personnage. On apprend qu'il est en réanimation à l'hôpital de Saint-Dizier pour tentative de suicide!

L'histoire de ce suicide manqué est un détour intéressant.

Notre assassin est allé à Lourdes, car il est religieux. Il a abandonné sa voiture sur un parking, loué une chambre dans un hôtel, et là... il s'est tailladé les poignets, a avalé des barbituriques, passé son cou dans une corde à rideau censée l'étrangler, et a tellement hurlé de désespoir que la direction de l'hôtel a appelé le SAMU.

L'assassin semble avoir utilisé tous les moyens de se suicider, pour se retrouver à l'abri, à l'hôpital durant quatre jours. Prévenue, sa femme est venue le voir; elle a récupéré la Polo blanche, puis le mari, le 26 octobre, pour le ramener à l'hôpital de Saint-Dizier. Dans son délire de suicidé, l'assassin aurait dit à sa femme: «J'ai fait une grosse bêtise.»

Le pédophile est un homme adulte qui retourne facilement dans l'enfance. Il en emploie les termes. Et ils nous apparaissent monstrueux, ces termes de «grosse bêtise», lorsqu'on imagine le détail de son double crime. L'enlèvement, la violence, l'étranglement des deux enfants, le viol, tout ce qui s'est passé entre le 19 octobre et le 21 octobre... une «grosse bêtise».

Il tiendra vingt heures avant d'avouer la «grosse bêtise». Vingt heures de garde à vue, au cours desquelles il va encore tenter de s'offrir un alibi, de nier l'évidence. Pour un candidat au suicide par remords, il a tout de même de la suite dans les idées.

Enfin il avoue, il raconte la ruse de la cabine téléphonique, le studio de Collioure où il est resté une heure et demie avec les deux petites filles. L'une d'elle, Muriel, aurait même dit avec méfiance : «On sait qu'on est à Collioure.»

Le reste des aveux demeure dans le dossier du juge d'instruction, c'est préférable. Le détail des horreurs commises par cet homme est insoutenable. Le juge d'instruction ne lâchera qu'un seul commentaire à la presse :

– J'ai assisté à l'autopsie des deux enfants ; on est à la limite du supportable. Un élément psychologique d'ordre religieux m'a permis d'attendrir le meurtrier qui refusait de révéler l'endroit où se trouvaient les corps. Il disait que Bernadette Soubirous lui avait refusé sa mort, je lui ai répondu : «Si vous voulez la remercier, laissez-lui un message, dites-nous où sont les corps.» Il a accepté à la vingtième heure d'interrogatoire.

Toute la France a pu voir, à la télévision, la fureur des habitants du village et entendre la famille de l'une des victimes réclamer d'abord la peine de mort, puis appeler au calme et à la sérénité de la justice. La maire lui-même a demandé à son village de surmonter sa colère légitime, de ne pas transformer cette horrible affaire en fanion de combat pour revenir à la peine de mort.

Durant plusieurs jours, les remous politiques, les avis de personnalités diverses ont animé l'éternel débat. Le sénateur-maire de Perpignan a déposé une proposition de loi «tendant au rétablissement de la peine de mort pour les crimes de sang assortis de violences sexuelles perpétrés à l'encontre de mineurs».

Un village en état de choc. La France a la nausée. La France assiste à l'enterrement de deux petites filles de dix ans.

Dans la cathédrale du village, le prêtre officiant appelle à la justice, à la paix, à la fraternité et à la tolérance. Mais l'âme des assistants est ailleurs, peu d'entre eux vont communier sur ces principes. La révolte est trop profonde, le sentiment d'injustice trop grand. Comment peut-on laisser en liberté des hommes capables de «ça»? Comment des psychiatres peuvent-ils considérer un homme comme Christian non dangereux pour la société? Comment peut-on condamner un récidiviste maniaque sexuel à seulement deux mois avec sursis? Comment peut-on se contenter d'un suivi médical en liberté? Ne sait-on pas que ces hommes-là sont des récidivistes? Qu'ils flirtent sans arrêt avec les délits sexuels sans gravité pour parvenir en fin de compte à l'ultime délit? Et comment des parents meurtris, une société lasse de tant d'horreur peuvent-ils simplement accepter la clémence?

Il y a dans cette cathédrale, ce mercredi 5 novembre 1991, deux petits cercueils symboliques, chargés d'autres morts d'enfants – Sylvie, Céline, Christian, Miguel, Sarah, Anaïs, Marie-Ange, et tant d'autres. Le long cortège funèbre a traversé un village aux portes et aux vitrines closes. Le village a pris à son compte le deuil des parents de Muriel et Ingrid, mais aussi le deuil de tous les parents d'enfants violés et assassinés.

Le monstre a sa photo grandeur nature dans la presse. Il a déclaré: «Je croyais avoir réalisé le crime parfait.» On le décrit comme prétentieux, froid, menteur et calculateur. Les avis autorisés pleuvent sur son cas. On décortique le comportement des maniaques sexuels, on explique, on commente ; chacun donne sa version d'une prévention possible ou impossible. Il nous faut trouver un système de défense sociale contre les récidivistes de cette sorte… Rares sont ceux qui croient à la réalité du remords et de la tentative de suicide de cet homme-là. Trop intelligent, trop calculateur pour qu'on y croie. Il a cherché refuge en psychiatrie, une fois de plus.

Si le témoin n'avait pas remarqué sa voiture, son crâne chauve et son attitude, si sa mère adoptive, en Hollande, n'avait pas alerté la police sur ses propres doutes, cet assassin-là aurait pu échapper à la justice. Il n'est qu'à examiner le circuit qu'il a parcouru. Parti de Paris le 17 octobre, il est à Collioure le 18, le 19, à 16 heures, au village, le même jour, à 18 heures, de retour à Collioure avec ses deux victimes. Dans la nuit du 19 au 20, il parcourt 250 kilomètres pour se débarrasser des vêtements puis des corps. Le lundi 21 octobre, il est à Lourdes et s'installe dans un hôtel ; il retourne à Collioure nettoyer le studio et, le soir, rentré à l'hôtel, il monte sa tentative de suicide et est immédiatement transporté à l'hôpital de Lourdes.

Logique, sang-froid, et système de défense préventif.

Emprisonné, transféré de la maison d'arrêt de Montpellier à celle de Pau, puis à celle de Villeneuve-lès-Maguelonne, mis à l'abri des autres détenus qui auraient eu tendance à appliquer leur propre justice, Christian a encore fait parler de lui. Il a réclamé deux statuettes de la Vierge pour prier dans sa cellule. Il a demandé de l'argent à sa femme pour dédommager les familles, par un «gros chèque», de sa «grosse bêtise». On demeure confondu devant une attitude aussi naïve et infantile.

Et ce visage d'homme normal, de père de famille, de cadre supérieur intelligent, parfaitement inséré dans la société, n'a pas fini de hanter le public. L'instruction est en droit de le suspecter d'autres agressions.

En attendant, il ne verra personne, aucun enquêteur, durant trois mois, à l'exception du juge d'instruction, pour ne pas troubler sa mémoire sur les faits concernant Muriel et Ingrid. Mémoire qu'il dit flageolante, brouillée, indécise…

Il est issu d'une famille pieuse d'Eindhoven, aux Pays-Bas. Il a fait de brillantes études à Paris et décroché, à vingt-six ans, son diplôme de l'École supérieure de commerce. Il a occupé un poste de cadre supérieur chez Philips, parle cinq langues et a changé d'employeur par ambition personnelle. Il allait à l'église, il s'est marié, il a deux grands enfants… C'était un homme d'apparence normale ; un assassin dans la foule.

Ce crâne prématurément chauve, ces yeux bouffis sous les lunettes de cadre dynamique, cette bouche sinueuse, relevée aux coins en un sourire satisfait, pourraient amener l'observateur à commettre un délit de «sale gueule» a posteriori. Mais tous les assassins ont une «sale gueule», a posteriori. Après leur crime, ils portent leurs deux visages. Et la superposition du visage de l'homme normal et de celui de l'assassin donne le monstre.

En juin 1985, la France a ratifié le protocole de la Convention européenne sur les droits de l'homme, qui abolit la peine de mort. En 1985, la France avait précédé l'Europe, par un vote de l'Assemblée nationale et du Sénat. Tous ceux qui demandent l'annulation de ces deux votes n'ont aucune chance de l'obtenir.

Il reste la peine de prison incompressible. Il reste la médecine qui se déclare inefficace devant ce type de pathologie. Une thérapie est rarement la solution : la plupart du temps, ces individus sont des pervers responsables, dont le mauvais fonctionnement mental remonte à l'enfance et résiste aux traitements. Il reste aussi la castration chimique, à laquelle peu de malades consent et qui ne peut en aucun cas être imposée. Quant à la castration physique, elle relève du fantasme de certains.

Les maniaques sexuels sont des hommes. Les hommes ont des droits. Et notamment celui d'être jugés. Lorsque la justice aura établi que Christian est un pervers, nous n'aurons pas avancé de beaucoup. Il a détruit des enfants, détruit leurs familles, détruit la sienne, et donné la nausée à la France.

Comment faire pour empêcher une petite fille ou un petit garçon de suivre un docteur Hyde, déguisé en monsieur Jekill ?

L'enfance est innocente. C'est parfois sa condamnation.

Les violeurs
France
1991

Il y a, dans la salle des assises du tribunal, en ces journées de printemps 1991, le père et la mère d'Isabelle R., vingt-trois ans. La sœur et la mère de Noria B., dix-huit ans. Le père et la mère de Maria Luisa A., douze ans et demi.

Des parents qui se sont juré d'entendre jusqu'au bout le récit insupportable de la mort de leurs filles.

Il y a aussi la famille d'un garde-chasse, Marcel D., soixante-deux ans, dont la mort apparaît, curieusement, presque plus « normale » que les précédentes.

Pourtant, dans cette histoire, le mot normal n'a plus de sens. On cherche en vain une normalité quelconque aux accusés ; une lueur d'humanité, si infime soit-elle, soulagerait un peu.

Rien. Ils sont incapables d'exprimer le moindre remords. Le moindre regret. Pas même un embryon d'explication à leur randonnée sauvage.

Seule la violence humaine est gratuite, horrible, infecte.

Quatre individus ont été présentés devant la justice, la presse a largement raconté, en son temps, les crimes qu'ils ont accomplis de sang-froid.

Ce ne sont plus des enfants, ce ne sont pas encore des hommes. Ils auraient pu défiler un 14 Juillet devant la foule applaudissante : des paras, de la base de Toulouse-Francazal. De solides jeunes gens, gaillards, le béret héroïquement planté de côté sur un crâne virilement tondu...

Le premier d'entre eux, Philipe S., vingt ans, a d'ailleurs défilé à Toulouse, le 14 Juillet 1989, entre deux crimes. C'est un « Rambo » de pacotille. Un chef de commando minable.

Thierry B., dix-neuf ans, est son second.

Les deux autres, Thierry J., dix-huit ans, et Franck F., dix-neuf ans, sont des sous-fifres.

Ils sont entrés dans le box des accusés, raides de bêtise, avec parfois un petit sourire inexplicable, un air frondeur, un regard buté, une indifférence quasi minérale à la monstruosité de leurs actes, a dit un journaliste.

Le 30 mai 1989, bourrés de bière et le cerveau embrumé de trop de joints, Philippe, Franck et Thierry cherchent, selon leurs propres dires, « une connerie à faire ». Les boîtes sont fermées, la nuit est bien avancée, ils cherchent une voiture à voler pour rentrer à la caserne.

Isabelle, vingt-trois ans, gare sa voiture sur un parking. Elle rentre d'une soirée chez des amis.

Il est 1 heure du matin, et c'est l'horreur qui commence.

Première journée d'audience, premier crime.

Philippe répond froidement au président Schiex:

– C'est en la voyant que ça m'a pris. Je me suis précipité pour ouvrir sa portière, je l'ai attrapée par le cou, repoussée sur le siège-passager, et j'ai fait entrer les autres. Elle a voulu protester, je lui ai dit de fermer sa gueule.

C'est Thierry J. qui a baissé le dossier du siège-passager. Il ne se souvient pas. Thierry J, c'est le garçon aux trous de mémoire. Il «était là», il a regardé, assisté, participé. Dans quelle mesure? Le plus souvent, il a «oublié».

Philippe et Franck ont violé Isabelle à tour de rôle, puis ce fut le tour de Thierry J. lequel a pris 150 francs dans le sac de la jeune fille pour conclure la soirée. Ils ont roulé ensuite jusqu'à un champ de blé. Elle les a suppliés de la laisser partir.

Philippe raconte:

– Je lui ai dit que c'était grave ce qu'on avait fait, elle allait nous dénoncer. Elle m'a supplié de ne pas la tuer, mais une fille qui s'est fait violer parle. À plus forte raison quand il s'agit d'un viol collectif.

Thierry J. poursuit:

– Il l'a d'abord laissée partir, elle a fait quelques pas, mais il l'a rattrapée.

Philippe se sert de son ceinturon pour étrangler Isabelle et demande à Franck de venir l'aider.

– Je ne l'ai pas étranglée, proteste Franck.

– Je ne me rappelle pas, ajoute Thierry J., le «sans-mémoire».

Après quoi, Philippe la «pique» avec un tournevis.

– Je sais pas pourquoi j'avais la haine, elle bougeait encore. Je lui ai donné plusieurs coups.

En prenant la fuite avec la voiture, ils roulent sur le corps d'Isabelle. Puis ils mettent le feu à la voiture, abandonnée non loin de la caserne, et rentrent tranquillement dans leur chambrée.

Faire le mur dans cette caserne, «en sortie irrégulière» comme dit l'armée, ne semble guère difficile. Les contrôles sont laxistes, les activités des paras hors des murs incontrôlables.

Les détails monstrueux de ce viol collectif, Philippe les a donnés sans frémir. La maman d'Isabelle défaille à plusieurs reprises, son mari lui tient la main, bien fort. Ils veulent savoir, ils ont lu tout le dossier pour s'y préparer, ils tiennent le coup malgré l'horreur des précisions. Le viol répété cinq fois, les exigences sexuelles de Philippe, la détermination de Philippe lors de l'exécution. Il répète à volonté, et sans émotion apparente :

– Elle nous regardait tous, on était en cercle, elle a dit : « Ne me tuez pas, je ne dirai rien. » Elle a commencé à marcher en direction de la route, j'ai retiré mon ceinturon, je lui ai mis autour du cou. Elle est tombée sur le ventre, j'ai appelé l'autre pour qu'il vienne m'aider. C'est la pure vérité.

La pure vérité de Philippe. Besoin de violer et de tuer à vingt ans. Pourquoi ? C'est si difficile de draguer une fille ?

– On rigolait… dit Philippe.

Rigoler, pour la bande, c'est piquer des auto-radios, des voitures, se soûler, fumer n'importe quoi, rouler des mécaniques. Et suivre le petit chef de meute.

– C'est moi qui suis allé à la voiture, c'est moi le plus courageux…

Philippe, toujours, et encore. Le meneur, c'est lui.

Ses copains le surnomment « le Cobra ». Le Cobra a la lèvre veule, mais un regard de monstre que rien n'atteint, une voix brève, saccadée, peu de vocabulaire à sa disposition, pas de famille dans la salle. Quel père, quelle mère supporterait d'entendre un fils raconter viol et meurtre avec autant de détachement que s'il racontait le film de la veille à la télé ? Son avocat précise qu'il est « abandonné de tous, et qu'on a même dû lui prêter le survêtement qu'il porte, pour se présenter devant les assises de Toulouse ».

Isabelle était kinésithérapeute, jolie ; sa vie était calme et tranquille, entre son métier, ses amis et sa famille. Lorsqu'on a rendu son corps à ses parents, après l'autopsie, son père l'a fait incinérer, et ses cendres demeurent dans la chambre qu'Isabelle occupait. Ils ont fait de cette urne un monument du souvenir et le visitent chaque jour. Le père d'Isabelle a abandonné son travail ; il ne vit plus que pour ce procès, pour savoir, pour obtenir justice et milite pour le rétablissement de la peine de mort. Il s'est même rendu avec son épouse à l'Élysée, en juillet 1989, pour demander son rétablissement au président de la République.

Le président les a reçus, les a compris.

– Ma philosophie ne peut pas me permettre d'œuvrer pour le rétablissement de la peine de mort. Mais je suis conscient que de pareils assassins ne devraient pas pouvoir être relâchés.

La peine de mort n'existe plus, mais nous disposons de la perpétuité, avec la possibilité de remise de peine qui fait dire au père d'Isabelle :

– Ce qui me fait peur, c'est qu'ils sortiront un jour, vivants.

Après l'horreur du supplice d'Isabelle, les trois paras racontent leur exploit à des copains de caserne. L'un d'eux ne dira rien ; il sera accusé plus tard de cette carence aux conséquences dramatiques, car s'il avait fait son devoir d'homme – point n'est besoin d'être soldat pour ça –, il aurait évité la mort de trois autres personnes.

L'autre confident, Thierry B., trouve le récit fort intéressant, puisqu'il va prendre la place de Franck pour l'équipée suivante.

Dans la nuit du 12 au 13 juillet, le commando est cette fois composé de Philippe, de Thierry J. et de Thierry B. Philippe et Thierry B. s'entendront parfaitement dans l'horreur. Ils se rassemblent et s'assemblent dans le viol et le crime.

C'est la récidive, sans remords. Le viol est devenu un sport, le meurtre des victimes une sorte d'accomplissement olympique.

Les trois paras traînent en ville, boivent et fument plusieurs joints. Un peu après minuit, ils volent une voiture et roulent. Sur la route de Saint-Gaudens, vers 1 h 30 du matin, ils aperçoivent deux jeunes filles faisant du stop. Noria B., dix-huit ans, et une gamine de douze ans et demi, Maria Luisa A. sont en fugue toutes les deux, hélas! Elles montent sans méfiance dans la voiture des trois monstres en goguette.

Noria dit même en s'installant:

– C'est gentil de nous prendre.

Thierry B. raconte:

– On a fait une dizaine de kilomètres, puis Philippe a aperçu un chemin sur la droite.

Philippe enchaîne:

– Quand on a été assez loin de la nationale, j'ai pris mon couteau, je l'ai pointé sur la Maghrébine et je lui ai ordonné de se déshabiller.

La Maghrébine... Pour ne pas dire «l'Arabe»? Voici que perce, de surcroît, chez ces deux-là, le racisme ordinaire.

Philippe déclare que «la Maghrébine» ayant ses règles, il n'a pas voulu la toucher. Thierry B. se dit également «écœuré». Alors Philippe retire son ceinturon et commence à étrangler la jeune fille. Il demande de l'aide à Thierry B., car Noria tente de s'enfuir, et il a du mal à la maintenir. Elle lui échappe, il la rattrape et «pique» avec son couteau.

– Elle a gémi un moment, puis ça s'est arrêté.

La mère et la sœur de Noria quittent la salle. Malaise de la mère; le père et la mère d'Isabelle viennent l'allonger sur un banc, à l'extérieur de la salle d'assises. Le récit est insoutenable, encore une fois par le détail, la précision froide, le mépris total de l'acte accompli, le mépris de la victime, du gibier, tout simplement, dirait-on.

Pendant que Noria meurt, la petite Maria Luisa, gardée dans la voiture par Thierry J., fume une cigarette «pour attendre son tour», lui dit son bourreau.

Elle sera violée. À trois reprises. Et les détails sont ignobles.

Question du président :

– Une enfant de cet âge ? Vous ne vous êtes pas rendu compte ?

– Je n'ai pas fait gaffe. Elle avait quoi ? Quinze, seize ans...

À ce degré-là, les trois monstres ne font plus de différence, évidemment. La question leur paraît sûrement superflue.

Philippe, le sadique, laisse partir la gamine, comme il l'a déjà fait avec Isabelle. Besoin de jouer au chat et à la souris ?

L'enfant est de dos, elle s'éloigne péniblement, alors il lance son couteau comme à la foire, sur une cible. Elle tombe, il la force à se relever et recommence. Cette fois, Thierry B. se permet d'être écœuré à nouveau :

– Il plantait ça comme dans un mouton. Je lui ai dit d'arrêter et de la tuer. Alors il l'a égorgée. Il savait, il a été apprenti boucher.

Tous les trois ont été apprentis bouchers, avant de se réfugier chez les paras. Philippe, Thierry J. et Thierry B. Curieux choix d'apprentissage, non que tous les apprentis bouchers aient des instincts de meurtre, mais la coïncidence est là. Le couteau et la lâcheté vont, ici, de pair.

La voiture volée emporte les deux corps dans une gravière, et les trois assassins y mettent le feu, c'est une habitude, non loin de la caserne, c'est une habitude aussi, d'où l'on apercevra les flammes sans s'en inquiéter outre mesure.

Thierry B., dont le nom de famille évoque des origines maghrébines, a été interrogé lors de son arrestation sur le meurtre mystérieux d'un fils de harki, survenu dans la nuit du 13 juillet. Ce n'était pas lui, mais, à l'audience, il déclare tout tranquillement :

– J'aurais préféré cent fois me faire un Maghrébin, plutôt que de tuer ces deux jeunes filles.

Le lendemain du crime, on découvrait les corps calcinés à quelques mètres des grillages de la caserne. Une sentinelle avait bien aperçu les flammes vers 4 heures du matin, mais c'était une affaire qui se passait hors de l'enceinte militaire, alors... il n'a prévenu personne.

Thierry B., le raciste ordinaire, déserte le 13 juillet ; il commence à craindre la police. Philippe, lui, participe au défilé du 14 Juillet à Toulouse. Il est en permission le 16, et se rend dans la ferme de sa grand-mère, où il joue durant quelques heures les petits-fils attentifs, et même les fiancés. Il a une petite amie, qu'il emmène en promenade. Tout se gâte lorsque Thierry B., en cavale, le rejoint, avec de mauvaises nouvelles. L'enquête de la gendarmerie prend tournure, on parle d'eux.

Philippe prend le fusil de chasse de son père, et six cents cartouches. Il se prend réellement pour Rambo en cavale. Vol de voitures, concours de tir sur des vaches, petites virées dans les établissements «maghrébins», histoire de terroriser... Les deux paras tournent en rond dans la région, de vol de voitures en cambrioles. Ils récupèrent 1700 francs dans une villa, et un Polaroïd. Avec le Polaroïd, ils prennent des portraits guerriers d'eux-mêmes, fusil en main, œil conquérant.

Thierry B. tire sur une vache blanche, Philippe sur une blanche et noire. Il découpe un morceau de viande, trop fraîche, incomestible, et le jette.

À la nuit, ils volent une autre voiture, une 205. Philippe a dans l'idée de pratiquer une expédition punitive chez les travailleurs maghrébins de Pont-de-Chéruy. Tout est fermé, alors ils tirent une salve, comme ça, pour rien, et s'en retournent au hasard des routes.

À l'aube, une femme, madame F., attend le bus à un carrefour. Thierry B. veut l'obliger à monter dans la voiture, sous la menace du fusil. Fort heureusement, un passant accompagné d'un chien fait fuir les deux paras, désormais repérés, ainsi que leur voiture. Ils la font brûler dans un petit bois, et c'est le dernier drame de leur équipée sauvage. Un garde-chasse, monsieur Marcel D., soixante-deux ans, s'inquiète de cet incendie qu'il aperçoit le long d'une haie bordant un champ de tournesol. Il s'approche et se trouve nez à nez avec Thierry B., qui tire aussitôt à bout portant, «se croyant menacé», dira-t-il plus tard.

Ils recouvrent le corps de branches et de feuilles, effacent maladroitement leurs traces, et retournent à leur point de départ : la ferme de la grand-mère de Philippe. Le lendemain, ils prennent la décision d'aller enterrer le corps, et se retrouvent piégés dans les mailles d'une battue monstre, à la recherche du garde-chasse disparu.

La fuite à travers champ ne durera guère. Le 18 juillet, les gendarmes les arrêtent.

Fini Rambo.

Les quatre paras ont leurs défenseurs, chacun pour soi, car il y aurait d'un côté les violeurs-tueurs, et de l'autre les violeurs seulement. Il conviendrait de ne pas mélanger les genres ! Le meneur est Philippe : tâche difficile pour son avocat, maître La Phuong. Il n'a trouvé aucun témoin de moralité, la grand-mère n'a rien à dire de son petit-fils, le père n'a qu'une idée, celle de rentrer chez lui. Rarement un accusé s'est retrouvé aussi seul.

Deux journées d'audience ont été consacrées à l'étude des personnalités de chacun. Si rien n'excuse les meurtres, il faut tout de même entendre certaines explications. Les voici.

Philippe, violeur, meurtrier, sadique, est né en 1969 à Lyon. En prison, il a tenté de décrire son enfance dans une lettre au juge d'instruction : «C'est l'enfance d'un fou dangereux que je vous raconte… »

Il a trois frères ; sa mère fait face, seule, à d'énormes difficultés financières. Ruine, dettes, tous les biens sont vendus. À douze ans, l'aîné ne va plus à l'école et s'occupe des trois derniers. Il fait la lessive, le ménage, vole «pour leur donner à manger», dit-il. Puis les enfants sont recueillis par les grands-parents. Trop tard pour l'aîné, devenu violent, bagarreur, et qui s'est jeté dans les drogues à bon marché – il renifle de la colle, fume du hasch, respire du trichlo... Il devient apprenti boucher, puis passe aux paras, et est incorporé à Toulouse en 1988. Il hait sa mère, et le dit carrément au président d'assises.

Côté examen psychiatrique, il est gratifié d'une explication : la haine peut devenir le négatif du désespoir chez les enfants malheureux.

Désespéré, peut-être, mais pas fou, Philippe. Lucide, en prison il a écrit à son copain Thierry B. (ils se sont écrit pas mal et les textes sont édifiants) : «On a gâché notre vie pour tirer un coup, et même pas pris notre pied. On aurait dû nier, on aurait assumé. Les deux autres, je les casserai à la confrontation, les seules preuves, c'étaient eux.»

Réponse de Thierry B. : «J'emmerde la justice, je vais flinguer les juges, les flics et les bics.»

Explication de l'enfance de Thierry B. : il dit être né d'un viol. Sa mère avait quinze ans et a choisi, dans un premier temps, de le confier à la DDASS. Puis elle a rencontré et épousé un Tunisien, qui a donné son nom au gamin et ça, Thierry B. ne le supportera jamais. Il ne veut pas passer pour un Arabe ; il a raté, dit-il, des fiançailles avec une fille à cause de cela.

Apprenti boucher, lui aussi, il s'engage dans les paras, lui aussi, rencontre Philippe, «le Cobra», et, à partir de là, dit un psychiatre, «c'est l'effet de bande». Chacun a pris ses marques, sa place ; la tenue léopard et l'entraînement feront le reste.

Pour Franck, le problème est qu'il ne connaît pas son père ; il a été élevé, avec cinq demi-frères et sœurs, par le mari de sa mère. Il le considère d'ailleurs comme un père. Enfance sans problème, médiocrité dans les études mise à part. Les études, «ça lui prend la tête».

Lorsqu'il rencontre Philippe, après son incorporation chez les paras, il découvre un autre monde, un type qui ne vit pas comme lui. Il suit, boit, fume, vole des voitures, et ira jusqu'au viol et au meurtre, bien qu'il se défende toujours d'avoir aidé à étrangler Isabelle. Mais personne ne le croit. Il est, en psychiatrie, qualifié de «personnalité lisse». Après le premier crime, il cède la place à Thierry B. Il est le seul à ne pas avoir tâté de l'apprentissage de boucher.

Reste Thierry J., le plus jeune au moment des faits: dix-huit ans. Lui, c'est un fruste, un faible, le seul, il est vrai, à ne pas avoir de sang sur les mains, ce qui n'empêche ni les viols ni la complicité. Il a souffert dans son enfance de carence affective, il est influençable, c'est à peu près tout ce que l'on sait de lui. Cette série de viols lui tient lieu de première expérience sexuelle...

Voilà, à l'issue de ces dures journées d'audience, la tâche des avocats. Celle des avocats de Philippe et de Thierry B. paraît insupportable et vouée à l'échec. Ils sont seuls contre tous, et notamment contre Annie Gourgue, qui soutient les avocats des parties civiles. Elle est présidente d'une association militante réclamant la peine de mort pour les assassins d'enfants: Maria Luisa avait douze ans et demi...

Les peines requises par l'avocat général de la cour d'assises de Haute-Garonne sont les plus lourdes depuis l'abolition de la peine de mort.

Lorsque les jurés se retirent pour délibérer, il règne une atmosphère terrible, que les arguments de la défense n'ont, semble-t-il, guère réussi à amoindrir.

Les cinq femmes et les quatre hommes du jury vont suivre sans fléchir les recommandations de l'avocat général: ni clémence, ni excuse, ni circonstances un tant soit peu atténuantes. Au bout de sept heures de délibérés, Philippe et Thierry B. sont condamnés à la perpétuité, avec une peine de sûreté de trente ans. Ce qui revient à dire qu'ils ne pourront bénéficier d'aucune remise de peine, d'aucune possibilité de libération conditionnelle, d'aucune permission de sortie. Cela jusqu'en 2021, époque où ils atteindront la cinquantaine.

Les deux autres, Thierry J. et Franck sont condamnés à la perpétuité, avec une peine de sûreté automatique de quinze ans, réduite à treize par décision spéciale du Jury.

Les deux meneurs, Philippe et Thierry B., deviennent ainsi les deux prisonniers de France les plus lourdement condamnés à ce jour. Ils avaient un prédécesseur, kidnappeur, assassin et rançonneur, dont la peine de sûreté de trente ans a été cassée pour vice de forme.

Figureront-ils dans le *Livre des Records*?

Leurs avocats envisagent de faire appel, de s'attaquer à l'armée, qu'ils estiment coupable d'entraînement abusif, de mauvais encadrement, de négligences, d'absence de contrôle des appelés lors des sorties nocturnes, et de non-assistance – les sentinelles n'ont pas donné l'alerte en apercevant les flammes de la voiture où brûlaient les corps de Noria, dix-huit ans, et de Luisa, douze ans et demi. La base opérationnelle mobile aéroportée de Francazal aurait failli à certains devoirs élémentaires et aurait fait preuve d'une certaine lenteur à donner des informations sur la vie militaire des quatre «para» qu'elle hébergeait en son sein.

Certes, Messieurs les Militaires, tous les paras ne sont pas les monstres de pierre que nous vîmes aux assises de la Haute-Garonne. Mais lorsque de jeunes engagés présentent des problèmes caractériels aussi évidents... ne pourrait-on éviter de les armer? Ils n'étaient qu'employés au pliage des parachutes... ce n'est pas une excuse.

Selon le colonel Bigeard, à qui un grand journal avait demandé son opinion, «ces gars-là ne valent rien à la guerre. Ce genre d'assassin n'est pas très courageux.»

Exact, mon Général. À quatre, ils ont tué Isabelle, vingt-trois ans, Noria, dix-huit ans, Maria Luisa, douze ans et demi, et Marcel, soixante-trois ans.

Les familles des victimes n'ont pas la même attitude devant ce verdict. Les parents d'Isabelle ne peuvent supporter l'idée que «ces bêtes sauvages seront libres un jour, et dans quinze ans à peine, pour deux d'entre elles...» Ils vivent un calvaire permanent depuis la mort atroce de leur fille, la haine ne peut les quitter.

Les parents de Noria, sa sœur surtout, a juré qu'elle attendra et les retrouvera un jour.

Les parents de Maria Luisa semblent accepter, au contraire ; ils prient pour les bourreaux de leur petite fille.

Des bourreaux qui ont tenté, en septembre 1989, de s'évader. Thierry B. a essayé de prendre un garde en otage, avec une arme bidon, pour faire libérer son copain Philippe. Mis en joue par les gardiens, ils se sont rendus. On les a séparés en prison, ils n'ont pas récidivé.

Mais comment réagiront-ils à cette réclusion de trente ans ?... En fauves ? Ou en coupables repentants ?

Le prix d'un gentilhomme
France
1981-1991

Terrible destin que celui de Suzanne de Canson ! Tout commence de la façon la plus brillante et la plus fantasque, pour s'achever dans le plus sordide des drames.

Suzanne, qui naît en 1910, descend en ligne directe de célèbres fabricants de papier, une famille aussi noble que riche. Son enfance se passe dans l'hôtel particulier de la famille, sur les Champs-Élysées.

Elle montre très tôt un caractère indépendant et prend ses distances vis-à-vis de son milieu. Elle épouse, en 1928, son cousin germain, mais le mariage ne dure pas: ils rompent en 1932. C'est que Suzanne a plus de goût pour les femmes que pour les hommes et, l'année suivante, elle franchit le pas. Elle rencontre Laurence A., de quinze ans son aînée et elles décident toutes deux de vivre ensemble, au mépris du qu'en-dira-t-on.

Elles partagent, dès lors, une existence à la fois marginale et dorée, entre les palaces de la Côte d'Azur et ceux de la capitale. Quand le père de Suzanne meurt, en 1958, elle hérite d'une partie de sa fabuleuse fortune, notamment de toiles de maîtres, dont un tableau de Murillo, à la valeur inestimable : *Le Gentilhomme sévillan*. Pour faire face à son train de vie, toujours aussi princier, elle vend une à une ses toiles.

En 1973 se produit le drame de sa vie : Laurence la quitte, après quarante ans de vie commune, en emportant plusieurs de ses toiles – des Titien, Watteau et Rembrandt. Suzanne charge maître Robert B., un avocat de Toulon, de récupérer ses biens. Et c'est ce dernier qui, en 1981, la met en présence de Joëlle P., une autre de ses clientes.

Joëlle est née en 1940 à Haiphong et s'est installée à Toulon en 1956, après la guerre d'Indochine. En apparence, tout oppose les deux femmes : l'âge (trente ans de différence), le milieu (Suzanne est une aristocrate, l'autre a été tenancière d'un bar à matelots). Mais Joëlle, habilement, se présente comme une artiste au talent injustement méconnu et comme une amoureuse de la peinture. Cela ne peut que plaire à Suzanne qui a toujours fui sa famille et bravé les mœurs bourgeoises. D'ailleurs, elle ne s'est jamais remise de la trahison de Laurence et elle commence à décliner.

Elle se raccroche donc à cette femme qui lui propose de devenir sa dame de compagnie et, désormais, son calvaire commence... Joëlle met quatre ans pour gagner complètement sa confiance. Le 26 mars 1986, Suzanne signe un testament en sa faveur, faisant d'elle sa légataire universelle. À partir de ce moment, on ne la voit plus. Séquestrée dans une villa de La Garde (Var), confinée dans une pièce nauséabonde, sans toilettes, elle meurt le 16 décembre 1986 et Joëlle demande que son corps soit incinéré sans délai.

C'est la sœur de Suzanne, Jeanne, qui, intriguée par les circonstances de sa mort, en particulier cette incinération hâtive, alerte la police. Joëlle est arrêtée le 17 juin 1988. Elle parle beaucoup. Elle met en cause plusieurs personnes : maître B., qui est inculpé à son tour, maître L., gloire du barreau marseillais, une des collaboratrices de ce dernier et le conservateur de l'époque du musée du Louvre, qui a acheté *Le Gentilhomme sévil-*

lan.

Un instant, on croit à une affaire sensationnelle qui va éclabousser les plus grands noms et les institutions les plus prestigieuses. Maître Vergès, maître Kiejman s'en mêlent, mais les diverses confrontations ne donnent rien. Les personnalités mises en cause bénéficient d'un non-lieu. On en revient au sordide et au crapuleux.

Le procès de cette affaire hors du commun s'ouvre à Draguignan, le 7 octobre 1991, devant la cour d'assises du Var. Joëlle est poursuivie pour vol, séquestration de personne, non-assistance à personne en danger, faux et usages de faux, et extorsion de signature. Maître Robert B., soixante-deux ans, et Dominique L., quarante ans, ancien rugbyman, compagnon, puis chauffeur et garde du corps de Joëlle, sont poursuivis pour complicité.

Le président, Armand Djian, demande qu'on fasse entrer les accusés et ceux-ci prennent place dans le box, Joëlle en tête.

Elle va saluer son défenseur, maître Henri Garaud. On la voit de loin, avec sa chevelure blonde, volumineuse et décolorée, son visage rose et bouffi, sa silhouette massive. Elle est vêtue sans recherche d'une robe de tricot gris à col marron. À ses côtés, maître Robert B., prévenu libre, en strict costume bleu marine, l'allure assez décontractée et enfin l'ancien joueur de rugby, Dominique, qui semble vouloir se faire oublier.

En face a pris place leur accusatrice : Jeanne, la sœur aînée de Suzanne. Il est difficile d'imaginer contraste plus grand avec Joëlle. Entourée de son mari et de ses avocats, maîtres Szpiner, Prioul et Vincensini, la vieille dame, grave et digne, dans sa jupe noire et sa veste pied-de-poule, fixe le box d'un regard sans haine, mais qui ne faiblit pas. Et les débats commencent.

Après l'appel des témoins, c'est la lecture de l'acte

d'accusation par le greffier, 156 pages résumant la vie et la mort de Suzanne. Le texte est si long que l'audience n'y suffit pas, et qu'il faut en reporter la fin au lendemain.

Lorsque le greffier s'est tu, le président passe aux interrogatoires d'identité. Si ceux de maître B. et de Dominique sont sans surprise, il n'en est pas de même avec Joëlle. Questionnée sur sa profession, elle répond sans hésiter :

– Artiste peintre.

Elle a signé, en effet, quelques toiles médiocres du pseudonyme de Kandice Kandy, nom du bar à matelots où elle était tenancière. Elle poursuit avec une assurance imperturbable :

– Depuis quatorze ans, je peins des tableaux. J'ai exposé dans de nombreuses galeries. En prison encore, je paie des impôts sur la vente de mes œuvres.

Le reste est à l'avenant. Face au président Djian, elle manifeste un désir irrésistible, presque pathologique, de respectabilité : son père n'était pas quartier-maître mais officier de marine, son grand-père n'était pas cordonnier mais bottier de la grande bourgeoisie, il ne s'appelait pas Bonnemain, mais de Bonnemain, son bar à matelots de Toulon était un rendez-vous d'artistes. Reste que, d'un concubin sous-marinier, elle a eu trois enfants, deux fils et une fille, aujourd'hui décédée, et qu'elle est bien obligée de convenir qu'elle faisait des ménages pour survivre.

Premier à venir à la barre, le docteur Leyrie, expert psychiatre, la reconnaît saine d'esprit :

– Joëlle ne présente aucun trouble de la pensée, ni de problèmes psychiatriques particuliers. Par contre, nous avons relevé qu'elle avait une mémoire prodigieuse.

Il se dit frappé de la différence entre la vie imaginaire et la vie réelle de l'accusée et il en vient à ses prétendus talents artistiques.

– Joëlle est, en fait, d'une ignorance crasse. On est pour

le moins surpris de la modicité du niveau culturel de cette femme, qui affirme s'être consacrée à l'art depuis l'adolescence.

Le récit que fait peu après Dominique, l'ancien rugbyman, éclaire, d'ailleurs, la personnalité de Joëlle et ses affabulations.

— Je travaillais à la police comme enquêteur. Un jour, j'ai rencontré Joëlle. Elle était venue me signaler la fugue de son fils. Nous avons sympathisé. Elle disait qu'elle allait hériter de tout un tas de tableaux de maîtres. J'ai été ébloui.

Il nie farouchement avoir été son amant, et poursuit :

— Elle m'a dit qu'elle allait ouvrir une galerie de peinture et qu'elle allait m'engager. Mais j'étais un peu étonné de la voir vendre des tableaux en catimini dans sa voiture…

À la troisième journée du procès, Joëlle persiste dans son système de défense : elle est une vraie artiste, elle a toujours fréquenté le milieu de la peinture et les tableaux qu'elle vendait venaient de l'héritage de sa grand-mère, Jeanne Chapuis. Elle affirme sans hésitation :

— Suzanne connaissait très bien ma grand-mère, morte en Suisse en 1979. Elle lui a fait don d'un certain nombre de tableaux, dont le Murillo.

Malheureusement pour elle, le président Djian donne lecture de deux lettres, écrites par ses propres sœur et tante. Il en ressort que Jeanne Chapuis, veuve d'un modeste cordonnier, était une économiquement faible, vivant d'une petite pension et qu'il n'y avait jamais rien eu d'autre, sur les murs de son deux-pièces, que le calendrier des postes. C'est d'ailleurs pour cette raison qu'elles ont volontiers renoncé à la succession au profit de Joëlle, qui le leur demandait. Cette dernière s'insurge :

— Si ma grand-mère avait été économiquement faible,

on ne l'aurait pas laissée vivre en Suisse. Dans ce pays, on expulse les pauvres !

Le président Djian en reste là... Mais Joëlle, qui vient d'être mise en difficulté par les siens, va recevoir tout de suite après un soutien inconditionnel, celui de sa mère. La vieille dame, très faible, obligée de déposer assise, défend sa fille avec une fougue que rien ne peut ébranler.

– Joëlle a été trop bonne. Chez elle, c'était l'Armée du Salut. Elle recueillait tout le monde, les bêtes comme les gens. Elle s'est bien occupée de Suzanne, qui était à la rue. Ah, cette aristocrate qui n'aimait pas les manants était surtout la reine des pique-assiettes ! Elle exploitait le bon cœur des gens.

Interrogée par le président sur les tableaux qu'aurait possédés sa mère, elle répond sur le même ton:

– Mais bien sûr ! Ses murs étaient couverts de tableaux. Il y en avait encore empilés dans l'armoire normande...

11 octobre 1991, on entre dans le vif du sujet, avec la mort de Suzanne. L'adjudant-chef Jean-Louis Bertrand, chargé de l'enquête sur la séquestration de la vieille dame, vient déposer à la barre. Sa déposition dure trois heures. Elle est un modèle de précision et de force d'évocation.

L'adjudant-chef Bertrand retrace d'abord l'existence de Suzanne avant le drame, sa vie commune avec Laurence, vie errante et fastueuse, avec ses toiles qui ne la quittaient jamais, et qu'elle déposait dans les consignes de gares ou les garde-meubles. Vient la trahison de son amie et la rencontre de Joëlle chez maître B., la captation d'héritage et enfin la mort lente de la riche vieille dame... À ce moment du récit, se fait le silence le plus absolu.

– Joëlle P. l'avait installée dans une villa qu'elle avait achetée à la fin 1985. C'est à cette époque que Suzanne s'est perdue au cours de l'une de ses promenades et a été ramenée à la maison par la police. Dès lors, plus personne ne devait la revoir à l'extérieur de cette maison transformée en blockhaus.

Le gendarme décrit avec minutie la pièce où Suzanne était séquestrée :

– Elle n'était meublée que d'une chaise et d'un matelas posé à même le sol, avec une alèse, un drap et une couverture. Les volets étaient fermés et ne s'ouvraient que de l'extérieur. La porte était également fermée à clé et la vieille dame vivait dans l'obscurité. Joëlle avait enlevé l'unique lampe, parce que l'électricité coûtait trop cher. À midi, Suzanne avait le droit de venir à table. On ne lui donnait ni couteau ni fourchette et elle devait boire de grands verres de whisky et de pastis mélangés. Le soir, elle n'avait droit qu'à un yaourt ou une biscotte.

Le silence est de plus en plus pesant, tandis qu'il poursuit :

– Joëlle disait à ses différentes femmes de ménage que c'était sa tante, qu'elle était folle et dangereuse et leur interdisait de s'occuper d'elle. Lorsqu'elle partait pour ses voyages, qui duraient souvent plusieurs jours, Suzanne demeurait sans soin ni nourriture. Le matin, quand elle était là, Joëlle la sortait de sa chambre. Elle la faisait mettre nue et la lavait au jet avant de l'astiquer avec un mélange de lessive et d'eau de javel. Elle l'essuyait avec une serpillière. Suzanne, qui mourait de faim et qui fut surprise, un jour, par une employée de maison, en train de dévorer ses excréments, avait un ventre proéminent comme les enfants du Sahel, des œdèmes, des escarres et une barbe et une moustache brunes qui lui avaient poussé. Elle avait les chevilles enflées et tapait contre les murs pour crier sa détresse. Les femmes de ménage ne devaient pas intervenir. Celles qui enfreignaient la consigne étaient immédiatement renvoyées...

Et le responsable de l'enquête termine ainsi :

144

– Le médecin de famille, qui avait vu la vieille dame à deux reprises et ordonné son hospitalisation, ne fut pas écouté. C'est lui qui fut invité à constater le décès, survenu le 16 septembre 1986. Le corps fut incinéré deux jours plus tard. L'urne contenant ses cendres est restée longtemps posée près de la cheminée, dans la villa de La Garde...

Les audiences suivantes sont consacrées à l'autre versant de l'affaire, la partie crapuleuse : la vente des tableaux de Suzanne. Très habilement, Joëlle a contacté simultanément plusieurs personnalités, citant à chacune, comme garantie de sa respectabilité, le nom des autres, ce qui fait que personne ne s'est méfié.

Le temps fort est constitué par la déposition de maître Paul L. L'illustre avocat mis en cause par Joëlle est grave en s'exprimant pour une fois sans robe dans un tribunal.

– Je n'ai pas été étonné d'avoir été contacté par Joëlle P. pour la vente du Murillo, puisque, depuis dix ans j'ai eu à traiter des successions gravitant dans le monde de l'art, notamment celle de Picasso.

Il précise, en réponse à une question du président Djian :

– Je n'avais pas de raison de me défier de Joëlle P., même si elle ne présentait pas la silhouette qu'on peut imaginer dans les affaires successorales. L'expérience m'a appris que, dans les successions d'artistes, les gens ne correspondent pas tous aux critères de la normalité.

Très ému des accusations «lâches, injustes et infâmes» de l'accusée, maître L. conclut que son action n'a eu que deux buts : défendre sa cliente et, en facilitant l'acquisition du Murillo par le Louvre, conserver à la France une œuvre d'art de premier plan.

Les autres personnalités qui lui succèdent à la barre – Pierre R. et Hubert L., qui étaient alors conservateur en chef du musée du Louvre et directeur des Musées de France – viennent dire en gros la même chose : ils ont eu le souci d'empêcher *Le Gentilhomme sévillan* de quitter la France et le dossier de Joëlle ne leur a pas paru suspect...

Avec l'audience suivante, par un jeu de bascule qui semble le propre de ce procès, on en revient à la mort de Suzanne, racontée, cette fois, par ses témoins directs, ceux qui sont entrés dans la sinistre villa de La Garde. Après les personnalités de l'éloquence et de l'art, c'est au tour des femmes de ménage de venir à la barre. Après les considérations sur la défense du patrimoine, on entend les détails les plus terribles et les plus crus sur l'agonie d'une vieille femme.

– J'ai eu un choc quand j'ai vu la vieille dame. C'était une ombre. Dans ses yeux, j'ai vu toute la détresse du monde. Je lui ai donné à manger. Elle a dévoré. C'est alors que Joëlle P. a surgi comme une furie. « Tu t'occupes de ce qui ne te regarde pas. Tu ne vois pas que ma tante est malade et que tu vas aggraver son état ? »

Ou bien encore :

– Le jour où j'ai commencé à travailler, j'ai pénétré dans une pièce sombre, au sol couvert d'excréments. Sur un sommier répugnant, une forme humaine recroquevillée était en train de manger des couches. Elle avait le ventre proéminent des victimes de la famine. Madame P. m'a dit : « C'est une malade mentale que j'ai ramassée sous les ponts... »

Le 23 octobre la voix du procureur Pierre Cortès s'élève dans la salle d'assises de Draguignan. Il commence un réquisitoire qui ne durera pas moins de 5 h 30.

– Joëlle P., médiocre, ordinaire, vulgaire, avait l'ambition d'échapper à la modestie de sa condition. Artiste sans talent, plutôt qu'avec des pinceaux, c'est avec des mots qu'elle va repeindre son existence.

C'est d'abord l'escroquerie, la captation d'héritage, la fausse succession de la grand-mère Chapuis. Puis «après le temps des rapaces, vient celui des charognards» et l'avocat général décrit la descente aux enfers, la «mort programmée» de Suzanne. Il est particulièrement virulent contre Robert B., qu'il désigne comme «le cerveau du crime», profitant de la confiance absolue que lui faisait la vieille dame.

En conclusion, reconnaissant néanmoins des circonstances atténuantes à Joëlle, il requiert contre elle vingt ans de réclusion et réclame cinq ans, le maximum de la peine, contre l'ex-avocat. Quant à Dominique, le rugbyman que tout le monde a un peu oublié, il laisse aux jurés le soin de décider de son sort.

Maîtres Guisiano et Le Peletier, avocats de maître Robert B., parlent longuement, les deux jours suivants, pour contrer les violentes attaques dont leur client vient d'être l'objet.

– S'il fallait leur accorder crédit, s'écrie maître Guisiano, c'est de séquestration et même d'assassinat qu'il faudrait accuser Robert B.!

Et maître Le Peletier, après avoir rappelé que l'avocat avait été «écarté des affaires de Suzanne de C. à partir de 1984-85», conclut:

– On ne lui rendra ni honneur ni joie de vivre. Rien ne s'efface. Rendez-lui justice et acquittez-le.

Maître Guidicelli, le premier à parler pour Joëlle, nie tout en bloc. Le testament de Suzanne était parfaitement valable, c'était «le geste d'une vieille dame en faveur de celle qui l'accueille et s'occupe d'elle». Les témoins qui ont parlé de sévices contre elle l'ont fait «sous la pression médiatique». Et, après avoir accusé la sœur de Suzanne d'avoir porté plainte pour récupérer ce qui reste de l'héritage, il conclut sur «les funérailles religieuses» accordées à Suzanne par Joëlle.

Maître Garaud, après avoir présenté sa cliente comme «une Bécassine rêveuse», revient sur les conditions de la séquestration de la victime.

– Joëlle P. n'était presque jamais à la villa de La Garde entre janvier et septembre 1986, mais presque toujours en voyage, surtout en Suisse. Comment aurait-elle pu séquestrer quelqu'un ? Par correspondance ? Cela ne tient pas debout ! On ne séquestre pas quelqu'un en donnant des instructions, dans une maison où le personnel est nombreux. On ne séquestre pas non plus quelqu'un en faisant régulièrement appeler le médecin...

Le 27 octobre 1991, à 0 h 20 du matin, après trois semaines de procès, les jurés, qui sont entrés en délibération la veille à 11 h 50, reviennent dans la salle d'audience, avec les réponses aux quatre-vingt-huit questions qui leur étaient posées. Joëlle, coupable avec circonstances atténuantes, est condamnée à treize ans de prison. Maître Robert B., à quatre, dont un avec sursis. Dominique est acquitté.

L'affaire est donc terminée, mais elle laissera un témoignage : *Le Gentilhomme sévillan* de Murillo, chef-d'œuvre de la peinture espagnole. Quoi qu'on fasse, qu'il demeure au Louvre ou qu'il le quitte, il restera à jamais associé à la terrible fin d'une vieille dame.

Faute de preuves
France
1984-1991

Acquittés. Les deux hommes sont restés immobile quelque peu pétrifiés, dans le box des accusés des assises. Ce mois de mars au ciel sombre, au petit vent glacial du Nord, pouvait tourner mal pour eux.

Sept années de réflexion, quatre jours d'audience... Résultat: rien.

Acquittés. Des deux prévenus, l'un sort libre, l'autre retourne en prison. Condamné pour une autre affaire de meurtre, une histoire de «contrat» où il s'agissait de supprimer un beau-frère encombrant, ce qui fut fait à raison de quinze coups de couteau.

Mais de cette affaire-là, il ne fut guère question aux assises. On ne mélange pas les crimes. On n'en fait pas d'un criminel reconnu, un coupable évident. Même s'il s'agit, en l'occurence, de couteau, là aussi.

Acquittés. Car il vaut mieux prendre le risque d'acquitter un ou deux coupables, que de faire condamner un ou deux innocents.

Henri B. et Daniel M. avaient pourtant avoué. Puis se sont rétractés. Il y avait pourtant un témoignage accusateur les concernant. Il y a surtout une jeune femme morte, assassinée de 18 coups de couteau, en l'espace de cinq minutes et dans un silence étonnant.

Et sa mère quitte le tribunal sans savoir. Privée d'une vérité qu'elle espérait voir surgir au bout d'une si longue instruction. La vérité demeure dans son puits, le ou les assassins de Françoise P. demeurent inconnus.

L'affaire est incontestablement dérangeante. L'instruction manifestement pleine de trous. Mais c'est ainsi.

Le 14 juin 1984, à 15 heures, dans un bureau du collège Jean-XXIII, une jeune femme, Françoise P., vingt-sept ans, secrétaire, est occupée à photocopier des documents administratifs. Ces documents lui ont été remis par le directeur du collège, l'abbé J. Il s'agit de circulaires d'invitation aux parents d'élèves. L'une concerne une manifestation en faveur de l'école privée.

Nous sommes en 1984, en pleine bagarre sur le thème « l'école libre vivra ». Le 25 juin, Paris verra défiler quelque deux millions de personnes, venues de tous les coins de France, aux accents du « Chant de la liberté » de Verdi. Objectif : le retrait de la loi Savary.

Mais déjà l'Union nationale des associations de parents d'élèves de l'enseignement libre (dont on dit qu'elle est discrètement soutenue par l'épiscopat) a organisé une série de manifestations importantes.

Le combat suscite les passions. Le 30 juin, le pape Jean-Paul II lui-même fera connaître au Premier ministre de l'époque, Pierre Mauroy, son opposition à cette loi. Et le 13 juillet, le président de la République annoncera dans une allocution télévisée que le projet Savary ne sera pas présenté au Parlement.

Monsieur Mauroy cédera sa place à monsieur Fabius une semaine plus tard.

Cela, simplement pour restituer l'atmosphère qui règne dans tous les établissements d'instruction privée. Le collège Jean-XXIII, collège religieux de surcroît, participe légitimement à ce combat.

Le 14 juin, donc, Françoise est occupée à photocopier les circulaires aux parents d'élèves.

Jeune femme sérieuse, rangée, discrète, elle occupe ce poste de secrétaire depuis 1979. Aucun reproche à lui faire, sinon que depuis quelques jours elle est apparue extrêmement nerveuse, angoissée même. Cette nervosité et cette angoisse ont-elles un rapport avec les 18 coups de couteau qui vont suivre ?

Premier témoignage d'une collègue de travail, Mme H. concernant la journée du 30 mai.

– Je suis arrivée dans son bureau. Les portes étaient ouvertes, les tiroirs aussi, il n'y avait personne. Françoise avait laissé un mot pour dire qu'elle était à l'infirmerie. Je suis donc montée à l'infirmerie, elle était allongée, très pâle et angoissée. Elle n'a jamais voulu dire ce qui s'était passé, ni ce qu'elle avait. L'après-midi, elle n'a pas travaillé. Le lendemain matin, lorsqu'elle est revenue, c'était comme si rien ne s'était passé.

Françoise s'est excusée pour cet après-midi sans travail, en parlant de malaise. Le mot d'excuse est parvenu à la direction du collège. Mais à sa mère, elle a dit :

– J'ai fait des courses en ville.

Trois jours plus tard, le samedi 2 juin, elle participe à une soirée d'anniversaire chez Didier C., le meilleur ami et collègue de travail de son mari. Soirée qui commence normalement et se termine par une crise de nerfs. Françoise se plaint d'abord de la fumée des cigarettes, puis s'effondre en larmes et se met en colère contre son mari. Ses amis ne l'ont jamais vue dans un tel état.

Françoise a changé de comportement. Cette jeune femme rangée, équilibrée, passionnée par son travail, aimant son foyer, son jardin, préoccupée de rembourser les traites de la maison avant de faire un enfant, mariée depuis sept ans sans aucune anicroche, semble perturbée profondément par quelque chose. Mais ce quelque chose, elle n'en parle à personne. Pas même à son mari.

Le 13 juin, dans la nuit, la veille de sa mort, son mari est réveillé par des sanglots. Françoise pleure. Il tente de comprendre, la harcèle de questions, sans obtenir la moindre explication. Depuis leur mariage, ce genre de choses n'est jamais arrivé.

Le lendemain matin, 14 juin, au collège, l'abbé J. s'aperçoit avec étonnement que Françoise n'a pas fait le travail urgent qu'il lui avait demandé. En l'occurrence, la frappe d'une circulaire pour la manifestation du 24, et une invitation aux parents d'élèves pour le repas de fin d'année scolaire. L'abbé en est fort étonné. Jamais Françoise n'a failli à une tâche quelconque dans ses fonctions.

Il faut supposer qu'elle se rattrape dans la matinée, puisqu'à 15 heures, elle est occupée à photocopier les circulaires en question.

Détail bizarre : la circulaire photocopiée avant sa mort ne porte pas de signature, alors que l'original en comporte une.

Tout va se dérouler entre 15 h 05 et 15 h 15. Une dizaine de minutes, peut-être moins. Car à 14 h 45, un témoin aperçoit Françoise dans son bureau, devant la photocopieuse. Lorsqu'il rentre chez lui, il est 15 h 03. Un autre témoin, monsieur C., professeur d'éducation physique, a du courrier à mettre à la boîte ; il est pressé, il passe devant le bureau de Françoise, l'aperçoit debout devant la fenêtre, par la porte vitrée. Lorsqu'il arrive à la boîte aux lettres, juste avant la levée, il est 15 h 05.

Le dernier témoin, une jeune fille, Valérie, vient réclamer au collège son dossier d'orientation. Le conseil lui a refusé le passage en classe supérieure, et elle n'est pas d'accord avec cette décision. Il est 15 h 10 lorsqu'elle pénètre dans le collège, traverse le hall immense et se dirige vers le bureau d'accueil. Deux portes vitrées en enfilade. La première est fermée, elle l'ouvre ; la seconde est également fermée et résiste. Valérie force un peu, étonnée, et comprend très vite en apercevant, sur le sol, un corps allongé.

– C'était celui de Madame P. Elle avait les yeux fixes, regardant le plafond. La jupe relevée jusqu'au ventre. Du sang sur le cou et à une main.

Valérie s'enfuit, terrorisée, pour prévenir tout le monde. Elle croise deux personnes. L'économe – installé dans son bureau proche de celui de Françoise – n'a rien entendu de spécial, sauf, dira-t-il, « une sorte de cavalcade, et trois minutes plus tard on me prévenait du drame. »

Soit entre 15 h 05 et 15 h 10, soit entre 15 h 10 et 15 h 15, Françoise a été assassinée sans bruit, sans cris, et sans tumulte… de 18 coups de couteau.

Le médecin légiste va relever sur le sein gauche 11 plaies groupées pénétrantes, de 17 centimètres de profondeur, dont certaines ont traversé le poumon. 3 plaies sous le sein gauche, ayant atteint le cœur, et même sectionné sa pointe. Une plaie au foie de 20 centimètres de profondeur. Et une plaie à la carotide. 16 coups de couteau entre 17 et 20 centimètres de profondeur. La lame faisait donc 20 centimètres au moins. Les deux dernières coupures, à la main, semblent être dues à un réflexe de défense.

Il s'agirait d'un couteau de boucher, de type baïonnette, dont la lame est large de 2 à 3 centimètres.

Le couteau a disparu, envolé avec l'assassin. Il y a du sang partout dans la pièce, mais pas dans le couloir. Ce qui laisserait supposer que l'assassin s'est protégé des taches, ou a pris le temps d'effacer les traces dans le couloir.

Personne n'a rien entendu, pas même les professeurs en réunion dans une salle non loin de là.

L'original de la circulaire est dans la photocopieuse, les tirages sans signature… Rien n'a été volé, sauf le portefeuille de Françoise, qu'elle mettait en général dans le tiroir de son bureau. Il ne contenait pas d'argent, mais des papiers.

L'enquête va très mal se dérouler. En ce qui concerne les indices, c'est une catastrophe.

Un officier de police donne d'autorisation à l'économe de faire nettoyer les lieux du crime à l'eau de Javel ! Du moins on suppose que la chose s'est passée ainsi car, lorsqu'un autre policier se présente avec un chien pour flairer les traces, le chien n'a plus rien à renifler que de l'eau de Javel.

Peut-être aurait-il eu du mal, ce chien, à renifler quelque chose d'intéressant, si l'on en croit le témoignage d'un journaliste de *Nord-Éclair*, le premier arrivé sur les lieux:

– On était plusieurs dans la pièce, à marcher dans le sang et à poser nos mains dans tous les coins…

On dit aussi qu'une blouse blanche tachée de sang figurait sur les photos prises par la police criminelle, et que cette blouse a disparu. Mais on dit qu'elle appartenait à un infirmier du SAMU qui l'aurait oubliée là au moment du transport du corps.

Tout l'établissement est fouillé, le personnel interrogé, les élèves aussi. Valérie, qui a découvert le corps, prétend qu'elle a été soupçonnée par un inspecteur et est traumatisée par l'interrogatoire.

Cinq jours plus tard, l'abbé J. remet aux enquêteurs un couteau de cuisine découvert dans les toilettes des filles. Il ne sera pas expertisé : ce serait un couteau de cuisine non conforme à la description du légiste. Et pourtant, aucun couteau ne manquait dans les cuisines du collège…

On apprend également, du mari de Françoise, que le dimanche 10 juin, alors qu'il se trouvait sur le parvis d'une église, le couple a essuyé un coup de feu, tiré par les occupants d'une voiture, qui a disparu. Le numéro de plaque minéralogique aurait été relevé, mais l'enquête ne s'y est pas intéressée...

Lacunes, trous, il y a encore plus important dans les maladresses, pour ne pas dire les erreurs, de l'instruction : il est prouvé – son mari l'a vu, sa mère l'a confirmé –, que Françoise, chaque trimestre, apportait à son domicile une liasse de chèques, libellés au nom du collège, chèques qu'elle brûlait régulièrement.

La première fois que son mari l'a vue faire et lui a demandé pourquoi elle procédait de la sorte, Françoise a répondu qu'elle avait l'ordre de les brûler.

Après sa mort, sa mère a découvert une dernière liasse, non brûlée, représentant environ 60 000 francs. Hélas ! elle a commis l'erreur, avouée, de brûler à son tour cet élément important de l'enquête. « De peur qu'on accuse sa fille de vol ou de malversations. » Elle le regrette amèrement aujourd'hui.

Car cette histoire de chèques est un casse-tête chinois. Pourquoi brûler des chèques ? Si l'on admet pour hypothèse que Françoise a pratiqué cette curieuse opération chaque trimestre, sur ordre, qui en a donné l'ordre ?

Personne au collège, de la direction à la comptabilité, n'a une explication à donner. Françoise n'avait pas accès, dans le cadre de son travail, à la comptabilité. La direction répond qu'aucun ordre de ce genre n'a été donné, qu'aucune comptabilité parallèle n'existe dans ce collège, et personne n'ira chercher plus loin. « Personne » étant, en l'occurrence, le juge d'instruction et ses successeurs...

Nul n'a pratiqué d'expertise comptable de la trésorerie du collège. Le juge d'instruction n'a pas interrogé sur ce point l'abbé J., il s'est contenté d'une commission rogatoire pour entendre son prédécesseur à ce poste de direction, lequel a simplement confirmé n'avoir jamais entendu parler de chèques brûlés.

Après avoir, quelque temps, soupçonné le mari – trajectoire traditionnelle d'une instruction –, puis soupçonné un crime émanant d'une personne intérieure au collège – logique, compte tenu du court délai d'exécution du meurtre et de l'absence de vol –, l'instruction trouve enfin des suspects à se mettre sous la dent. Neuf mois après les faits, voici l'affaire. Elle est aussi curieuse que le crime lui-même.

Une femme, dans son lit d'hôpital, se réveille d'une anesthésie légère pour une intervention sans gravité. Dans la chambre où elle reprend connaissance, une autre femme reçoit la visite de sa famille. Nous sommes le 14 juin 1984, c'est-à-dire le jour du crime…

Il est 17 heures, le crime a eu lieu à 15 heures… à quelques kilomètres de là.

La voisine de notre témoin – car elle deviendra témoin d'importance –, parle avec son mari qui, très énervé, s'inquiète de ce que l'on a fait subir à sa femme, sort, revient un quart d'heure plus tard, un peu calmé, mais toujours nerveux.

Notre témoin, gênée, s'est tournée dans son lit, tête vers le mur, et fait semblant de dormir, pour être tranquille.

Sa voisine demande à son mari:

– Qu'est-ce que tu as fait cet après-midi?

– Oh! après la connerie de Saint-Léger, on en a encore fait une autre. On a tué une femme dans une école. Ça va me retomber sur le nez, et l'autre s'est barré.

Le témoin, madame M., terrorisée, s'applique de plus belle à faire semblant de dormir.

Le soir, elle raconte l'incident à sa mère, et toutes les deux conviennent de ne rien dire à la police.

Et pourtant, dans le courant du mois de juillet, madame M. reçoit la visite de la police. Prévenue par qui ? Mystère. Lettre anonyme, suppose-t-on.

Le témoin rapporte alors ce qu'elle a entendu... mais cette conversation entre enquêteurs et témoin ne sera pas honorée d'un procès-verbal. Il n'y aura interrogatoire officiel qu'en octobre 1984, et ce n'est qu'en janvier 1985 que le SRPJ de Lille est informé de cette piste.

Une piste assez simple à remonter. La voisine de chambre de madame M. s'appelle madame B. C'est son mari, monsieur B., qui a parlé du crime.

Il est connu de la police : il a été incarcéré, entre-temps, pour le meurtre de son beau-frère (15 coups de couteau) et son complice supposé, qu'il appelle son demi-frère, monsieur M., exerce le même métier que lui, monteur en chapiteaux de cirque.

La police recueille des aveux. Et l'on procède à une reconstitution sur les lieux. Monsieur M. aurait indiqué sans hésitation l'endroit où se trouvait le corps de la victime, si l'on en croit le frère supérieur du collège, qui aurait assisté à ladite reconstitution.

Le prévenu, lui, prétend au procès qu'il a refusé de se prêter à la reconstitution et que ses aveux lui ont été arrachés de force. Son présumé complice s'aligne sur les deux points précédents.

Et les voilà qui nient en bloc, après avoir déclaré qu'ils étaient partis pour essayer une voiture, et dans l'intention de faire un coup quelconque, mais qu'ayant passablement bu, ils s'étaient retrouvés par erreur devant l'entrée du collège, avaient tué n'importe qui, et s'étaient sauvés...

Détail important : c'est monsieur B., et non monsieur M., qui aurait frappé les 18 coups de couteau.

Leurs avocats se donneront beaucoup de mal pour

reconstituer leur itinéraire et prouver l'impossibilité de leur présence au collège à l'heure du crime.

Bref, le procès de mars 1991 se noie dans les lacunes de l'instruction et les contradictions des deux inculpés, qui s'étaient d'abord accusés l'un l'autre, puis hurlent leur double innocence.

Ils sont acquittés.

Et la presse du Nord accumule les questions, dont certaines sont dangereuses.

L'enquête, d'abord confiée à la PJ, a été reprise par la police des mœurs. Pourquoi ? Cette même police des mœurs aurait arrêté, quelques semaines avant la mort de Françoise, un ecclésiastique en poste au collège pour une «sombre histoire de mœurs dans un square fréquenté par des jeunes gens».

Pourquoi la pièce du crime a-t-elle été si rapidement passée à l'eau de Javel ?

Pourquoi n'y a-t-il pas eu d'expertise comptable ?

Pourquoi ce coup de feu en direction de Françoise et de son mari, le dimanche précédant le meurtre ?

Pourquoi cette angoisse subite de Françoise les quinze premiers jours de juin ?

Pourquoi le meilleur ami du couple a-t-il été interpellé par des individus en voiture (signalement donné par lui) qui recherchaient «le mari de la femme assassinée» ?

Pourquoi cette blouse blanche maculée de sang a-t-elle disparu ?

Qu'est-ce que ces chèques brûlés ? Reçus depuis 1978, ils étaient libellés à l'ordre du collège, d'un montant variable allant de 200 à 1 200 francs, et émanaient de banques et de personnes différentes.

Témoins de ce mystère : le mari de Françoise. La mère de Françoise. Le père de Françoise. Mais le pauvre homme a subi un choc terrible à la mort de sa fille et ne peut plus s'exprimer. Il n'est pas au procès.

Seule la mère de Françoise a repris le dossier,

s'acharne, et réclame justice et vérité. Et regrette d'avoir brûlé un indice aussi important.

– Nous aurions une preuve à présent, alors que personne ne nous croit, je le vois bien. Mais je pense que quelqu'un sait, peut-être ne peut-il pas dire la vérité, peut-être est-il sous le secret de la confession ? Je crois en Dieu, mais je veux la vérité, quelle qu'elle soit.

Acquittés ? Il faut respecter la décision des jurés, dit-elle encore, mais nous n'en resterons pas là. Si ce n'est pas eux, c'est quelqu'un d'autre. Il faut le trouver.

Il faut trouver l'assassin d'une jeune femme rangée, secrète, qui ne se confiait pas, ne menait aucune double vie, aimait le travail bien fait, les choses en ordre, son mari, ses parents, sa maison, son jardin de campagne, la cuisine et sa cheminée...

Où, cependant, elle a brûlé des liasses de chèques, que personne n'a réclamés.

Quelle situation justifie donc que l'on brûle tant de chèques ? Tout le monde peut réfléchir au problème.

Le club des Sarmates
France
1988-1991

C'est un froid matin d'hiver dans le cimetière de Grasse. En ce jour de janvier 1989, l'endroit est noir de monde. Cela tient autant à la personnalité de celui qu'on enterre qu'aux circonstances de sa mort.

Le disparu s'appelait Roch I. Il avait vingt-huit ans. C'était un beau garçon plein de vie, au physique de cinéma. C'était aussi une étoile montante du rock. Son groupe était en train de s'imposer au hit-parade.

Roch, amateur de grosses motos, de jolies filles et de musique, a été fauché en pleine jeunesse, mais pas de n'importe quelle manière, et c'est ce qui explique le surcroît d'émotion sensible dans l'assistance. Roch a été assassiné. On a retrouvé son corps dans un ravin des environs, le crâne fracassé. Mais il ne s'agit pas d'un accident ou d'un suicide ; l'autopsie est formelle : la blessure ne résulte pas d'une chute, mais d'une arme, genre matraque.

Qui a tué ce jeune homme promis au succès ? Toutes les personnes présentes sont en train de se le demander : les musiciens de son groupe de rock, qui sont venus avec leurs guitares, portant leurs blousons noirs, couleur du deuil ; sa mère Micheline, que Roch adorait.

Et puis, il y a aussi ses copains du club des Sarmates.

Ils représentent, peut-être, la part la plus intime de son existence. Ses vrais amis, plus que les musiciens de son groupe, ce sont eux. On pourrait presque dire que ce sont ses frères. Ils sont quatre de son âge, qu'il connaissait depuis l'enfance : Pascal V., Farid B., Frédéric E. et Alain B. Preuve de leur amitié avec le disparu, ce sont eux qui portent le cercueil. De temps en temps, à travers ses larmes, Micheline leur adresse un regard ému, comme s'ils étaient ses fils.

Le cortège arrive devant la tombe, autour de laquelle des guitares électriques ont été déposées en cercle... Des témoins discrets ne perdent rien de la scène : ce sont les policiers, qui se sont rendus en force à la cérémonie. Certains, perdus parmi la foule, dévisagent leurs voisins ; d'autres, cachés derrière les tombes, prennent des photos au téléobjectif. Car ils savent que, très souvent, par curiosité malsaine, par bravade, l'assassin assiste aux obsèques de sa victime.

Dans le cas présent, le meurtrier n'est pas là. Mais quatre personnes savent qui il est. Elles ont assisté au meurtre et ont aidé le coupable à faire disparaître le corps. Ce sont ses quatre « frères » du club des Sarmates, ceux-là mêmes qui donnent l'image du désespoir le plus touchant, qui semblent plus accablés par le poids du chagrin que par celui du cercueil, qui adressent des regards de compassion à la maman éplorée...

Le club des Sarmates, fondé dix ans plus tôt, était la création personnelle de Roch, un groupe de jeunes qui mêlait des aspects puérils à d'autres plus inquiétants. Le nom même de Sarmates était tout un programme. C'est celui d'une peuplade de l'Antiquité, qui vivait sur les bords de la mer Noire. Le peuple Sarmate, considéré comme le symbole de la race aryenne, chère à Hitler, ne se déplaçait que sur des chevaux recouverts de fer. Nos Sarmates, eux, s'inspiraient d'un nazisme de pacotille et ne se déplaçaient que sur de grosses motos, de préférence des Harley-Davidson. Blousons de cuir cloutés, santiags, lunettes noires formaient leur uniforme, leurs activités consistant en équipées à moto, auditions de concerts rock, parties de canettes de bière.

Tout cela n'était, dans le fond, pas méchant, mais pouvait le devenir, comme tout ce que font les jeunes en proie au mal de vivre. Un point du règlement, imposé par Roch, était respecté par tous à la lettre :

– Nos problèmes, ça ne regarde personne. On ne balance rien. Ce qui se passe dans le club, c'est notre truc, un point c'est tout !...

Les années passent. Roch, Pascal, Farid, Frédéric et Alain prennent de l'âge mais continuent à se réunir périodiquement au local.

Roch reste le chef incontesté. Il est beau et ses succès féminins lui valent un indiscutable prestige ; il est le plus fort physiquement – c'est même un costaud – et il est doué d'une autorité naturelle qui lui permet de s'imposer. Les quatre autres subissent son ascendant. Ils lui en veulent bien un peu de délaisser le club pour son groupe de rock, mais l'harmonie n'en règne pas moins aux Sarmates, jusqu'au jour où Gilbert T. vient demander son admission...

Gilbert n'est assurément pas quelqu'un d'ordinaire, et d'abord par son physique. Âgé de trente-trois ans, il est tatoué des pieds à la tête et s'est fait brider les yeux, ce qui, avec ses grosses moustaches et son crâne dégarni, compose un personnage étrange et inquiétant. C'est un asocial. Marié, il a abandonné sa femme et n'a, depuis, pas de domicile fixe. Ancien videur de boîte de nuit, délinquant depuis l'âge de quatorze ans, il se drogue à la cocaïne et aux amphétamines. C'est aussi un individu dangereux. S'il n'est pas d'un gabarit impressionnant, il sait frapper et il fait mal. C'est un teigneux, un mauvais. Et ce qui doit arriver arrive : entre Roch et lui, c'est tout de suite l'affrontement.

Roch n'a pas l'habitude qu'on lui résiste. Il traite d'abord Gilbert avec mépris et, comme celui-ci se rebelle, les premières insultes éclatent. À partir de ce moment, le club des Sarmates s'installe dans un climat de disputes continuelles.

– Tu n'es qu'un bon à rien. Retourne auprès de tes trois gosses, que tu as laissé tomber !

– Et toi, va faire ta musique avec ton groupe de merde !

– Répète un peu !...

Gilbert maintient cependant sa demande d'adhésion aux Sarmates. S'il a contre lui Roch, il a pour lui les quatre autres, qui ne sont pas mécontents de voir contester l'autorité écrasante du fondateur. Et puis, ils sont jaloux des succès de Roch ; il ne pense plus qu'à sa musique et à son groupe : il a besoin d'une bonne leçon !...

29 décembre 1988 : Pascal, Farid et Frédéric regardent la télévision au club des Sarmates. C'est le soir. Une violente dispute – encore une – éclate entre Roch et Gilbert. Le prétexte en est futile, comme la plupart du temps : une journaliste est venue interviewer Roch à propos de son dernier disque ; Roch reproche à Gilbert de s'être montré entreprenant avec elle et ce dernier prend très mal la chose. Le ton monte. Roch se met à injurier son adversaire en termes orduriers...

C'est de l'inconscience ! Gilbert est à bout de patience depuis des semaines. De plus, les amphétamines et l'alcool qu'il a absorbés ce soir-là le rendent particulièrement agressif. Il s'empare du pied cassé d'une chaise et frappe de toutes ses forces. Roch s'écroule, la tête en sang.

Les trois membres du club des Sarmates présents se lèvent, tandis que la télévision allumée continue dérisoirement son programme. Ils se penchent sur Roch inanimé.

– Ça a l'air grave...

– Qu'est-ce qu'il peut saigner !...

– Il faudrait le conduire à l'hôpital.

– Oui, mais comment ? On n'a pas de bagnole.

Une voiture, il en arrive providentiellement une, juste à cet instant : Alain fait son entrée dans le local du club. Il découvre le terrible spectacle, mais ne perd pas son sang-froid.

– Il faut l'emmener avec ma camionnette. Elle est garée juste devant.

C'est alors qu'un cri éclate :

– Mais il est mort !

Tout le monde se penche sur Roch. Effectivement, il ne donne plus signe de vie. On a beau lui prendre le pouls, on ne peut pas percevoir le moindre battement. La décision est vite prise :

– On ne va pas aller à l'hôpital. Cela ne servirait à rien et on aurait des ennuis.

– Il faut le faire disparaître. Il n'y a qu'à se servir de la camionnette.

– C'est une chance qu'elle soit devant. Personne ne nous verra.

Le corps est enveloppé dans une couverture. Pascal, Farid et Alain le prennent à bout de bras et disparaissent. Frédéric reste pour laver les taches de sang. Quant à Gilbert, tout le monde est d'accord pour qu'il reste en dehors de tout cela. Il vaut mieux qu'il s'en aille et se fasse aussi discret que possible.

La camionnette roule quelque temps dans la nuit. Ses trois occupants n'ont pas d'hésitation sur leur destination : un ravin sur une route peu fréquentée. C'est l'endroit idéal pour se débarrasser d'un cadavre. Peut-être, même, ne le retrouvera-t-on jamais !

Ils sont rapidement sur place et, quelques instants plus tard, le corps de leur ancien chef et ami est balancé par-dessus le parapet. Dans l'obscurité et la précipitation, ils n'ont pas remarqué que le malheureux Roch ne s'était pas écrasé au fond. Un arbre surplombant le gouffre l'a retenu et cela change tout : la blessure à la tête ne pourra pas passer pour le résultat de la chute. Le crime est évident.

Même s'ils ignorent ce dernier point, les membres du club des Sarmates se rendent compte qu'ils ont tout à craindre de la police. Chacun savait, dans le voisinage, qu'il y avait de fréquentes disputes aux Sarmates. Les soupçons vont fatalement se porter sur eux. Alors, ils se mettent à jouer une incroyable et monstrueuse comédie.

Le lendemain matin, ils téléphonent à Micheline, la mère de Roch.

– Roch n'est pas chez vous ? C'est ennuyeux : il n'est pas venu hier au club. Cela fait deux jours qu'on ne l'a pas vu.

Le soir, comme il n'y a, pour cause, aucune nouvelle, ils lui conseillent d'aller chez les gendarmes et vont même jusqu'à l'accompagner. Dans son angoisse, la mère de Roch est tout heureuse de trouver ce soutien. Ce sont de braves garçons, qu'elle connaît depuis qu'ils sont tout petits.

Les jours passent et les membres du club des Sarmates multiplient les initiatives. Ils vont trouver la rédaction d'un grand quotidien pour lui demander de publier un avis de recherche. Ils parcourent la garrigue environnante en appelant à pleins poumons :

– Roch ! Roch !

Et surtout, ils ne quittent pas Micheline, lui tenant des propos rassurants :

– Roch a eu un moment de déprime, mais cela va lui passer. Il va revenir.

Ils l'accompagnent chez une voyante. Ils inventent de fausses nouvelles.

– Un motard a téléphoné au club : on aurait vu Roch à Monaco…

Mais aux policiers, Pascal, Farid, Frédéric et Alain tiennent un tout autre langage :

– On est très inquiets. Ce sont les Hell's Angels parisiens qui ont fait le coup. Roch leur avait interdit la Côte d'Azur. Ou alors ce sont les Arabes, ou encore les gitans.

– Parce que vous croyez qu'il a été assassiné ?

– Assassiné ou enlevé. Il y a pas mal de gens qui ne l'aiment pas.

La police suit des fausses pistes, la maman s'accroche à de faux espoirs : les Sarmates espèrent que les choses vont durer longtemps ainsi, mais le 16 janvier 1989, c'est la découverte du corps accroché à une branche.

Au cours de l'enterrement, Pascal, Farid, Frédéric et Alain vont plus loin encore dans le cynisme et le mensonge : non seulement ils tiennent à porter le cercueil, mais ils font un serment solennel à Micheline :

– On vous apportera sur un plateau la tête du salaud qui a fait ça !…

Cette mise en scène est payante. La police n'exclut, bien sûr, aucune hypothèse et perquisitionne au club des Sarmates, mais sans résultat. D'ailleurs, pourquoi soupçonner ces jeunes gens dont la bonne foi semble évidente ? On cherche dans d'autres directions et l'enquête piétine.

Cela dure exactement treize mois, jusqu'à ce qu'une dénonciation anonyme révèle toute la vérité. Le nom de l'informateur sera tenu secret, mais on sait néanmoins qu'il s'agit de l'un des Sarmates.

Tout le monde est écroué et c'est le 21 janvier 1991 que la bande, Gilbert en tête, passe en jugement devant la cour d'assises.

C'est l'odieuse comédie jouée à la mère qui retient d'abord l'attention du président. Pascal tente de se justifier avec ses mots à lui :

– C'était vrai : c'était un jeu macabre mais nous étions obligés. C'était pour égarer les soupçons.

Mais bien vite, on passe au principal accusé : Gilbert, qui promène sur l'assistance ses yeux bridés et dont la vision cause un certain malaise. Il ne manifeste aucun remords : il faut dire que cela entre dans son système de défense.

– Roch n'aimait pas les mecs comme moi. Il voulait que ce soit lui qui soit craint. Il voulait me faire la leçon. Ce soir-là, il a voulu me calibrer, alors je lui ai donné un coup sur la tête avant qu'il ne sorte son arme. Je ne l'aurais pas fait, je ne serais pas là aujourd'hui...

Roch avait donc un revolver sur lui quand il a été tué ? Les quatre autres membres du club des Sarmates le confirment avec un bel ensemble. Mais qu'est donc devenue cette mystérieuse arme ? Là encore la réponse est toute prête : ils l'ont jetée dans le ravin un peu plus loin, ils ne savent pas exactement où.

Malheureusement pour eux, il y a un détail qui ne colle pas : à la suite d'un accident, Roch était infirme des mains ; il n'avait plus d'index à la gauche et pas de pouce à la droite. On voit mal comment il aurait pu se servir d'un revolver.

22 janvier 1991 : c'est le moment d'émotion de ce procès, la déposition de Micheline. Le président lui demande :

– Connaissez-vous les personnes qui se trouvent dans le box des accusés ?

Elle a un ton pathétique.

– Oh oui, Monsieur le Président ! Je les connais tous. Ce qu'ils ont fait à mon fils, leur soi-disant frère, je n'arrive pas encore à y croire. C'est horrible, horrible !...

— Est-il exact que les Sarmates aient participé aux recherches et qu'ils vous aient réconfortée après les faits?

— Oui. Ils m'avaient même demandé, deux ou trois jours après sa disparition : «Michou, est-ce que Roch est venu manger chez toi?» Alors qu'ils venaient de le tuer… J'avais demandé à une voyante de retrouver mon fils. Ils étaient tous là, sauf Pascal, qui m'a dit : «J'ai des ondes négatives pour ce truc-là.» Vous pensez si elles étaient négatives!…

23 janvier : troisième et dernier jour du procès. Dans son réquisitoire, l'avocat général s'attache à démontrer que Roch ne pouvait avoir d'arme, son infirmité le mettant dans l'impossibilité non seulement d'en faire usage, mais même de la tenir.

Pour les quatre autres membres du club des Sarmates, qui sont poursuivis non pour complicité de meurtre mais pour entrave à la justice et recel de cadavre, il demande trois ans de prison, éventuellement avec sursis.

Les avocats de Gilbert tentent, au contraire, d'accréditer la version de la légitime défense, les autres demandent l'indulgence des jurés et le verdict tombe peu après: douze ans de prison pour Gilbert, trois ans, dont deux fermes pour Pascal, Farid et Alain, trois ans dont trois mois fermes pour Frédéric, qui n'avait pas participé à l'expédition dans la camionnette et s'était contenté d'enlever les taches de sang.

C'est plus que les réquisitions du procureur. Peut-être, au moment de rendre leur verdict, les jurés ont-ils revu dans leur tête une photo de l'enterrement de Roch. Sur la tombe, il y avait une plaque de marbre sur laquelle était gravé : «À notre frère Roch, ses copains du club des Sarmates.»

La mort de l'Araignée noire
Afrique-Avril 1991

Il était une fois un jeune Camerounais plein d'illusions et d'espoir qui se disait que la vie serait plus belle en France qu'au Cameroun. C'est pourquoi, après avoir réuni auprès de sa famille l'argent du passage en bateau jusqu'à Marseille, Joseph N'G., dont le nom signifie « caïman », débarque un beau matin de 1953 à Marseille. Il n'a rien à craindre car il a pris la précaution, avant son départ, de se munir d'amulettes africaines qui vont, c'est promis, le rendre « invisible » aux douaniers et policiers. Mais l'invisibilité africaine ne doit pas être celle de la France car, dès son arrivée, Joseph se fait interpeller pour défaut de titre de séjour.

Mais l'astucieux Africain, se fiant à sa bonne étoile, arrive à s'évader et, pour se faire oublier, il décide d'aller se réfugier en province. Où ? À Nancy, car cette ville commence par un « N » comme N'G. et c'est bon signe.

À Nancy, dans les années 50, Joseph le Camerounais se sent un peu isolé et voyant. Il est le second Noir qu'on puisse voir déambuler en ville et, parmi la foule lorraine de blonds aux yeux clairs, on le remarque. On le remarque d'autant plus qu'il ne laisse pas Monique, une pure Lorraine, indifférente. Ils sortent, ils s'aiment, ils s'épousent. Un certain nombre de bonnes âmes frémissent d'horreur devant cette « union contre nature » d'une blonde et d'un Camerounais.

Joseph a de l'ambition, professionnelle et sportive. Il suit des cours du soir pour apprendre la plomberie et passe avec succès son CAP. Passionné de boxe, il s'entraîne dans un club local. Son allonge impressionnante, qui lui permet de toucher l'adversaire tout en restant hors de portée de ses coups, lui vaut le surnom d'Araignée noire.

Monique et Joseph vivent heureux. Des enfants naissent : un garçon et trois filles... Les années passent : Joseph monte à Paris pour se faire un nom sur le ring, mais l'Araignée rencontre un autre animal qui lui allonge un mauvais coup. Joseph doit raccrocher les gants de boxe, sinon il prendrait le risque de se retrouver infirme, aveugle peut-être, pour le restant de ses jours.

Alors, devant la chute de ses espoirs pugilistiques, devant les difficultés quotidiennes de plombier camerounais en exil, Joseph sent le mal du pays. Il décide de rentrer en Afrique. Mais Monique, malgré sa tendresse, ne veut absolument pas le suivre là-bas. Elle est trop bien informée de ce qui attend l'épouse blanche des Africains qui rentrent là-bas : l'isolement au sein d'une famille trop nombreuse et toute-puissante, l'impossibilité de se faire aux coutumes sacrées de la tribu africaine, les fatigues du climat, le spleen pour elle aussi, loin de la verte Lorraine. Monique, sans colère, et Joseph, avec regret, décident, pour leur bonheur mutuel, de divorcer. Monique reste avec les enfants et Joseph rejoint Douala.

Les années passent. À Douala, il n'est plus question de l'Araignée noire mais on parle de plus en plus du « Caïman », société de plomberie qui installe canalisations et soude à tour de bras avec de plus en plus de succès. L'argent rentre : Joseph, dans toute la force de sa maturité, épouse Berthe, une superbe Africaine qui, elle aussi, lui donne plusieurs enfants éclatant de santé.

L'Araignée noire a pris sa revanche sur le destin...
Mais il y a, quelque part, une facture à payer sans doute.
Joseph et Berthe vont s'en rendre compte chacun à son
tour. Berthe, jeune, belle, sensuelle, dépensière, folle de
son corps, multiplie les aventures extra conjugales, fré-
quente des garçons rien moins que recommandables, multiplie les scènes et les actes de violence.

Joseph sent que, malgré ses millions, à cause d'eux, à
cause des années qui comptent double ou triple en Afrique,
il ne domine plus la situation. Il comprend que son épouse
est prête à tout pour l'éliminer et s'approprier cette fortune gagnée à la force du poignet. Un beau jour, Joseph
« Caïman » prend sa plus belle plume et, dans ce français
inimitablement châtié des Africains, il écrit à Monique
pour lui faire part de ses craintes. Il lui dit que, s'il venait
à disparaître, elle et ses trois filles – car leur fils a disparu
dans une sombre affaire – seront à l'abri du besoin.

Mais Berthe, la panthère africaine, a senti le vent tourner. Joseph, qui craint à présent pour sa vie, ne dort plus
que rarement chez lui. Il refait son testament en faveur
de sa première femme. Séparé de la dangereuse
Africaine, il prend une petite amie, Pauline, de vingt ans
plus jeune que lui.

En cette nuit chaude et lourde où Joseph et Pauline
dorment côte à côte dans la vaste villa de la banlieue
luxueuse de Douala, Joseph entend des bruits suspects.
Il intime à Pauline l'ordre de se cacher sous le lit et sort
de la chambre pour affronter le danger quel qu'il soit.
Mais, frappé à coups de machette et de barre de fer par
plusieurs hommes, il tombe. On s'acharne sur son corps,
autrefois si puissant, et l'Araignée noire reste à baigner
dans son sang tandis que les agresseurs, qui ont découvert Pauline, la tire de dessous le lit et la violent, avant
de disparaître dans la nuit en emportant une sacoche
qui contient tous les papiers du « Caïman » ainsi que son
nouveau testament. Le lendemain, pendant l'enquête,

Pauline, morte de honte, se garde de dire qu'elle a eu le temps de dévisager ses violeurs. La police tourne en rond.

Comme les filles de Monique, en France, adoraient leur père lointain et affectueux, elles veulent savoir ce qu'il s'est passé : elles proposent une importante récompense pour qui permettra de découvrir les meurtriers sans pitié qui ont laissé Joseph à l'agonie, la tête fracassée et le corps couvert de hideuses blessures. Et les langues se délient. Pauline retrouve la mémoire. Un policier astucieux, le commissaire Medzogo, reprend l'enquête et la mène à bien. On met la main sur l'«Équipe nationale», ainsi que se nomment patriotiquement entre eux les massacreurs responsables, par ailleurs, depuis plusieurs mois dans le pays, de différentes sanglantes boucheries. Dans le milieu, on les connaît sous les surnoms charmants de «Chocolat», «José», «Dragon» ou «l'Étranger». L'avocat lorrain de Monique et de ses filles parvient à faire la preuve de leur culpabilité et de celle de Berthe. On les juge. On les condamne.

Mais, au Cameroun, ce genre de crime ne mérite qu'une seule sanction : la peine de mort. Maître Lagrange, l'avocat de Monique, fier de sa victoire, se retrouve désolé de son efficacité car, paradoxalement, il n'admet en aucun cas la peine de mort... Pour «Chocolat» et ses charmants complices, les jeux sont faits car, au vu de leur brillant palmarès, ils ont tous été condamnés plusieurs fois à la peine de mort. Pour Berthe, la diabolique épouse africaine, on espère encore qu'elle va échapper à la fusillade légale... Monique et ses filles font des démarches pour récupérer les enfants, leurs demi-frères, confiés à une institution, et qui ne sont pas coupables du crime de leur mère. Elles veulent leur assurer, en France, l'éducation que Joseph aurait voulu leur donner. Quant à la victime, l'Araignée noire, morte «cassée en mille morceaux» selon ses propres dernières paroles, il repose en terre africaine.

Natacha et le Minitel
France-Février 1991

Patrick et Valérie? Un couple idéal et qui ne se contente pas de se regarder dans le blanc des yeux. Roméo et Juliette 1991. Ils ont tout pour eux. La jeunesse. La beauté. La richesse? Peut-être pas, mais ils s'aiment comme des fous et, dans ce cas-là, le monde est rempli de belles choses. Mais un jour quelque chose se met à aller de travers. À qui la faute? Patrick, qui travaille aux P et T, ne correspond-il plus tout à fait à l'idée que Valérie, qui n'a pas encore vingt ans, s'était faite du Prince Charmant?

Quoi qu'il en soit, les choses ne vont plus très bien. Patrick aimerait que leur relation dure encore, mais Valérie, elle, se dit que cette expérience, après tout, n'engage pas son avenir. Un de perdu, dix de retrouvés. Peut-être ne mettra-t-elle pas trop longtemps à conquérir un amoureux... Qui sait si, déjà, elle n'a pas quelqu'un dans la tête!

Valérie se décide à rompre. Les choses se passent avec difficulté. Patrick hausse le ton. Valérie lui rend ses clés et part. Une fois dans la rue, elle se sent soulagée que tout se soit passé sans violence, sinon verbale. Dehors, il fait soleil, elle sent déjà que les regards des hommes s'accrochent au galbe de ses jambes: elle a la vie devant elle...

Quelques jours plus tard, en partant au travail, la jeune femme jette un coup d'œil à sa boîte à lettres. «Tiens, il y a du courrier aujourd'hui!» Comme toujours, des publicités, des correspondances «strictement personnelles» qui vous proposent de participer à des tirages au sort mirifiques, des voyages au bout du monde, des collections de livres inépuisables. Mais non, aujourd'hui ce sont des lettres à l'adresse manuscrite qui viennent,

«Tiens! c'est bizarre, d'Alsace, de Bretagne, des Pyrénées-Orientales...» Pourtant, Valérie ne connaît personne dans ces régions. Aucune mention d'expéditeur. «Ah si! une, en boîte postale...» Elle déchire l'enveloppe, curieuse, «Tiens! on dirait qu'il y a une photo»... Valérie reste figée sur place : la photo n'a rien d'une photo de famille, ni d'une photo de vacances. Elle est même anonyme, car on n'y voit aucun visage, le cadrage est fait beaucoup plus bas, très en dessous de la ceinture : un gros plan de sexe viril. Du premier coup d'œil, Valérie constate qu'il ne s'agit pas d'une photo de Patrick. Les mains tremblantes, elle déplie le papier de la lettre, une feuille quadrillée arrachée à un cahier d'écolier ; un correspondant peu soigneux qui n'a même pas pris soin de couper les barbillons du papier qui s'accrochaient à la spirale de métal. L'écriture n'est pas distinguée...

«Chère Natacha»... Natacha ? Valérie vérifie l'adresse : c'est bien à elle que la lettre est destinée. Elle continue la lecture, mais ne va pas très loin. «Après notre contact si intéressant sur le Minitel hier soir, je me suis mis au lit bien seul et en imaginant que tu me... je me suis fait... C'était bon, mais ce le sera encore plus quand nous serons tous les deux au lit, bientôt, Natacha si chaude. En effet, je compte être chez toi d'ici une petite semaine et j'espère que tu vas tenir toutes tes promesses...» Valérie est obligée de s'asseoir, elle a la tête qui tourne.

Qui est ce cinglé qui signe Alexandre ? La lettre vient de Brest. Et à quoi peut-il bien faire allusion ? Qu'est-ce que c'est que cette histoire de Minitel, de promesses, et pourquoi «Natacha» ?

Valérie ose à peine ouvrir les autres lettres... Elle s'y résout enfin : elles sont strictement sur le même modèle. Celle des Pyrénées-Orientales, signée Manuel, est plus sentimentale. La lettre d'Alsace, elle, vient d'un homme nettement plus âgé, et il y est question de fouets, de chaînes, de pinces et de «sévices» prétendument délicieux qui vont «lui arracher des cris de haine et d'extase» au moment où elle «léchera des bottes de cuir».

Valérie a soudain envie de vomir. Elle rentre chez elle et, à l'heure de la seconde distribution, descend en tremblant pour jeter un coup d'œil dans sa boîte. Il y a encore plusieurs lettres. Elle voudrait ne pas les ouvrir mais elle se dit que la solution est peut-être dans l'une d'elles. Alors elle les décachette : toutes se ressemblent plus ou moins. Dans toutes, ou presque, on l'appelle Natacha. Toutes font allusion à des conversations «chaudes» au Minitel, à des promesses, des jouissances mutuelles plus détraquées les unes que les autres.

Et les photos ne manquent pas non plus. Quelques jours plus tard, dans la masse de lettres, elle reconnaît l'écriture : une lettre de Patrick, de sa petite écriture ramassée. Elle l'ouvre. Bizarrement, elle l'avait presque oublié, mais elle se sent soulagée de découvrir son écriture parmi ce tas d'ordures. Peut-être pourra-t-elle trouver auprès de lui un réconfort.

Le style est encore pire que celui des lettres d'inconnus. Menaçant, même : «Cloporte nauséabond, tu m'as laissé tomber, mais tu ne vas pas t'ennuyer, je m'occupe de toi, je fais ta publicité, et avant peu tu seras connue de la France entière. Tu pourras passer tes journées à lire toutes les lettres cochonnes et vicieuses que tu vas recevoir, à assouvir les fantasmes de tous ceux qui vont venir te voir. Un vrai métier de..., tout ce que tu mérites...»

Valérie est devenue toute pâle. Ainsi c'est donc ça : c'est Patrick qui est responsable de ce raz de marée de lettres d'obsédés sexuels. C'est lui qui a tout organisé, tout mis sur pied. C'est pour ça que tous ces gens lui parlent du Minitel. Mais bien sûr, le Minitel, ce sont les P et T ! Après leur rupture, Patrick, fou furieux, a donc confié l'adresse de Valérie à un réseau du genre «Sur 3615 Natacha est tout à vous» et, une fois en contact avec les amateurs de chair fraîche, il n'a plus eu qu'à leur donner les coordonnées de son amie en se faisant passer pour elle... Après avoir porté plainte, Valérie a eu confirmation du procédé : Patrick, alias Natacha, a récolté, à ce petit jeu, 6 mois avec sursis, 5 000 francs d'amende, 25 000 francs de dommages et intérêts, et il est en train de se chercher un autre profil de carrière, autant que possible loin des P et T. Valérie ne sait pas quand elle aura le courage de sortir avec un nouvel amoureux, un vrai celui-là. Peut-être pas avant des années...

On s'amuse entre les vols
Monaco-17 janvier 1991

Une dépêche tombe sur les télex d'Air France : « La zone Sud-Est France est déclarée zone rouge. Il convient d'avertir les passagers que les vols de et à destination de Marseille et Nice seront suspendus à compter de ce jour 18 heures »...

En ces heures tendues où la guerre du Golfe échauffe tous les esprits, la dépêche qui tombe sur les télex d'Air France angoisse ceux qui la reçoivent. On s'interroge. Que se passe-t-il ? Menace d'attentat ? Bombe déposée sur un vol ? Nouvelle déclaration de Saddam Hussein ? Escalade de Bush ? Aussitôt les intéressés prennent des mesures. Il faut changer les plans de vol, transférer les passagers concernés sur d'autres moyens de transport, préparer les hébergements, prévoir les repas de ceux qui vont rester coincés en attente... enfin, essayer de résoudre tous ces problèmes. On n'a pratiquement pas le temps de vérifier d'où provient la dépêche, un vent de panique souffle sur Air France. Il faut dire qu'en ce moment, c'est plus ou moins la panique permanente, tout le monde a besoin de se détendre. Heureusement, dans chaque groupe professionnel, il y a toujours un «boute-en-train»...

Pascal, qui n'a que trente ans, est justement de ce genre-là, et les nouvelles défaitistes de la guerre du Golfe finissent par lui taper sur les nerfs. Tous les jours, la télé et ses images aseptisées annoncent des combats invisibles sur des fronts anonymes; il en a assez. Alors Pascal décide de rire un bon coup, juste entre copains – J. à Nice, B. à La Gaude et C. à Monte-Carlo. Mais pas n'importe quelle blague : un coup tout en finesse, pour initiés.

«C'est parti!» s'écrie intérieurement Pascal, une fois son canular en route. Et il glousse tout seul. Quand il a bien ri, Pascal veut apprécier l'effet de sa blague sur J. et l'appelle par téléphone :

– Ah! c'est toi, répond J., quel idiot, j'ai failli marcher!

Et de rire.

Idem pour La Gaude : vraiment, quelle bonne blague! Dernière vérification à Monte-Carlo, où ça marche moins bien : C., le correspondant de Pascal, est occupé au téléphone au moment où le télex «hilarant» tombe, et il ne savoure pas la bonne blague. C'est un «stagiaire» qui en prend connaissance, et le stagiaire, suivant le manuel, en fait profiter Air France tout entier...

On ne peut pas dire qu'on s'amuse tellement, à la direction générale, quand on déchiffre le canular de Pascal. «La zone Sud-Est France est déclarée zone rouge. Il convient, etc.»

Pascal, à la suite de sa blague, a bien cru qu'il irait exercer ses talents ailleurs, mais, comme c'est un excellent élément, on refuse sa lettre de démission – il est tellement boute-en-train. Sa fine plaisanterie lui coûte quand même 5 000 francs d'amende. Ça n'est pas trop cher : «Sur Air France, comme dit ma concierge, ils ont les billets d'avion gratuits.» Ça compense...

Massacre à la tronçonneuse
France-Septembre 1991

Jean-Marc est un homme tranquille, qui n'aurait jamais pensé voir son nom dans la presse locale et nationale ; c'est pourtant ce qui arrive aujourd'hui. Pourquoi ? Parce que, il y a des années, Jean-Marc est tombé amoureux : on ne saurait penser à tout. Amoureux, il s'est déclaré et, ayant été agréé, s'est marié. Il est devenu père d'une jolie petite fille, à peu près à l'époque où Nougaro chantait « Cécile, ma fille », prévoyant déjà qu'un jour, ce bout de bébé deviendrait une jeune fille, et que cette jeune fille, à son tour courtisée, deviendrait, elle aussi, une vraie femme.

C'est ce qui est arrivé à la fille de Jean-Marc, mais elle n'a pas très bien choisi son prétendant... En tout cas au goût de son père, qui ne s'entend pas avec son gendre. Le gendre, Jean-Louis, vingt-huit ans, ne s'entend pas mieux avec son beau-père : comme les deux hommes sont voisins, les échanges d'insultes vont bon train.

Pire encore, en pleine nuit, Jean-Marc reçoit la visite impromptue de son gendre qui entre sans s'annoncer. Il est armé d'une masse et, pour régler un différend à sa manière – la violente –, il commence à fracasser la télévision de Jean-Marc et le magnétoscope qui se trouve juste en dessous. Jean-Marc a appelé rapidement les gendarmes qui arrivent précipitamment, calment le forcené, par ailleurs chômeur et passablement pris de boisson. Le forcené rentre chez lui en laissant derrière lui des machines électroniques en miettes.

Il rentre chez lui mais ne décolère pas. Il sait que les gendarmes ont enregistré la plainte de son beau-père, et que cela risque de l'amener devant les tribunaux : une condamnation, des frais à payer, une amende, que sais-je encore... Jean-Louis se remonte le moral en buvant un peu plus d'alcool. Vers 1 h 30 du matin, Jean-Marc comprend qu'on essaie de démolir les volets fermés de sa maison. Il glisse un œil discret et, furieux, reconnaît à nouveau Jean-Louis : cette fois, armé d'une tronçonneuse, il s'est mis en devoir de pénétrer par effraction chez Jean-Marc en sciant les volets. Pas de doute, il faut que les gendarmes reviennent pour le calmer. Ce que ceux-ci font immédiatement.

Mais, dans la petite ville, tout le monde se connaît, surtout si on vient de verbaliser 1 heure plus tôt, et les gendarmes, très calmes, choisissent de ne pas envenimer les choses... D'autant plus qu'avec une tronçonneuse vrombissante entre les mains d'un énergumène, on ne sait jamais en combien de morceaux on risque de se retrouver.

Les forces de l'ordre prennent donc le parti du calme et de la discussion. Justement ce que ne veut pas Jean-Louis : de la discussion, il en a assez... Ça ne mène à rien et il n'a jamais le dessus, même à jeun. Il préfère en finir une bonne fois pour toutes : tiens ! ça serait « super » si les gendarmes, exaspérés par la tronçonneuse, sortaient leurs revolvers et le descendaient, comme on dit : ça pourrait résoudre les problèmes de Jean-Louis. Mais, les gendarmes ne veulent pas entrer dans cet engrenage : ils préfèrent parler. Justement, parler n'est pas le fort de Jean-Louis, qui ne s'entend même plus « penser » avec le bruit de la tronçonneuse. Et, pour apprendre aux forces de l'ordre à mieux estimer leur adversaire, Jean-Louis se précipite sur le véhicule des gendarmes et transforme, avec la tronçonneuse, les sièges en charpie. Mais les gendarmes gardent toujours leur calme.

À présent, on entend dans la nuit le crissement atroce de la scie mobile contre la tôle de la carrosserie : un vrai film d'horreur. En trois dimensions puisque, à présent, tronçonneuse en avant, regard injecté de sang, la bouche pleine d'écume et d'injures, Jean-Louis se précipite pour transformer les gendarmes en hommes-troncs. Les gendarmes, eux, à court d'arguments, refluent en désordre vers la brigade. Mais ce qui n'arrive jamais dans les films d'horreur arrive ici : la tronçonneuse tombe en panne d'essence. Les gendarmes en profitent pour maîtriser le forcené, en prenant garde de ne pas se couper sur l'engin destructeur.

Jean-Louis réfléchit à son destin à la maison d'arrêt...

Conley a pris un coup
États-Unis-Février 1991

Donald C. a trente-sept ans et il vit tranquille en Caroline du Nord, dans une petite ville où les habitants essaient de survivre le mieux possible, où les garçons cherchent à séduire les filles, où l'on rêve de se payer des voitures confortables, où la vie se déroule avec des préoccupations banales, à l'image de celles de Donald.

Mais, de temps en temps, Donald retrouve une préoccupation qui sort de l'ordinaire : il pense à son cousin Conley H., dans un coma profond depuis huit ans. Pas eu de chance, le cousin Conley... Il est dans le coma depuis un certain soir où il a fait une chute chez le père de Donald, après une soirée un peu arrosée. Une de ces soirées au cours desquelles on parle, une fois de plus, de voitures et de filles. Une mauvaise chute en vérité, puisque depuis huit ans le « pauvre » Conley est comme un légume, incapable de bouger, incapable de parler, réduit à ses fonctions naturelles essentielles, manger, respirer, dormir – mais ne dort-il pas en permanence ?

Vraiment, Conley n'a pas de chance... Sans doute fait-il partie de ces êtres marqués qui se trouvent au mauvais endroit au mauvais moment. À dix-huit ans, il fait une mauvaise chute, et depuis, plus rien... Heureusement pour lui, il a une mère qui, depuis huit ans, le veille inlassablement, le retourne toutes les deux heures sur son lit de douleur pour éviter qu'il n'ait des escarres aux fesses... Et depuis huit ans, Conley ne parle pas. Seule sa respiration indique qu'il vit.

Quelle histoire cela avait fait à l'époque ! La police s'en était mêlée et toute la famille avait dû justifier son emploi du temps ce soir-là. Et personne ne se souvenait de la même histoire. De toute façon, dans ces coins-là, on ne fait jamais trop de confidences aux policiers. Et une mauvaise chute, ça n'est pas si rare.

Donald, depuis cette triste soirée, est un peu en froid avec sa tante, la mère de Conley, et il s'abstient d'aller chez elle. C'est vrai qu'avec un fils dans cet état, on comprend qu'elle devienne un peu irritable, et même agressive. Elle n'adresse pratiquement plus la parole à Donald. Après la soirée terrible, Conley a souffert d'hydrocéphalie – l'eau remplit la tête. On a été obligé de lui amputer une partie de la boîte cranienne... On croyait presque qu'il allait s'en sortir... Quelques mots balbutiés et puis, brusquement, il sombre à nouveau dans le coma. Seule sa mère prétend qu'il réagit quand elle lui parle. Ce qu'elle fait d'ailleurs sans discontinuer... «Sans doute qu'il restera ainsi éternellement», se dit Donald qui soupire et va se chercher une bière fraîche dans le frigo, sans doute, restera-t-il nourri par sonde, sans réaction, jusqu'à ce qu'on se décide à le débrancher.

De quoi était-il donc question ce fameux soir ? D'une jolie blonde qui avait pris une gifle pour Dieu sait quelle raison. Donald essaie, malgré lui, de se remémorer les mots échangés, les «dernières paroles» prononcées par ce «pauvre» Conley... Bon ! ça ne sert à rien de repenser à ça. Chacun son destin ! Conley n'a pas eu de chance, Donald, lui, en a pour deux...

Mais cette chance, qu'il faut saisir par les cheveux, tourne aussi quand ça lui prend. Et aujourd'hui, c'est le cas… Conley, le légume, ouvre les yeux et, amaigri par toutes ces années, il marmonne «Maman», et la mère de Conley, sans y croire, répond «Conley?», et Conley ne dit pas : «Où suis-je?» ni aucune autre banalité classique. Après un effort ininterrompu de huit ans, il parvient à dire ce qu'il a sur le cœur depuis tout ce temps-là:

– Je veux te dire qui m'a blessé.

Et il raconte à sa mère que c'est Donald, son cousin plus âgé, qui l'a frappé sur la tête avec une bûche. À présent, c'est Donald qui risque d'avoir des problèmes pour huit ans… ou plus.

Comme le monde est petit
France-Août 1991

4 août 1990, place Vendôme. Calme estival d'un quartier qui respire la richesse tranquille. La noblesse des façades, le luxe des vitrines, l'élégance de ceux qui entrent et sortent des immeubles, tout porte la marque du chic et du bon genre, du calme et de la beauté, à défaut de la volupté indispensable au poète. Ce jour-là, les employés d'une célèbre bijouterie voient entrer deux hommes, un Noir, très grand, et un Blanc. Tout de suite, ils comprennent que ce ne sont pas des «clients sérieux», et qu'il va falloir se conformer aux règles de conduite suggérées par la direction en cas de «problème» : obéir, ne pas prendre de risque inutile, ne pas énerver les malfaiteurs, leur donner ce qu'ils demandent, sans faire de zèle évidemment et, dès leur départ, déclencher les réactions de la police. C'est ce qui se passe évidemment, ce 4 août 1990. Les deux malfaiteurs se font remettre

5 colliers, 5 bagues, 2 pendentifs et une montre exposés dans les présentoirs de la vitrine. La direction aura vite fait le calcul de leur valeur : 13 millions de francs subtilisés en quelques minutes.

Déjà, les deux bandits ont disparu sur une moto ; déjà, les forces de police sont sur leurs traces. La poursuite s'engage. La Suzuki des bandits file et se glisse sans trop de problèmes entre les véhicules. La circulation est fluide dans le Paris du mois d'août, mais le conducteur, sans doute rendu nerveux par le fait de conduire un véhicule qu'il connaît mal puisqu'il vient d'être volé, rate une manœuvre délicate et la moto frappe de plein fouet un taxi rue du 4-Septembre. Voleurs, moto et bijoux s'envolent. Les voleurs se retrouvent au sol sans dégâts, mais la moto vient faucher une innocente famille de promeneurs avant d'éclater contre un poteau électrique. Les malfaiteurs partent en courant, abandonnant un pistolet et une perruque, mais gardant les bijoux. À un feu rouge, un conducteur attend le vert pour démarrer au volant de sa Passat verte. On lui met un canon sous le nez et il laisse le volant aux gansters, de plus en plus nerveux, qui, en démarrant sur les chapeaux de roue, renversent une malheureuse passante. Nouvel abandon du véhicule, nouvelle cavalcade sur les grands boulevards, les poumons en feu.

Une moto leur tend, si l'on peut dire, les bras. Mais, au moment où ils l'enfourchent, un passant saisi le grand Noir à bras-le-corps. Ce citoyen téméraire sent tout aussitôt le canon froid d'un revolver qui s'applique sur sa tempe.

– Si tu ne le lâches pas, je tire. Ne te mêle pas de ce qui ne te regarde pas.

Le monsieur courageux lâche prise et les deux malfrats s'enfuient. On ne les retrouvera pas de si tôt.

Les mois passent, les bijoux ne trouvent pas preneurs, car ce sont des pièces trop difficiles à « fourguer », trop connues, trop spectaculaires. Bénéfice de l'opération : zéro.

La vie quotidienne reprend son cours pour un certain Malik B. Petites magouilles, petits cafés noirs sur le zinc des bistrots de quartier. Malik, ce matin-là, croise le regard d'un autre client qui déguste son café-crème. Étrange sensation de déjà-vu, d'autant plus que le regard de l'inconnu le fixe aussi un moment. Le client, qui est en compagnie d'un autre homme, quitte le café et Malik, perturbé par ce regard, décide d'en savoir plus. Il sort derrière eux, les suit discrètement, pas suffisamment cependant ; chacun son métier : bientôt Malik perd la trace de l'homme au « regard ». Mais, sans qu'il s'en rende compte, l'homme et son copain, qui ont plus d'un tour dans leur sac, de gibiers se sont changés en chasseurs. À présent, ce sont eux qui suivent Malik… pendant plus d'une semaine. C'est leur métier, puisqu'ils sont officiers de police. Manque de chance pour Malik, l'homme au regard est celui-là même qui s'était interposé pour l'empêcher de voler la moto : un inspecteur de la 2e division de police judiciaire.

Comme le monde est petit ! Le destin des malfrats et des policiers les a réunis un an plus tard devant des cafés-crème.

Les policiers, de filature en filature, en apprennent de belles sur Malik, dit « Patrick », une vieille connaissance des fichiers de la police : 15 dossiers où il figure en bonne place. On finit par en savoir assez pour l'arrêter un beau jour avenue de Clichy, au volant d'une Renault 21 turbo, volée bien sûr (voilà un seizième dossier qui s'ouvre). Dans le coffre, une bonne surprise : tous les bijoux volés dans la bijouterie. Au domicile de Malik-Patrick, on trouve un beau pistolet sans permis de port d'arme. Malik-Patrick, qui est assez doué pour les contes de fées, explique aux policiers qui l'interrogent qu'il a volé ces splendeurs à des voleurs qu'il a rencontrés par hasard. Et il leur dit ça en les regardant dans le blanc des yeux… «Croix de bois, croix de fer, si je mens, je vais en enfer» … Bientôt, on remettra sans doute la main sur l'autre braqueur malchanceux. Les employés de la bijouterie ont bien fait de ne pas perdre leur sang-froid.

Chansons au bout du fil
Chypre-Septembre 1991

Christos C. est un homme de caractère. Il dirige une entreprise de travaux publics, modeste mais prospère, à Chypre. Il travaille avec honnêteté, aime la vie, nourrit sa famille avec conscience et travaille chaque jour ouvrable sans économiser sa peine. Alors, se dépensant avec ardeur toute la journée, Christos entend profiter de ses nuits pour dormir du sommeil du juste. Cela semble normal, Chypre n'est pas réputée pour le niveau sonore de ses nuits au ciel constellé d'étoiles. Mais un jour, Christos se trouve désigné comme souffre-douleur par les dieux antiques : ceux-ci se sont mis au goût du jour et ils utilisent pour martyriser leur victime un objet typique de la vie moderne, le téléphone.

Christos, en tant que chef d'entreprise, en tant qu'homme moderne, détient cet instrument du confort quotidien. Mais, à partir d'un certain jour, ce téléphone maudit se met à sonner presque sans arrêt, de jour comme de nuit. Au bout du fil, Christos entend des voix plus ou moins jeunes qui l'interpellent. «Non, ce n'est pas Radio-Nicosie, non ce n'est pas le Disque des auditeurs», répond Christos, de plus en plus nerveux, plusieurs fois par heure. Il répond toute la nuit, puis il ne répond plus, laissant simplement le combiné décroché.

Il n'a aucun mal à comprendre la clé du mystère : son

propre numéro téléphonique correspond, à un chiffre près, à celui d'une émission populaire qui demande aux auditeurs, vingt-quatre heures sur vingt-quatre ou presque, d'appeler le standard pour réclamer des airs à la mode, pour donner leur opinion, pour commenter les émissions, pour discuter avec les animateurs, pour gagner des disques et autres menus cadeaux. Mais, dans leur excitation, un grand nombre de correspondants se trompent en composant le numéro de la station, et, pour une erreur d'un seul malheureux petit chiffre, ils aboutissent dans la chambre de Christos, de plus en plus excédé.

La seule solution est de demander à ce qu'on change son propre numéro mais, à Chypre comme dans beaucoup d'autres coins de la Méditerranée, les choses mettent un peu de temps à se faire. Les P et T chypriotes sont «sur le point» d'effectuer le changement demandé mais, débordées par d'autres interventions qui leur semblent plus urgentes, elles remettent toujours «aux calendes grecques» leur intervention.

Et pendant ce temps, Christos perd le sommeil. Ses nerfs fatigués craquent. Il ne sait plus du tout comment interrompre le flot continuel d'appels stupides demandant des airs «super» ou «génial». Christos est un homme sérieux qui effectue un travail sérieux, il a droit au sommeil. Alors, soudain, il comprend ce qu'il doit faire. Et, dans la nuit du samedi au dimanche, incapable de fermer l'œil sous une avalanche de coups de fil, lui aussi compose le numéro de la station de radio. Il a du mal à obtenir une ligne, doit s'y reprendre à plusieurs reprises. Dès qu'il repose le combiné, la sonnerie retentit : il décroche et raccroche sans même répondre.

Enfin, il aboutit lui aussi au standard et annonce, sans trop savoir pourquoi, ses intentions précises : si la station, peu importe comment, ne cesse pas immédiatement de l'importuner par auditeurs interposés, il va intervenir, en l'éliminant avec son bulldozer. Évidemment, le raisonnement est d'une logique aristotélicienne : si l'émission s'interrompt, les appels téléphoniques cesseront tout aussitôt (espérons-le du moins) et Christos n'aura plus à décrocher le combiné toute la nuit.

La speakerine qui répond au bout du fil essaie de calmer le conducteur de travaux déchaîné qui, après quelques instants d'un dialogue de sourds, raccroche. Mais, quelques instants plus tard, il faut bien se rendre à l'évidence : Christos, monté sur son bulldozer, est là, en train d'enfoncer la porte des studios. L'entrée est démolie mais l'émetteur continue d'émettre. Christos « démolit » aussi, en passant, deux des quatre gendarmes chypriotes qu'on a appelés au secours. On a fini par le maîtriser ; à présent il est en cellule : là, en tout cas, il n'est pas dérangé par le téléphone qui continue de sonner bêtement chez lui, toute la nuit, pour réclamer des chansons d'amour...

La mort du héros
États-Unis
Mars 1991

Une rue sordide du quartier noir de Dearborn, au nord-est de Detroit, un des plus pauvres de la grande ville de l'État du Michigan, aux États-Unis. Une camionnette est arrêtée devant un immeuble lépreux à la façade presque entièrement cachée par un escalier d'incendie métallique. Il est 2 heures et quart du matin et nous sommes le 17 mars 1991. Un homme jeune, à la carrure athlétique, est en train de charger des meubles dans son véhicule. Soudain, cinq coups de feu claquent dans la nuit. L'homme s'effondre dans un bain de sang. Toutes les balles ont fait mouche. Une forme sort de l'ombre et monte au volant de la camionnette.

Immédiatement alertée, la police retrouve cette dernière à quelques kilomètres de là, dans un autre quartier noir misérable. Le plus étonnant est que la cargaison, composée de meubles, de linge et d'équipement ménager, est intacte. Les policiers en déduisent qu'il s'agit d'un crime gratuit, un acte de violence probablement commis sous l'effet de la drogue, comme il y en a tant dans les grandes villes.

Quoi de plus banal, surtout aux États-Unis ? Et pourtant, dès le lendemain tout le pays parle de ce crime banal commis dans un quartier sordide, et cela en raison de la personnalité de la victime : un jeune Noir de vingt-deux ans, Anthony R.

Anthony est un héros. Il fait partie de ces jeunes soldats qui viennent de participer à la guerre du Golfe et qui sont rentrés il y a quelques jours à peine. Dans cette guerre, Anthony avait une tâche particulièrement importante : artilleur de formation, il était servant d'une batterie de missiles anti-missiles Patriot. C'est grâce à lui et à ses camarades si les Scuds de Saddam Hussein ont échoué dans leur entreprise de destruction.

Anthony est le premier soldat américain à trouver la mort de retour au pays. Et dans quelles conditions ! C'est ce qui fait les gros titres des journaux et déchaîne la colère jusque dans les rangs de la classe politique. Lui qui était sorti indemne des tirs de fusées ennemies, tombe sous les balles d'un assassin anonyme ! Les rues des grandes villes américaines sont plus dangereuses que les champs de bataille ! Chacun crie à l'insécurité, réclame des mesures...

23 mars 1991, on enterre le soldat Anthony. Ce ne sont pas des funérailles nationales, mais presque. Devant le cercueil recouvert du drapeau américain, un détachement de l'unité du disparu, la 43ᵉ division d'artillerie, rend les honneurs militaires. Derrière, une assistance de près d'un millier de personnes, avec au premier rang Toni R., la veuve, qui a tout juste vingt ans et qui retient ses larmes.

Ensuite, c'est la cérémonie religieuse, célébrée par le révérend Jessie Jackson, une des personnalités les plus en vue des États-Unis, ancien candidat à la Présidence de la République, et qui est venu rendre hommage à son frère de couleur.

Après l'office, tandis que le corbillard, croulant sous les gerbes de fleurs, prend le chemin du cimetière, les conversations à voix basse se multiplient dans le cortège.

Chacun reprend les commentaires des journalistes et des hommes politiques. Anthony, héros de la guerre du Golfe, est mort victime de l'insécurité qui règne dans son propre pays. C'est scandaleux, c'est odieux ! Il faut faire quelque chose.

Pourtant, tout le monde se trompe. La vérité est totalement différente, et elle est infiniment plus scandaleuse et plus odieuse qu'on ne l'imagine...

Tout commence deux ans plus tôt, lorsque Anthony, soldat depuis peu, fait la connaissance de Toni. La jeune fille, perdue dans l'alcool et dans la drogue, est au bord de la délinquance. D'ailleurs, toute une partie de sa famille et presque tous ses amis ont franchi le pas et font partie de la pègre. Ils ont des excuses : le quartier de Dearborn, où ils habitent, est l'un des plus déshérités des États-Unis.

Anthony, lui, habite Warren, une autre banlieue de Detroit, un quartier modeste mais honorablement fréquenté. Il tombe tout de suite amoureux fou d'elle et n'a qu'une pensée : l'épouser et l'arracher à son milieu. Toni, de son côté, n'est guère enthousiaste, mais elle se laisse convaincre. Ils se marient et s'installent à Warren. C'est là qu'Anthony retrouve sa femme pendant les permissions.

Cette vie de couple ne dure guère plus d'un an. Début août 1990, c'est l'invasion du Koweit et le départ d'Anthony pour l'Arabie Saoudite.

C'est d'abord, pour lui comme pour le reste de l'armée, une longue attente. Les hostilités ne sont pas engagées, l'heure est encore aux diplomates. Dans son unité de missiles Patriot, Anthony s'ennuie. Alors il écrit, il écrit beaucoup à Toni, mais à sa grande surprise, ses lettres restent sans réponse.

Que se passe-t-il ? Le service postal de l'armée ne peut pas être mis en cause : ses camarades, eux, reçoivent du courrier. Alors, c'est qu'il est arrivé quelque chose à Toni. De tendres, les lettres deviennent inquiètes, mais cela ne change rien : elles restent toujours sans réponse… Le déclenchement de la guerre aérienne, en janvier 1991, est presque le bienvenu pour Anthony. Les batteries de Patriot sont en première ligne. Plusieurs fois par jour, il y a des alertes aux Scuds irakiens. Anthony n'a plus le temps de penser à ses problèmes personnels…

Il aurait pourtant de quoi se faire du souci. Oui, il est arrivé quelque chose à Toni. Elle a changé ou plutôt, elle est redevenue ce qu'elle n'avait jamais cessé d'être et que, dans son aveuglement amoureux, il n'avait pas vu : un être immoral et vicieux.

Dès le lendemain du départ d'Anthony pour la guerre, Toni quitte ce quartier de Warren qu'elle déteste, avec ces gens convenables et ennuyeux, pour retourner à Dearborn. Les ordures jonchent le sol, les rues sont défoncées, les maisons délabrées, mais c'est le cadre où elle a toujours vécu, c'est chez elle.

Elle s'installe chez sa tante, Marjorie, dans un immeuble dont on ne voit que l'escalier d'incendie. Marjorie a toujours eu une mauvaise influence sur elle, de même que son propre frère, Michael, dix-neuf ans, un voyou fiché par la police.

Toni recommence à boire, à se droguer, à fréquenter les mauvais garçons. La femme respectable qu'avait voulu faire d'elle Anthony n'existe plus. Ce dernier est d'ailleurs complètement sorti de son esprit. Pas un instant, elle ne pense à lui. Elle ne sait même pas qu'il lui écrit : ses lettres vont échouer à l'appartement de Warren et personne ne les fait suivre.

C'est sans le moindre scrupule qu'elle se met en ménage avec un ami de son frère, un des petits voyous de sa bande. Ils se plaisent. Ils sont du même monde, ils sont faits l'un pour l'autre. Début décembre, Toni constate qu'elle est enceinte.

Elle en parle à sa tante Marjorie. Celle-ci lui fait part de son inquiétude.

– Que feras-tu quand Anthony rentrera ?

Toni hausse les épaules.

– Je demanderai le divorce. Il y a longtemps que j'aurais dû le faire.

– Et avec quoi vivras-tu ? Lui avait de l'argent, pas le copain de Michael...

Toni hausse encore les épaules. L'argent n'a jamais été son principal souci. Elle se débrouillera, voilà tout. Mais Marjorie insiste.

– Tu ne m'as pas dit que ton mari avait une assurance-vie ?

Cette fois, Toni semble brusquement très intéressée.

– Mais c'est vrai ! Il en a même deux...

Effectivement, Anthony est couvert par deux assurances-vie : une de 50 000 dollars que l'État américain souscrit automatiquement pour tout soldat au front, et une autre, personnelle, de 200 000 dollars, qu'il a prise «pour Toni en cas de malheur». Cette dernière a un petit sifflement.

– 250 000 dollars : tu te rends compte ? Cela fait un sacré paquet !

Et Marjorie conclut :

– L'idéal, ce serait qu'il ne rentre pas de là-bas...

Jusqu'à présent, Toni, femme de combattant, ne s'intéressait pour ainsi dire pas à la situation dans le Golfe, mais à présent, tout change. Elle est rivée à sa télévision, elle dévore les journaux. C'est qu'elle a un espoir qui va grandissant et qui tourne à l'idée fixe : devenir veuve de guerre !

Et les nouvelles sont bonnes : Saddam Hussein est plus intransigeant que jamais. Les spécialistes militaires, qui défilent sur l'écran, disent tous que l'armée irakienne est redoutable ; certains prédisent même un bain de sang. Il y a déjà quelques victimes. Toni épluche les listes, comme d'autres les résultats des courses ou du loto. Pour l'instant, pas de chance, le nom de son mari n'y est pas...

Cela ne l'empêche pas de rêver à l'usage qu'elle fera de ces 250 000 dollars (environ 150 millions de centimes). Elle va acheter un restaurant à Detroit. Cela lui rapportera de l'argent et elle pourra prendre des vacances en Floride, comme les gens riches. Ce sera autre chose que le minable appartement de Warren !

24 février 1991. Marjorie fait irruption dans la chambre de Toni, qui s'était déjà couchée.

– Réveille-toi, c'est commencé !

Effectivement, là-bas, à l'autre bout du monde, l'opération Tempête du désert, l'invasion terrestre du Koweit et de l'Irak, a commencé. Toni se précipite sur son poste de télévision. Le bain de sang américain, que prédisent les spécialistes, va enfin couler !

Pendant deux jours, Toni passe par toutes sortes de sentiments : d'abord l'incrédulité, puis l'inquiétude, enfin l'accablement. Où est la quatrième armée du monde ? Les Irakiens sont écrasés, balayés. Au bout de quarante-huit heures, tout est terminé. Les pertes américaines sont insignifiantes. C'est la fin de ses rêves, l'écroulement de tous ses espoirs ! ...

Et pour Toni, la déroute est d'autant plus complète que son mari va faire partie du premier contingent à retourner aux États-Unis. S'il y a, en effet, encore besoin de troupes pour occuper l'Irak, les missiles Patriot ne sont plus nécessaires, l'ennemi n'étant plus en état de lancer ses fusées.

C'est ainsi que, moins de deux semaines plus tard, le 8 mars 1991, a lieu le retour triomphal de la 43e division d'artillerie sur sa base de Fort Bliss, dans le Texas. L'enthousiasme est indescriptible. Voici donc les héros dont on a tant parlé, les destructeurs de Scuds, sur qui repose une bonne partie de la victoire !

Toni est là. L'État lui a payé son billet d'avion. Mais,

seule, parmi les mères, les femmes ou les fiancées de militaires, elle ne se précipite pas vers l'homme qu'elle attend.

Elle est grave, fermée. Anthony arrive vers elle, l'air heureux et inquiet à la fois.

– Chérie ! Tu n'as pas reçu mes lettres ? Il t'est arrivé quelque chose ?

Il veut l'embrasser, mais elle le repousse. Elle entre tout de suite dans le vif du sujet.

– Je suis enceinte.

Anthony se fige.

– Ce n'est pas de moi...

– Évidemment non : cela fait huit mois que tu es parti !

– De qui alors ?

– De mon petit ami.

Toni espère que son mari va se fâcher, cela faciliterait les choses. Mais non, il ne se fâche pas.

– Je ne peux pas t'en vouloir. Tu étais seule : c'est normal... Je suis très heureux, au contraire. Je reconnaîtrai l'enfant. Je l'élèverai comme s'il était de moi.

– Anthony, je veux divorcer.

– Il n'y a aucune raison. Je te dis que je ne t'en veux pas...

– J'ai quitté l'appartement pour vivre à Dearborn chez ma tante.

– Quelle idée !

– C'était moins cher. Je n'avais pas assez d'argent pour rester à Warren.

– Tu n'avais qu'à te servir de la réserve de 10 000 dollars que j'ai laissés sur notre compte en cas de besoin.

– Qu'est-ce que tu crois ? Je les ai dépensés...

Encore une fois, rien ne peut venir à bout des sentiments d'Anthony. Il aime sa femme et il est prêt à tout pour la garder.

– Ce n'est pas grave. Quand je ne suis pas là, tu fais

194

des bêtises. Mais maintenant, tout va redevenir comme avant. Nous allons reprendre tes affaires chez ta tante et nous nous réinstallerons à Warren.

Toni n'insiste plus. Devant une telle naïveté, il n'y a rien à faire. Puisque Anthony veut venir chez sa tante, qu'il y vienne et ce sera tant pis pour lui! ...

Le soir-même, ils prennent l'avion pour Detroit. Dans l'esprit de Toni, la décision est prise. L'occasion est trop belle! À Dearborn, les meurtres ne se comptent plus. Si Anthony y est tué, on mettra le crime sur le compte d'un truand ou d'un drogué quelconque. Bien sûr, elle ne touchera pas les 50 000 dollars de l'État, qui ne sont valables que pour un décès à la guerre, mais il restera les 200 000 dollars de l'assurance personnelle, et c'est plus qu'appréciable! Quant à celui qui va se charger de la besogne, elle a son idée...

Dès son arrivée, Toni va trouver son frère, Michael. Le jeune homme ne s'émeut pas quand elle lui demande d'assassiner froidement son beau-frère.

– Il ne m'a jamais plu, ce mec-là! Je le flinguerai quand il déménagera tes affaires. Il n'aura aucune chance.

Et, le 17 mars, à 2 heures et quart du matin, il tient parole...

La machination aurait fort bien pu rester impunie, mais il y a pourtant une fin morale à cette histoire qui ne l'est guère. Michael, doté d'aussi peu de cervelle que de scrupules, commet l'incroyable erreur de ne pas se débarrasser de son revolver. La police le découvre en perquisitionnant chez lui et l'identifie comme l'arme du crime. Arrêté, il avoue et dénonce la commanditaire du meurtre, sa sœur Toni.

Tous deux sont en instance de jugement. Ils ont quelque souci à se faire. L'Amérique n'aime pas qu'on touche à ses héros.

Itinéraire d'un jeune pervers
France
1984-1991

Rien n'est innocent. La relation de ce fait divers monstrueusement pervers, dans un journal précisément spécialisé dans les faits divers, s'accompagne d'une publicité dans la colonne voisine, incitant les lecteurs à contacter gratuitement par téléphone le réseau du sexe, car « le contact vicieux où rien ne se cache et où tout se dévoile sans pudeur est enfin écouté de toute la France ». Le dessin publicitaire qui accompagne cette invite – porte-jarretelles noir et bas résille – est tout à fait représentatif d'une liberté sexuelle affichée dans tous ses états, y compris les plus pervers. Le tout vendu dans les kiosques, avec publicité racoleuse de première page.

Avons-nous les criminels que notre société mérite ?

Alcide D. est-il un pervers ?

Il vient de téléphoner à un journaliste du *Parisien*, ce 24 mai 1988, en lui disant :

– Le violeur de la banlieue Nord, c'est moi... je vais me suicider.

Depuis quatre mois, 36 agressions sur des fillettes entre dix et quatorze ans ont mis la police sur les dents. Le portrait-robot de l'agresseur est diffusé dans toute la banlieue Nord. Jeune, Noir, le visage marqué d'une cicatrice. Le violeur pratique toujours de la même manière : il suit une fillette jusqu'à l'entrée de son immeuble, monte dans l'ascenseur avec elle et entame la conversation.

– Tu travailles bien à l'école ?

– Tes parents sont gentils ?

Après quoi, le jeune homme sort un couteau, oblige l'enfant à s'agenouiller, et pratique le viol par sodomisation.

L'horreur. L'horreur quasi rituelle, répétée une trentaine de fois, sans crime de sang certes, car le violeur n'a jamais tué, mais qui laisse les victimes traumatisées à vie.

La dernière victime, une enfant de dix ans, est rentrée chez elle meurtrie atrocement non seulement dans son corps, mais dans l'âme. Une victime de viol ne se remet jamais. Toutes le disent, c'est un «crime de l'intérieur», à la cicatrice indélébile.

Crime d'autant plus odieux qu'il est commis sur des enfants.

Ce jeune homme noir qui a téléphoné au journaliste dit encore :

– Prévenez ma mère. Demandez-lui ce que je dois faire.

Une mère que l'on appelle au secours, c'est en principe émouvant. Un tel cri de détresse, émanant du pire des criminels, ne peut laisser un journaliste indifférent. Qui est cette mère qui répond logiquement au journaliste : «Qu'il se rende à la police !», mais qui ne se déplace pas… ?

Une mère par épisodes.

Alcide est né de cette mère, quelque part au bout de l'Afrique, sur l'une des îles du Cap-Vert. De père quasiment inconnu, disparu alors qu'il avait quatre ans. À son tour, la mère est partie travailler en Afrique, en confiant le petit Alcide à une nourrice. Alors qu'il avait douze ans, Alcide a vu revenir sa mère, l'a à peine reconnue, et la voilà partie en France pour une année encore. Après quoi, elle est rentrée le chercher, et la France terre d'asile lui a ouvert les bras.

À treize ans, Alcide suit les cours de sixième du lycée Molière, de Paris, car sa mère travaille dans un «bon» quartier, chez un Français très gentil. Cela ne dure pas, l'année suivante, changement de décor: Clichy-sous-Bois.

Entre l'archipel du Cap-Vert et Clichy-sous-Bois, la parenthèse confortable du lycée Molière ne fut probablement pas assez longue. Alcide fugue et refugue. Sa mère lui rase le crâne, par mesure de répression, mais il recommence, avec un bonnet sur la tête. Alors, la mère ayant autre chose à faire qu'à courir après son fils – elle travaille, et un homme occupe sa vie –, Alcide est placé dans un foyer.

Au téléphone, le journaliste donne la réponse de la mère, la seule logique, d'ailleurs, mais Alcide menace toujours de se suicider. Il a maintenant vingt et un ans, et un terrible itinéraire derrière lui. Son portrait-robot est partout, la police le recherche activement, il a vécu ces derniers temps en clochard organisé. Une consigne, dans une gare, lui sert de penderie. Il dort n'importe où, il a largué le seul copain de sa vie… et commis ces viols, bien habillé, propre, toujours gentil, insoupçonnable au premier abord, jusqu'au moment où il sort son couteau.

Le journaliste parvient à lui arracher l'adresse où il se trouve, fonce, et c'est le début de l'arrestation médiatique de l'année 1988.

Alcide est perché au sixième étage d'un immeuble, d'où il menace de sauter. Le journaliste du *Parisien*, Laurent Chabrun, lui tient à peu près ce langage:

– Descend de là, qu'on parle! T'as déjà fait assez de conneries comme ça!

La foule est en bas, qui hurle. La rumeur a circulé, le violeur de la banlieue Nord est à portée de lynchage…

Alcide se laisse convaincre; l'envie de mourir est moins forte que celle de parler, d'avouer, de se rendre à la police. C'est donc protégé par deux journalistes qu'il arrive au commissariat et annonce au planton :

– C'est moi Alcide D.

C'est lui l'accusé de 36 agressions sur des mineures de moins de quinze ans. Parfois il viole, toujours par sodomisation, parfois il se contente d'attouchements sexuels, parfois de déshabiller sa victime. Mais il lui arrive aussi d'abandonner. Pourquoi ?

Celles des fillettes qui l'ont rencontré sans dommage ont répondu ainsi à ses questions :

– Si je ne rentre pas à l'heure, papa va me frapper.

Ou bien :

– Mes parents se disputent tout le temps, ils ne sont pas gentils avec moi.

Ou encore :

– À l'école ? Ça va pas fort, je suis nulle.

Confronté à une enfant malheureuse, Alcide abandonne, comme s'il était débarrassé de sa pulsion de viol. Par contre, si l'enfant paraît heureuse et répond que tout va bien à la maison, à l'école, et dans la vie en général… il va au bout de cette pulsion, comme une vengeance.

L'itinéraire du jeune homme pervers ne sera connu qu'en avril 1991, lors de son procès aux assises des Hauts-de-Seine, ainsi que les déclarations des victimes. Du moins de celles qui se présenteront, car au bout de ces trois années, certaines adolescentes reculeront devant le rappel douloureux des faits, certains parents préfèreront oublier.

L'accusation retient dix viols, sept tentatives de viols, et neuf attentats à la pudeur.

Voici donc l'histoire d'Alcide. Non pas celle de l'enfance abandonnée au Cap-Vert, sans père et sans mère, mais l'itinéraire français, de 1984 à 1988. Entre dix-sept et vingt et un ans. Remarquable de cafouillage.

1984: Alcide est arrêté à dix-sept ans pour des agressions sexuelles contre des jeunes filles, dans les ascenseurs déjà, puis finalement pour le viol d'une petite fille de dix ans. Il avoue et est donc examiné par un médecin psychiatre. La question est de savoir si ce garçon qui passe son temps à déshabiller des gamines dans les ascenseurs est dangereux ou non, pervers ou non, maniaque ou non.

À cette époque, la réponse de l'expert est la suivante: «On ne retrouve chez ce garçon aucune ritualisation excessive du comportement, aucune idée obsédante, pas de manifestation compulsive, pas de signe psychiatrique de dangerosité. C'est un sujet strictement normal.»

Condamné à cinq ans d'emprisonnement, dont un avec sursis, assortis d'une «obligation de soins», Alcide se retrouve à Fleury-Mérogis, au centre des jeunes détenus. Il s'y fait un ami, pour lequel il semble éprouver une tendresse quasi homosexuelle et qu'il retrouvera à sa sortie de prison, le 14 janvier 1988. Après une tentative pour vivre chez sa mère, puis chez son ami, puis dans un centre de réinsertion et après une demande, refusée, d'engagement à la Légion, c'est la dégringolade et la série d'agressions en quelques mois.

La suite de l'itinéraire lui fait rencontrer, après son arrestation et ses aveux, le même expert qu'en 1984. Cette fois, ce dernier explique que le jeune homme est «entré dans un trouble comportemental typiquement pervers... Qu'il est dangereux, difficilement curable, responsable de ses actes au moment des faits, et quasi incapable de réadaptation sociale».

En quatre ans et trois mouvements, voici donc que la psychiatrie change totalement son fusil d'épaule.

Mais le plus important, le plus significatif en ce qui concerne ce violeur d'enfants, c'est qu'il n'a pas dit à cet expert-là le «détail» qu'il va révéler à son défenseur. Presque incidemment, comme si la chose avait du mal à remonter le cours de sa mémoire, ou comme s'il refusait de s'en souvenir autrement qu'entre parenthèses. Alcide dit avoir été violé par le fils aîné de sa nourrice, alors qu'il avait neuf ans.

Que se passe-t-il dans notre système judiciaire pour que la qualité des expertises psychiatriques soit presque constamment discutable? Comment se fait-il qu'on puisse quasiment systématiquement remettre en cause le temps que les experts consacrent à leurs patients? On parle trop souvent d'examens à la chaîne, de questionnaires de dix minutes, de tests n'ayant rien à voir avec la pathologie du sujet. Bien évidemment, ce sont les prévenus ou leurs avocats qui dénoncent ces faits... et lorsqu'un expert se présente à la barre pour commenter son rapport devant le jury d'assises, personne n'ose réellement contester ses capacités professionnelles et son aptitude à déclarer un homme responsable de ses actes.

Mais que dire d'un psychiatre qui n'obtient pas d'un patient tel qu'Alcide, avouant des dizaines de viols d'enfants par sodomisation, la révélation de l'origine de son comportement?

Alcide a donc été qualifié de «pervers». Le diagnostic de perversité est particulièrement difficile à établir si l'on en croit les psychiatres.

Définition de la perversité: «Disposition active à faire le mal intentionnellement en faisant appel aux ressources de l'intelligence et de l'imagination [1]. »

Deux semaines après sa sortie de prison, où il aurait dû faire l'objet d'un suivi psychologique – ce qui n'a pas été le cas, malgré la recommandation du tribunal –, Alcide entame sa course perverse. Et il se souvient précisément de toutes ses victimes, sinon des détails.

---

1. *Larousse de la psychologie.*

Pour commencer il agresse sa propre mère, la vole, casse tout chez elle, et disparaît avec ses bijoux. Ensuite, il agresse une femme à l'aide d'un couteau pour lui voler son sac. Le 1er février 1988, il viole une petite fille à Saint-Denis. Le 25, il s'attaque à deux autres fillettes, à Pantin. Le lendemain, à une autre, dans le XIXe arrondissement. Et la ronde s'accélère. Aubervilliers : deux fillettes à quelques heures d'intervalle... Saint-Ouen, Bobigny, Saint-Denis : la banlieue Nord vit en quelques jours au rythme des agressions d'enfants, toujours rituellement les mêmes. Dix viols en un mois, un tous les trois jours...

Décrit par les enfants, mis en portrait-robot et identifié, Alcide échappe à la police durant des semaines encore. Il se sait recherché, traqué, il viole tout de même. Alors la police décide de révéler son identité et sa photographie aux journaux, dans l'espoir de l'acculer à se rendre.

Entre le 15 et le 25 mai 1988, Alcide commet encore dix agressions sexuelles, une véritable folie. Le 17, deux agressions à Pantin ; le 19, trois viols dans la même journée... Le 25 mai, dernier viol à Pantin. Il est à bout, il prend contact avec la presse.

Avant de menacer de se jeter du haut de l'immeuble, il a tenté de se suicider, en s'injectant de l'air dans les veines à l'aide d'une seringue empruntée à un camarade drogué. Il n'a réussi qu'à atteindre les muscles et à provoquer une infection.

Les aveux sont clairs. Il reconnaît tous les viols des petites filles dont on l'accuse. Il nie, en revanche, deux autres accusations concernant deux petits garçons... alors que les enfants l'ont parfaitement reconnu. Refus probable et dérisoire d'être considéré comme un homosexuel ; refus, probable aussi, du souvenir d'enfance.

Il se qualifie lui-même de monstre.

En avril 1991, quand Alcide se présente aux assises,

il a passé trois ans de quasi-isolement à Fleury-Mérogis – car on ne parle pas aux violeurs en prison –, et a suivi une psychothérapie, qui est loin d'être aboutie.

Son thérapeute a refusé de témoigner devant le jury, pour ne pas mettre en danger sa relation avec son malade. Il s'est contenté d'une lettre, expliquant qu'Alcide avançait lentement, mais sûrement, vers une prise de conscience de ses actes et une désaliénation progressive.

L'accusation s'appuie sur le rapport de perversité de l'expert psychiatrique. Les jurés cachent difficilement leur aversion pour ce diable noir au regard fantomatique. On attend le témoignage de sa mère, il ne viendra pas : elle a refusé de le voir, d'expliquer, et s'est contentée de répondre aux enquêteurs sans ménagement aucun pour son fils.

Alcide, jeune homme pervers, est condamné à vingt ans de réclusion criminelle. Sans peine de sûreté, contrairement à ce que réclamait l'avocat général. La thérapie entreprise, le repentir du violeur, ont plaidé en sa faveur.

– Je sais que je leur ai fait du mal, elles ne l'oublieront pas, moi non plus. Maintenant je cherche à comprendre comment j'en suis arrivé là ; je ne suis plus le même. Si on me laissait l'occasion de refaire ma vie, j'aurais les forces et les moyens de me défendre et de m'en sortir.

Il a dit aussi :

– C'était comme une image que je répétais dans ma tête, comme si je reproduisais à l'infini ce que l'on m'a fait quand j'étais petit.

Face à ses victimes, il était « désolé ».

Cette histoire perverse et folle laisse une ombre amère. Remonter l'histoire et l'enfance d'un criminel de cet ordre peut, certes, expliquer, mais après ?

Les victimes enfantines restent des victimes pour la vie, dans leur corps, dans leur sexualité à venir.

Quant au criminel, quel est son devenir ? Tout le monde, loin de là, n'est pas d'accord sur la réussite d'une thérapie. Et l'on ressort les vieux fantasmes. Aux États-Unis, en Allemagne, au Danemark, on pratique sur les violeurs, avec leur consentement, une castration chimique, qui n'a rien de définitif. Dès que l'on cesse le traitement, les pulsions renaissent… On a même parlé, aux États-Unis, d'intervention chirurgicale au cerveau, transformant les violeurs en légumes inoffensifs.

En France, point de cela. On condamne, on propose une thérapie, que tous les violeurs n'acceptent pas forcément, et on attend.

Un père violeur de sa propre fille durant des années fut ainsi condamné à douze ans de réclusion. Il a toujours nié, refusé l'évidence, et par conséquent la thérapie. Il sortira un jour, comme Alcide. Dans quel état, animé de quelles pulsions ?

Le violeur est une question sans réponse, que notre société ne cesse de se poser, comme tant d'autres questions.

Les enfants qui trinquent
France
1991

Un homme qui vend des chaussettes sur les marchés, du 39 au 45, en pur fil, en coton ou en laine. Du 28 au 35, en acrylique, bleues ou rouges, pour les enfants. Un homme comme celui-ci ne ferait pas peur à une mouche.

La bonne dame qui lui demande :

– La même paire mais en gris, taille 42, vous avez ça ?

La bonne dame ne se doute pas une seconde qu'elle a affaire à un monstre et non à un marchand de chaussettes.

Un monstre de jalousie. Un maniaque du soupçon, un possédé de la possession. Quelqu'un qui ne supporte pas d'aimer l'autre, car cet amour est un poison qu'il boit jour après jour.

Où est-elle ? Que fait-elle ? Avec qui ? À quoi pense-t-elle ? À qui ? Et pourquoi ? Ce soupir, ce regard, cette façon de répondre ou de tourner le dos, ce silence, ce sourire, cette réflexion, cette hésitation... tout est question.

Claude V. est fabriqué ainsi. Et en treize ans de mariage, il n'a cessé de persécuter sa femme et de se persécuter lui-même. Il a l'air fort, travailleur, courageux, il ne dépense rien pour lui, tout pour elle, il se prive pour lui faire des cadeaux... mais la réveille la nuit pour ne pas qu'elle rêve, claque les portes pour ne pas qu'elle lui échappe, hurle pour ne pas qu'elle mente.

Ment-elle ? Pas du tout.

Stella a épousé un jaloux, comme on épouse un alcoolique. Elle l'ignorait malheureusement. Il a besoin de méfiance, de doute, de cris et de hurlements, comme d'autres de pastis ou de ballons de vin rouge. Sa dose quotidienne.

La naissance d'un fils n'a pas calmé cette maladie chronique. Lorsqu'il part avec sa camionnette, ses chaussettes, sur les marchés du département, il ne pense qu'à cela. À ce qu'elle va faire de sa journée sans lui. À qui va-t-elle parler ? Sourire, ou se confier ?

Il aimerait lui ouvrir le cerveau pour être sûr de ce qui s'y passe le concernant.

Car le jaloux ne pense qu'à lui. Jamais à l'autre. Il se moque de l'autre comme de sa première paire de chaussettes. Ce qui compte, c'est l'image de lui-même que l'autre doit lui renvoyer absolument, ainsi qu'il la veut.

En treize années de vie conjugale, Stella a épuisé ses forces, sa compréhension, sa logique et, bien entendu, son amour.

Un jour, elle abandonne. Elle fuit avec son fils, perturbé lui aussi par les scènes permanentes et sans objet de son père. La jalousie qui ne trouve pas de motifs, donc de raisons d'être, est encore plus pernicieuse.

Si Stella avait pris un amant, si elle était futile, volage, acariâtre, menteuse, dépensière, inconséquente, charmeuse à tout-va, provocatrice, Claude y trouverait peut-être une forme d'équilibre.

Être jaloux pour rien, c'est infernal. L'éternelle question demeure éternellement sans réponse. Impossible qu'il n'y ait « rien ». Il y a sûrement quelque chose. Elle est forcément responsable, et si elle ne l'est pas encore, elle le deviendra…

Mais non. Elle est partie, elle a emmené son fils avec

elle. Le jaloux a tout perdu, vraiment tout, car il a perdu l'objet de sa jalousie. Un véritable cancer s'est installé dans sa tête, à présent. Dont les cellules malignes se divisent abominablement.

Sa première victoire est le retour de son fils. Le gamin n'est pas resté longtemps avec sa mère : pris entre deux feux, entre deux manques, et persuadé qu'il doit donner une preuve d'amour à l'auteur de ses jours, il est revenu.

Pauvre gosse ! Ce retour ne lui apporte rien de bon. Du matin au soir, il entend parler de sa mère. Les portraits de sa mère jalonnent la maison. Le souvenir de sa mère empoisonne les petits déjeuners, les déjeuners, les soirées, les dimanches et les jours de fête.

— Je me crevais au boulot pour elle, ça ne l'a pas empêchée de me laisser tomber. Elle est partie avec toi, en plus, c'est de ta faute…

La faute de Philippe ? Dans l'esprit du jaloux, la faute retombe toujours sur quelqu'un. Sur celui qui est là de préférence, c'est plus simple : l'enfant devenu le substitut de la mère. C'est à l'enfant de faire quelque chose pour réconcilier ses parents. C'est lui le maillon de la chaîne rompue.

Comme c'est facile d'intoxiquer psychologiquement un adolescent qui n'a connu que le désordre dans la vie familiale, les scènes, les injures, les reproches. Un enfant se sent coupable avec bonne volonté de l'échec des adultes chargés de son existence.

— J'ai changé de travail pour elle, je me tuais le soir à couper du bois pour économiser et lui offrir des cadeaux. C'est TA mère, elle nous a abandonnés, c'est à toi de faire quelque chose pour qu'elle revienne.

Et la ronde infernale continue. Où est-elle ? Avec qui ? Pourquoi ? Comment vit-elle ?

Pour le marchand de chaussettes itinérant, il est relativement facile de découvrir le refuge de sa femme.

Dans un petit village, elle a entamé une nouvelle vie avec un homme qui, comble d'horreur, semble la rendre heureuse.

Il s'appelle Gérard M. Il a quarante-cinq ans, il est agent immobilier, veuf et père de deux enfants. Un colosse, bien bâti, qui mène une vie tranquille, sans histoire.

C'est insupportable de le voir ranger sa voiture le soir, pour rentrer chez LUI avec ELLE. Insupportable d'imaginer une vie qui ne le concerne pas, lui, Claude, si sûr de ses droits de possession.

Un jaloux est souvent lâche.

C'est lâche d'envoyer des lettres anonymes, lâche de menacer par téléphone, lâche de crever les pneus de la voiture du rival.

Lâche de répéter à son fils : « Tu vois, s'il n'existait pas, ce type, ta mère reviendrait vivre avec nous ! »

Pourtant, Claude n'est pas resté totalement solitaire. Il existe dans sa vie une autre femme, Margaret, Antillaise et mère de quatre enfants. Elle ne vit pas complètement avec lui mais lui sert, pourrait-on dire, de défouloir. Des soirées entières consacrées à écouter Claude parler de sa détresse et de sa femme. Margaret est brave fille, elle sait écouter patiemment ; de plus, Claude est son employeur. C'est elle qui se charge d'emballer les chaussettes achetées en vrac dans des poches de plastique. C'est elle aussi qui donne un peu d'affection à Philippe. Qui le console d'avoir « laissé partir » sa mère.

Car, désormais, l'adolescent est convaincu de sa faute. Chaque portrait de sa mère la lui rappelle. Chaque pleurnicherie de son père l'exacerbe.

De leur côté, Stella et son compagnon, las d'être surveillés, espionnés, menacés, ont décidé de disparaître avec leurs deux enfants, loin du jaloux.

Ils émigrent vers le Midi, non loin d'Avignon,

choisissent une maison à l'écart de la ville, espérant enfin y vivre en paix.

Claude ne peut supporter ce départ. Une nouvelle fois, il met toute sa rage à retrouver la piste. La remonte, et un sale jour de décembre 1990, Gérard dit à Stella :

– Il nous a retrouvés, j'en suis sûr. Ce matin, j'ai trouvé la voiture couverte de rayures, il a massacré la peinture.

C'est décourageant. Avoir émigré, changé de maison, d'emploi, se croire à l'abri, pour retrouver ce fou dans sa tasse de café matinale.

Mars 1991. Gérard rentre chez lui. Il gare sa voiture au parking, devant l'immeuble où l'attendent Stella et ses deux enfants. Il n'a aucune raison de se méfier des occupants d'une autre voiture Peugeot, une femme et un jeune garçon, garés eux aussi sur le parking.

Gérard marche en direction du hall de l'immeuble, pousse la porte d'entrée. Il est environ 19 h 30.

Une barre de fer et un couteau vont mettre fin brutalement à sa vie. Assommé et égorgé, il est abandonné dans le couloir.

Pour Stella, le crime est signé : il s'agit de Claude, son ex-époux, car le divorce a été prononcé malgré lui. Malgré ses menaces, qui n'ont pas cessé depuis deux ans.

Enquête rapide. Claude dispose d'un alibi parfait. Il n'a pas bougé, ce n'est pas lui qui conduisait la voiture Peugeot – sa propre voiture –, ce n'est pas lui qui a fait des centaines de kilomètres avec une barre de fer et un couteau dans le coffre pour assassiner son rival. Lui, il s'est montré, il a vu son avocat, rencontré des gens. Il était visible par tous.

Ce n'est pas lui, car c'est son fils et Margaret.

Ils avouent bien vite. Les deux armes du crime sont retrouvées dans la rivière. La voiture avait été dotée de fausses plaques d'immatriculation.

Claude a réussi à persuader son fils de quinze ans et

sa maîtresse d'aller tous deux à sa place supprimer l'objet de sa fureur.

Philippe, l'adolescent, croyait donner à son père une preuve d'amour irréfutable, il croyait qu'en supprimant l'intrus sa mère reviendrait au foyer...

Quant à Margaret, la maîtresse de remplacement, mère de quatre enfants, elle a «bien voulu accompagner Philippe» pour lui soutenir le moral, conduire la voiture... et achever le travail d'un coup de couteau, en égorgeant Gérard.

Égorger, c'est une chose trop dure à faire pour un adolescent. Elle est venue lui donner un coup de main, en quelque sorte.

Pour quel mobile cette mère de famille a-t-elle accepté de devenir criminelle ?

Contre la promesse d'un billet d'avion pour les îles au soleil !

Claude, quant à lui, était persuadé qu'avec son alibi il était insoupçonnable et que personne n'oserait penser à son fils de quinze ans. Ni à sa maîtresse. Eux n'avaient pas de mobile.

Un jaloux est presque toujours un lâche, presque toujours un manipulateur, presque toujours dangereux.

Celui-là a atteint son but. Faire de son fils un meurtrier à sa place. L'expédier à cinq cents kilomètres avec une complice pour tuer et rentrer à la maison raconter la bonne marche de l'opération à papa. Pendant qu'il se montrait, lui, innocent, au bistrot du coin. Le vendeur de chaussettes avait écrit dans sa tête un très mauvais polar.

Convaincre un adolescent et une femme-oiseau de commettre un crime est une chose qui ne fait pas d'eux, pour autant, des criminels endurcis.

La piste était facile à remonter et les aveux faciles à obtenir.

Un jaloux est donc également stupide.

L'adolescent de quinze ans et sa complice ont été inculpés de meurtre. Claude, le père, de complicité.

Le procès dira qui est le vrai coupable, selon la loi. L'instigateur, ou les exécutants?

Mais à l'heure d'aujourd'hui, en 1991, un gamin de quinze ans est en prison, culpabilisé à vie, quel que soit le jugement rendu.

Et il n'est pas le seul à payer. Les deux enfants de Gérard sont orphelins. Les quatre enfants de Margaret se trouvent probablement quelque part dans un centre de la DDASS, derrière des barreaux, sans soleil et sans maman.

Sept enfants qui paient pour la seule et unique maladie d'un homme. La jalousie.

Une jalousie qui s'obstine encore à lui faire dire aux gendarmes, lors de son arrestation:

– C'est de sa faute! Elle n'avait qu'à pas partir.

Lorsqu'un individu est entré dans un tel délire émotionnel, à la limite de la paranoïa, il n'en sort pas tout seul.

«La jalousie naît toujours avec l'amour, mais elle ne part pas toujours avec lui» … Dixit les maximes de monsieur de la Rochefoucauld.

Et si cet homme est en prison, la vie de son fils gâchée, et tout le reste, ce sera longtemps, longtemps, toujours peut-être, «sa faute à ELLE».

La vraie nature de Pamela
États-Unis
1991

Au lycée d'Exeter, aux États-Unis, certains adolescents ont des problèmes de drogue. Situation malheureusement classique, qui induit la présence, à l'intérieur de l'établissement, d'une conseillère-psychologue chargée d'instaurer un dialogue avec les jeunes toxicomanes.

Le dialogue est une formule moderne. Il faut dialoguer, expliquer, comprendre, convaincre. Le dialogue est devenu une institution nécessaire et répandue.

Mais qu'est-ce qu'un dialogue ? Et plus particulièrement un dialogue entre Pamela S., vingt-quatre ans, la psychologue dont il s'agit, et William F., en mal de drogue, dont l'adolescence flotte entre les seize et dix-sept ans ?

La scène se passe au mois de février 1990, si l'on en croit William lui-même.

Scène d'abord muette, puisqu'il s'agirait d'un échange de regards: «Tu me plais, je te plais.»

Pamela est une psychologue ravissante, ce qui ne gâte rien, mais qui peut tout gâcher...

William est amoureux. Il accepte, ou propose, d'accompagner la jeune femme chez elle pour y visionner sur magnétoscope un film, et apprendre en même temps à se servir de l'appareil...

Le film est un film dit «à scandale». *Neuf semaines et demie,* dont les interprètes, Mickey Rourke et Kim Basinger, se livrent à des ébats dont toute la critique cinématographique internationale a parlé. Érotisme brûlant selon les uns, grand art de la suggestion amoureuse, ou tout simplement pornographie avancée sous couvert de pellicule.

Bref, Pamela a invité son jeune élève, William, chez elle et, les images faisant le reste, les voilà amants. D'un amour défendu, car aux États-Unis, comme ailleurs, mais plus encore aux États-Unis, les amours d'un adulte et d'un mineur sont en principe lourdement sanctionnées.

Le problème n'est pas là, pour le moment, car il semble bien que Pamela ait une autre idée derrière sa jolie tête.

Pamela est depuis un an l'épouse d'un garçon nommé Greg, vingt-quatre ans, et leur mariage est, jusqu'alors, considéré comme parfait.

Ils se sont fréquentés trois années durant. Pamela a tenu à passer son diplôme à l'Université de Floride où elle a, par ailleurs, obtenu un autre diplôme, celui de *Miss-University.*

Élevée «convenablement», selon les mœurs quelque peu rigides de la côte Est, Pamela attire les regards depuis toujours. Le corps fait au moule, le regard noir lumineux, un sourire d'ange. *Miss-University* est cependant baptisée par ses camarades «la fille de glace».

Or, la fille de glace à peine mariée fait murmurer la bonne société, et gronder son époux. La lune de miel aux Bermudes n'est pas si loin, que le divorce plane déjà sur le couple.

Cette soirée sulfureuse, en compagnie du jeune William, qui n'a alors que seize ans à peine…. se déroulerait ainsi:

– Willy, mon mari me trompe, j'ai besoin de toi.

– Pam, je ferai tout ce que tu voudras.

– Greg veut divorcer, il a pris un avocat et veut tout me prendre, la maison et les meubles… Il dit même qu'il gardera mon chien.

Le chien : un yorkshire, nommé Halen, présentement spectateur involontaire des ébats de sa maîtresse. Car pour appuyer ses arguments, Pamela se livre à un strip-tease torride.

La scène est décrite par un autre témoin, involontaire, une jeune fille de seize ans, Cecilia, venue rapporter un livre à la conseillère psychologique. Cecilia a sonné à la porte, personne n'a répondu, elle est entrée. La télévision marchait dans la chambre de Pamela, et elle a vu… son petit camarade William allongé, nu sur le lit, et Pamela en chemise de nuit transparente et voluptueuse, penchée sur le jeune garçon.

Dès le lendemain, dans la cour de récréation du lycée, la nouvelle fait le tour d'un petit groupe de copains. Il y a là Cecilia, bien sûr, la « voyeuse », qui décrit la scène avec force détails, Patrick, dix-sept ans, Ray, dix-sept ans, Vance, dix-huit ans et William, le héros de l'histoire.

Lequel héros se vante de son exploit avec fierté. La femme de glace est amoureuse de lui, il fait l'admiration de ses petits camarades.

S'il était un peu moins jeune, et un peu plus malin, il se demanderait pourquoi un professeur de lycée, conseillère en psychologie de surcroît, prend le grand risque d'avoir des relations sexuelles avec un élève mineur, et ne s'en cache même pas… Elle y risque sa carrière, sa réputation, donc son divorce. La moindre des choses serait de dissimuler cette aventure. Au lieu de cela, tout le lycée est au courant, William se charge des récits, ainsi que la jeune Cecilia, dont Pamela a fait, semble-t-il, sa confidente.

William est même persuadé que, dès le divorce prononcé, il vivra avec sa maîtresse.

Or, Pamela refuse de divorcer. Refuse de perdre sa

maison, ses meubles et son chien. Il y a là une ambiguïté qui n'effleure pas le jeune amant. Il accueille avec la même inconscience la suite du dialogue :

– William, je t'aime, mais tant que Greg vivra, nous ne pourrons pas vivre ensemble. Si tu me veux pour toi seul, il faut qu'il disparaisse.

– Le tuer ? Mais comment ?

– J'ai un plan.

La psychologue a bien choisi son exécuteur. C'est un caractère faible, émotif, facile à convaincre et à dominer. Fasciné par la musique hard rock, les oreilles pleines de sonorités extatiques, fasciné par les strip-teases de sa maîtresse, fasciné par la chance qu'il a de posséder un pareil corps à lui tout seul...

Enfantin, aussi, ce jeune garçon qui mêle au complot toute sa petite bande de copains. Car le plan présenté par Pamela suppose la simulation d'un vol à main armée dans l'appartement où Greg attend d'en avoir terminé avec les formalités de divorce.

Il a l'air, lui, aussi, d'un gamin, ce mari de vingt-quatre ans. Visage poupin, nez charnu et en trompette ; malgré ses nœuds papillons de courtier en assurance, on lui donnerait à peine dix-huit ans.

Pamela n'ignore pas que son jeune amant a besoin de sa bande de copains pour exécuter Greg.

Et là, l'observateur que nous sommes est en droit de se poser une question sur la valeur du diplôme de psychologie qui lui a été décerné.

Pamela espère-t-elle réellement que la petite bande agira sans failles ? Que ces quatre adolescents, car ils sont quatre pour faire le coup, auront suffisamment de sang-froid pour exécuter Greg sans commettre une erreur ?

Est-ce un comportement psychologiquement adulte de dire à William :

– Surtout, que mon chien n'assiste pas au meurtre, il serait traumatisé !

Il est vrai que ce chien tient une place essentielle dans la vie de Pamela, au point que l'on peut se demander s'il ne passe pas avant tout, dans cette histoire de divorce, de maison et de meubles...

– Tu mettras un disque aussi, black-and-blues, je saurai que tu as pensé à moi en le tuant...

Vous avez dit psychologie ?

Quoi qu'il en soit, le 1er mai 1990, Pamela se rend à Portsmouth chez des amis, afin de se constituer un alibi en béton. Elle a convaincu William, sans gros efforts, en quelques quatre semaines et demie, faisant mieux que les protagonistes de son film fétiche. Entraîné dans un véritable tourbillon sensuel, le gamin, car c'est un gamin, n'y a vu que le feu brûlant de l'amour interdit.

1er mai donc, un voisin de Greg téléphone à la police :

– J'ai entendu des coups de feu, j'ai vu s'enfuir trois personnes, il s'est passé quelque chose de grave !

La police débarque quelques minutes plus tard et découvre Greg, agenouillé comme en supplication, les mains jointes, et deux balles dans la nuque. Le vol est apparemment le mobile du crime. Toutes les pièces ont été fouillées, l'argent et les bijoux ont disparu. Le voisin est formel :

– Des jeunes loubards, j'en suis sûr ! Je les ai vus filer, ils étaient trois, mais ils devaient avoir une voiture, je n'ai pas pu les poursuivre. Il faut prévenir sa femme, elle est chez des amis à Portsmouth, la malheureuse...

En rentrant au domicile conjugal, qu'elle désertait depuis quelque temps, Pamela est effondrée. Veuve, si jeune, dans des circonstances dramatiques, à une semaine à peine de son premier anniversaire de mariage...

C'est avec les ménagements d'usage que la police interroge Pamela.

Oui, elle était chez des amis, au bord de la mer ; oui, Greg a dû ouvrir sans méfiance à ses assassins, il était en général confiant. Non, il n'a pas d'ennemis ; oui, ses bijoux ont disparu, et mon dieu! que les sanglots lui serrent la gorge.

Dès le lendemain, les policiers ont une tout autre vue de ce cambriolage meurtrier. L'avocat de Greg, chargé du divorce, ayant lu la nouvelle dans la presse, se présente à eux:

– La procédure a été engagée par Greg, Pamela a toujours refusé le divorce. Nous étions cependant certains de gagner, étant donné ses aventures extra conjugales...

Les policiers dirigent donc leur enquête sur Pamela et son entourage. On interroge ses collègues, ses élèves, et parmi les élèves qu'elle conseillait en psychologie, la première à craquer se nomme Cecilia:

– Je sais tout, j'ai même enregistré une conversation qu'elle a eue avec William... C'est elle qui a tout préparé...

Et Cecilia de brandir une cassette et de dénoncer les auteurs du meurtre.

– Il y avait William, son amant, et Vance, et Patrick. Ray les attendait dans une voiture.

William craque tout aussi vite:

– Nous sommes allés sonner chez lui, il nous a fait entrer, on a raconté qu'on venait voir sa femme. On l'a menacé ensuite avec un revolver. On l'a humilié, il s'est traîné à genoux, on lui a demandé le fric et les bijoux, on lui a même demandé son alliance, et il s'est mis à pleurer en disant que sa femme le tuerait s'il s'en séparait. Quand j'en ai eu assez, je lui ai tiré deux balles dans la nuque et on a filé. C'est elle qui le voulait, elle m'a fait jurer de le faire, sinon on ne se reverrait plus. Elle a promis aussi le montant de l'assurance-vie: 140 000 dollars...

Pamela nie en bloc toutes les accusations portées contre elle. Elle aimait son mari, elle n'aurait jamais pu envisager sa mort.

– William n'était qu'une passade pour moi, il s'est mis

dans la tête que Greg était une entrave, il croyait m'aimer, c'est une erreur atroce, il a tout décidé lui-même.

Faux. Archifaux, puisque les autres adolescents confirment le plan, avouent avec bonne volonté, étant donné que, leur jeune âge aidant, ils ont tout intérêt à plaider coupables afin de limiter la sanction. Et Cecilia, la plus maligne, la plus efficace pour l'accusation, possède son enregistrement, où il est dit, paraît-il, clairement que Pamela est au courant du complot, qu'elle l'encourage et en attend l'issue.

C'est donc le procès de l'année, et les photographies de la belle Pamela envahissent les journaux dès la première audience, le 25 mars 1991.

Le juge Douglas Gray préside le tribunal du comté.

La défense de Pamela s'avère difficile. Sa mère a beau déclarer :

– C'est une jeune femme brillante, promise à un bel avenir, elle est victime de cette bande de jeunes malades. Ma fille se consacrait aux autres, avec plus de succès que pour elle-même, son dévouement se retourne contre elle !

Une douzaine de supporters affichent des pancartes, expliquant que Pamela est victime des médias.

Mais il y a l'enregistrement, il y a l'assurance promise, et cinq accusateurs entre seize et dix-huit ans, qui ne reculent devant aucun détail, fût-il parfaitement lubrique.

William, l'amant meurtrier, plaide coupable de meurtre au second degré. Il raconte en pleurant au jury les détails de l'exécution. Ses deux complices immédiats font de même ; Vance et Patrick confirment chaque détail, les larmes aux yeux également. Ray, qui attendait dans la voiture, tranquillement assis pendant le meurtre, avoue sans réticence sa participation au plan.

William voit sa peine réduite à vingt-huit ans de prison ; il risquait l'incarcération à vie.

Ses trois complices écopent de moindres peines. Quant à Pamela, qui a subi l'épreuve du procès avec une dignité glaciale, sans manifester la moindre émotion, niant toujours en bloc, devant l'évidence, avoir commandité psychologiquement le meurtre de son mari, elle est condamnée à vie, d'une peine incompressible. À vingt-quatre ans, *Miss-University* vient de mettre un terme à sa brillante carrière, à l'unanimité du jury.

Le crime ne paie pas.

Tout dépend pour qui. La jeune Cecilia, qui avait eu l'excellente idée de dissimuler un magnétophone lors d'une conversation privée entre William, Pamela et elle, a vendu, dit la presse américaine, les droits d'un film fondé sur la véritable histoire de Pamela, pour la somme de 100 000 dollars.

Une télévision privée a fait de son programme du soir durant le procès un véritable *soap opera*, sur les turpitudes de la psychologue et de son amant *teenager*.

– Nous faisions l'amour sur le lit et par terre...

– Que mon chien ne voie pas le meurtre, il en serait perturbé émotivement...

Ces deux dernières phrases, reprises par la presse américaine, ne sont citées ici que pour un exemple de dialogue... le futur scénario promet.

Le casting recherche, paraît-il, un yorkshire susceptible d'écouter du hard rock sans frémir, et d'assister à des scènes d'amour d'un air parfaitement neutre.

Brûlée par le passé
France
Mars-Avril 1991

Lundi 18 mars, 6 heures et demie du soir. Anne-Marie R., quarante-deux ans, rentre chez elle, encombrée de paquets et tenant en laisse son fox-terrier. Quoi de plus quotidien, de plus banal que de sortir son chien et faire ses courses ? Le cadre environnant, la plus belle artère de la ville, est aussi rassurant qu'agréable, les arbres qui la bordent portent leurs premiers bourgeons. Rien ne laisse présager ce qui va suivre.

Anne-Marie R. est arrivée à destination : une maison de six étages dont la construction n'est pas encore terminée…. Elle prend l'ascenseur, sort au troisième, pose ses paquets pour chercher sa clé et c'est alors que le drame éclate.

Un homme recouvert d'une cagoule sort d'un coin sombre du palier, lui met une main sur la bouche pour l'empêcher de crier et la plaque au sol. Lorsqu'elle est immobilisée, il l'asperge avec une bouteille d'essence, sort un briquet de sa poche et allume. Il s'enfuit, tandis que la malheureuse, transformée en torche vivante, se met à hurler. L'agression n'a pas duré plus de quelques secondes.

Alerté par les cris, un médecin, qui exerce à l'étage en-dessous, se précipite et parvient à éteindre les flammes. Anne-Marie R. a la force de prononcer quelques mots :

– Un homme masqué… Il m'a arrosée d'essence et il a mis le feu…

Elle est atrocement brûlée à la tête et à la poitrine. Le médecin ne peut qu'appeler le SAMU. Mais malgré la rapidité des secours, il n'y a rien à faire. Anne-Marie R. meurt une heure plus tard dans d'horribles souffrances.

La police se mobilise immédiatement pour retrouver le coupable. L'horreur du crime est, en effet, sans précédent. Jamais une telle chose ne s'était produite en France.

Les premières constatations ne sont pas encourageantes. L'immeuble, encore en construction, était accessible à tout le monde. La présence de deux médecins, qui y avaient leur cabinet, faisait qu'il n'y avait pas de code. D'ailleurs, toute une partie non encore construite servait de refuge aux vagabonds. Si l'on y ajoute les ouvriers qui travaillaient aux finitions, on admettra que cela faisait beaucoup de monde.

D'ailleurs, ce n'est pas vers un meurtrier de passage que s'orientent d'abord les enquêteurs. Le fait d'emporter un liquide inflammable indique la préméditation ; et surtout, cette mort affreuse fait penser à une vengeance. C'est dans la vie de la victime qu'on trouvera peut-être l'explication.

A priori, il n'y a, pourtant, rien de particulier de ce côté. Anne-Marie était professeur d'enseignement ménager dans un cours privé ; son existence a toujours été sans histoires. Mais à travers elle, c'est peut-être son mari que l'assassin a voulu viser.

Gérard R., quarante-six ans, est gynécologue. Est-ce qu'un de ses accouchements aurait mal tourné ? Pendant plusieurs jours, les policiers interrogent ses collègues. Ils épluchent également les fichiers d'admission de l'hôpital où il a été auparavant, pendant dix ans, chef du service obstétrique. Mais malgré toute leur obstination, ils doivent renoncer à poursuivre dans cette direction : pendant toute sa carrière, il ne s'est pas produit le moindre incident.

L'horreur du crime a frappé l'opinion. La police sait qu'elle doit agir, et vite. Puisque, apparemment, ce n'est pas dans le passé du couple qu'il faut chercher, elle suit les pistes traditionnelles.

Les fichiers des pyromanes des environs sont passés au crible. Les droguistes de la ville sont interrogés sur les acheteurs de produits inflammables. Les ouvriers qui ont travaillé dans l'immeuble sont longuement entendus. Ils ne sont pas moins d'une centaine et cela prend du temps, mais ils n'ont rien vu d'intéressant. Deux marginaux qui avaient trouvé refuge dans la partie non construite de l'immeuble sont même arrêtés quelque temps. Mais ils sont vite relâchés. Ils sont totalement étrangers à l'affaire et ils n'ont pas été témoins de quoi que ce soit.

En fait, la seule déposition de quelque consistance émane du médecin qui a porté secours à la victime. Durant quelques instants, il a croisé l'assassin qui s'enfuyait. Il portait un bleu de travail, ce qui explique que sa présence n'ait pas paru suspecte : on l'a pris pour un ouvrier. Le temps durant lequel il l'a entrevu a été extrêmement bref, mais il peut, du moins, en donner un signalement approximatif : la trentaine, grand, blond, mince, le visage allongé. Un portrait-robot est publié dans la presse. Malgré cela l'enquête piétine. Deux semaines après l'assassinat, il n'y a toujours rien de nouveau.

Tout cela, du moins, c'est ce que croit le public. Car la police ne dit pas tout aux journalistes. On a retrouvé sur les lieux des indices capitaux : une bouteille de whisky portant des empreintes et un ticket de pressing portant le nom « G. ».

En apparence, tout est simple, tout est même résolu: l'assassin s'appelle G. et il a laissé ses empreintes. En réalité, c'est un peu plus compliqué et c'est ce qui explique que l'arrestation n'ait pas encore pu avoir lieu.

D'abord, les empreintes sont inconnues, ce ne sont pas celles d'un malfaiteur. Ensuite, le nom «G.» est extrêmement répandu dans la région. Il n'est pas question d'interroger les centaines de personnes portant ce nom. Ce serait trop long et cela donnerait sans doute l'alerte au coupable.

C'est la découverte d'un nouvel indice qui va se révéler décisive. Au bord d'une route, on retrouve un bleu de travail abandonné. Il porte le sigle d'une entreprise de nettoyage. Or, renseignements pris, cette entreprise a pour gérant un certain Michel G.

Les policiers se présentent chez lui au matin du 8 avril. Il nie avec indignation. De plus, il est l'opposé presque caricatural du portrait-robot: il a la quarantaine passée, il est petit, il a le teint mat, le visage rond, une moustache brune, et pas de cheveux, mais cela ne l'empêche pas d'être arrêté séance tenante. Il y a, en effet, une charge sans réplique contre lui: les empreintes de la bouteille de whisky sont les siennes.

Michel est bien obligé de reconnaître que la bouteille, le ticket de pressing et le bleu de travail sont à lui, mais il essaie quand même de nier.

– Ils étaient dans ma voiture. On me les a volés.

– On va aller vérifier. Il doit y avoir des traces d'effraction.

– C'était un vol sans effraction.

– Pourquoi ne l'avez-vous pas signalé?

– Il n'y avait rien de valeur.

Et puis soudain, il craque.

– Oui, c'est moi, mais je voulais la défigurer, pas la tuer.

– Parce que vous connaissiez la victime ?

– Oui…

Il refuse d'en dire plus… Pendant quelque temps, les policiers l'interrogent en vain. Ils y perdent leur latin. C'est incompréhensible, c'est absurde ! Comment connaissait-il Anne-Marie, et que lui avait-elle fait ? Ils ont exploré dans ses moindres détails sa vie privée et pas un instant sa route n'a croisé celle de Michel, sinon il y aurait longtemps qu'il aurait été arrêté.

L'explication va finir par venir… Michel passe enfin aux aveux complets. S'il avait tant tardé à le faire, c'est que ce n'était pas facile à dire.

– Tout cela, c'est à cause de mes problèmes.

– Quels problèmes ?

– Des problèmes personnels…

C'est effectivement du plus personnel des mobiles qu'il s'agit : l'impuissance…

Originaire de Montpellier, Michel rencontre, au cours d'une soirée entre amis, Anne-Marie, une autre, qui deviendra sa femme. En 1980, le couple crée une entreprise de nettoyage. C'est une brillante réussite : en 1991, les effectifs sont passés de deux à douze employés.

Malheureusement, si, sur le plan professionnel, tout va bien pour le couple, il n'en est pas de même sur le plan intime. Alors que tout avait été normal jusque-là, Michel se révèle brusquement impuissant. Il consulte des spécialistes, suit des traitements : rien n'y fait, c'est l'échec.

Alors, en juin 1990, Anne-Marie G. n'y tient plus : elle prend un amant. Pour son mari, c'est le monde qui s'écroule. À la jalousie se mêle l'humiliation. Et brusquement, sous l'effet de ce choc terrible, un souvenir qu'il avait enterré dans sa mémoire lui revient.

Il a déjà connu un déboire sentimental de ce genre, il y a bien longtemps. C'était dix-sept ans plus tôt, en

1973; c'était avec l'autre Anne-Marie, l'autre grand amour de sa vie, celle qui deviendra Anne-Marie R.

Michel est alors étudiant à Montpellier. Il rencontre Anne-Marie, qui est célibataire et institutrice. C'est le coup de foudre et, pendant quatre mois, une liaison passionnée. Puis, brusquement, sans donner de raison, Anne-Marie rompt. Par la suite, soit qu'elle ait voulu effacer toute trace de cette liaison, soit qu'elle n'ait pas compté pour elle, elle n'en garde aucun témoignage, lettre ou photo, ce qui explique que les enquêteurs n'aient rien découvert.

Michel, lui, va garder la photo d'Anne-Marie. Il ne dit rien, il ne la relance pas, mais il supporte très difficilement la rupture. Il l'intériorise, la garde en lui et n'en parle jamais. C'est sa blessure secrète.

En ce mois de juin 1990, ce secret refait surface. Le second échec sentimental de sa vie lui fait repenser au premier. Il va rechercher la photo, vieille de dix-sept ans, et la contemple avec haine. C'est elle qui lui a jeté un sort. C'est elle qui l'a rendu impuissant et, maintenant, cocu! Tout est de sa faute!

Les choses en resteraient peut-être à une manifestation de rage impuissante, si Michel n'avait l'idée de consulter des voyantes. Il va les trouver avec la photo et se dit envoûté.

Trois d'entre elles l'encouragent dans cette voie. La première confirme :

– Oui, c'est bien l'envoûteuse...

La deuxième ajoute :

– Cette femme est le démon.

Et la troisième :

– Il faut faire brûler le mal!

«Brûler le mal» : tel est, peut-être, l'incroyable mobile de ce meurtre abominable. Pendant plusieurs mois, Michel se livre à un véritable travail de détective pour retrouver celle dont il ne connaît que le nom de jeune fille, et qu'il a perdu de vue depuis dix-sept ans. Et le plus extraordinaire, c'est qu'il réussit...

La veille du meurtre, Michel annonce à sa femme qu'il part en déplacement, sans donner plus de précision. Il a tout préparé : une cagoule, une bouteille d'essence, une bouteille de whisky, au cas où le courage viendrait à lui manquer au dernier moment, et un briquet.

Il passe toute la journée du 18 mars à surveiller sa future victime dans ses déplacements et, quand il la voit encombrée par son chien et ses paquets, il décide de passer à l'action. Il vide le whisky et se glisse dans la cage d'escalier.

C'est seulement dans sa fuite que, lui qui avait fait preuve jusque-là d'une telle minutie et d'un tel sang-froid, perd la tête et oublie des indices aussi compromettants. Il y a gros à parier que, sans eux, la police ne serait jamais remontée jusqu'à lui.

Le massacre
France
1988-1991

Le 19 février 1991, la chambre d'accusation de la cour d'appel de Toulouse décide la mise en liberté d'Henri J., «sa détention provisoire n'étant plus nécessaire à la manifestation de la vérité».

Peu après, un homme de vingt-huit ans, prématurément vieilli, sort de la prison, devant laquelle l'attendent sa sœur et son père. Les journalistes sont nombreux pour assister à l'événement. Car Henri est au cœur d'une des affaires criminelles les plus retentissantes de ces dernières années. Comme l'affaire Grégory, avec laquelle elle présente d'ailleurs plusieurs ressemblances (le mystère, l'oppressante atmosphère villageoise), elle porte un nom, par lequel on a pris l'habitude de la désigner, un nom suffisamment évocateur pour se passer d'autre commentaire : le massacre.

Nous sommes deux ans et demi plus tôt, le 13 juillet 1988. Il est 5 h 45 du matin. Henri, vingt-six ans, ouvrier papetier, rentre de son travail de nuit. Il habite H., un petit village de la Haute-Garonne dominant le fleuve.

Arrivé chez lui, Henri constate que sa femme Fabienne n'est pas là. Il n'en est pas autrement surpris. Il lui arrive fréquemment de passer la nuit au domicile de ses parents, monsieur et madame S. C'est une grande maison un peu plus loin dans le village, où habitent en outre la sœur et le beau-frère de Fabienne, Joëlle et Fernand R.

Henri se rend donc chez ses beaux-parents. Curieusement, le portail métallique d'entrée est fermé, mais la clé est restée sur la serrure à l'intérieur et il peut ouvrir en passant son bras.

La villa, elle, est rigoureusement close. Il sonne à plusieurs reprises, mais en vain. Pour la première fois, il éprouve de l'inquiétude. Il sait que monsieur et madame S. sont absents – ils sont en vacances –, mais sa belle-sœur et son beau-frère sont obligatoirement là, de même que Fabienne, puisqu'elle n'est pas à la maison.

Henri entreprend de faire le tour de l'habitation. En passant devant la cuisine, il constate que de la lumière filtre sous les volets. Son inquiétude grandit encore : il y a de la lumière et personne ne répond : qu'est-ce que cela signifie ?

Il n'hésite pas, fracture un volet, entre dans la cuisine et c'est l'horreur. Fabienne est là, étendue par terre, baignant dans son sang. Ses blessures sont horribles : son cou est presque détaché du tronc.

Ne sachant trop ce qu'il fait, Henri prend le corps dans ses bras et va l'allonger sur la pelouse, puis se rendant compte qu'il n'y a rien à faire, il se rue dans la voiture de son beau-frère. Dans l'état second où il se trouve, il ne parvient pas à la faire démarrer. Alors, il se met à crier au secours, ce qui alerte les voisins. Ce sont eux qui préviennent les gendarmes et ce sont les gendarmes qui vont découvrir les autres corps.

Car c'est un véritable carnage qui s'est déroulé à huis clos dans la villa. Outre Fabienne, vingt et un ans, ont été tués sa sœur, Joëlle, trente et un ans, et le mari de cette dernière, Fernand, trente-deux ans.

Les meurtres ont été d'une sauvagerie inimaginable.

Les deux femmes ont été tuées à coups de sabre et de hache. Fabienne a d'abord été blessée d'une décharge de fusil de chasse à la hanche, puis achevée à l'arme blanche et quasiment décapitée. Joëlle a été massacrée à coups de hache. Fernand a reçu à bout portant une balle de fusil de chasse, qui lui a emporté la moitié du visage. Le coup a été tiré de bas en haut : il y a du sang au plafond et des dents un peu partout. Le massacre a eu lieu en plusieurs endroits de la maison.

Si le corps de Fabienne gisait dans la cuisine, Joëlle a été retrouvée dans la salle à manger et Fernand dans un petit réduit servant de cellier.

Les premières investigations des gendarmes se révèlent décevantes. Ce drame abominable n'a eu aucun témoin. Personne n'a rien vu ni rien entendu. Et aucun élément ne vient, par la suite, apporter quelque clarté que ce soit.

Tant et si bien que l'enquête ne tarde pas à être abandonnée.

L'hypothèse retenue est celle d'un double meurtre suivi d'un suicide : Fernand a tué sa femme et sa belle-sœur et s'est fait justice ensuite. Le meurtrier étant décédé, l'action judiciaire est close.

C'est en se penchant sur le passé de Fernand que les enquêteurs ont découvert des éléments pour étayer leur thèse. Il avait accompli son service militaire dans les commandos parachutistes et se promenait parfois avec un couteau caché dans sa botte. De plus, il avait déjà fait une tentative de suicide par pendaison.

Fernand savait se servir d'une arme blanche et avait des tendances suicidaires : voilà qui suffit à en faire un double meurtrier. Quant aux raisons d'un acte aussi atroce, elles restent obscures : sans doute un brusque accès de folie. À peine ouvert, le dossier du massacre se trouve refermé…

Tout a donc été vite, bien trop vite au gré de

beaucoup de personnes. Fernand était employé de mairie et ses collègues ne comprennent pas. Ils sont unanimes : c'était un garçon gentil, sérieux, courageux et travailleur, le dernier des hommes capables d'une telle horreur. Alors un brusque accès de dépression meurtrière ? Mais Fernand a été reçu vers 19 heures, le 12 juillet 1988, chez des amis, qui répètent à qui veut les entendre :

– Il était, comme à son habitude, calme et tranquille. Il n'est pas possible qu'il se soit livré tout de suite après à ce carnage.

D'autres témoignages vont dans le même sens : le jour du drame, Fernand était « gai comme un pinson ». De plus, il est invraisemblable qu'il ait tué sa femme. Joëlle et lui formaient le plus heureux des couples. Il avaient une charmante petite fille de huit ans, Sabrina.

Toutes ces raisons poussent la famille de Fernand à agir. Les parents de Fernand ne peuvent admettre que leur fils soit le coupable et ne supportent plus que sa mémoire soit souillée : ils se constituent partie civile, ce qui entraîne la réouverture de l'instruction...

Tout recommence donc à zéro, ou plutôt, l'enquête qui n'avait pas véritablement eu lieu commence pour de bon. On reparle des heures de la tuerie, telles qu'elles ont été établies par le médecin légiste. Toutes les victimes n'ont pas été tuées en même temps. La mort des deux sœurs se place vers 17 h 30, celle de Fernand nettement plus tard, vers 19 h 30. Or, ce dernier a été vu loin de la maison du drame, vers 17 heures. Dans ces conditions, peut-il être le meurtrier ?

Dans le cadre de cette enquête, Henri est gardé à vue en décembre 1988, mais il est relâché au bout du délai légal de quarante-huit heures. On se garde bien, alors, d'en tirer des conclusions hâtives : c'est lui qui a découvert le massacre et il est normal qu'on l'interroge de manière approfondie.

Pourtant, le jeudi 2 mars 1989, le pas est franchi : Henri est inculpé d'homicides volontaires par le juge d'instruction, mademoiselle Khaznadar et incarcéré.

Henri est poursuivi pour deux assassinats seulement : ceux de sa femme et de sa belle-sœur. Le drame pourrait être reconstitué de la manière suivante : Joëlle, qui est allée faire des courses à Saint-Gaudens, rentre à 17 h 20 à la maison S. où l'attend Fabienne. Henri arrive à 17 h 30, tire sur elles et les achève à coups de sabre et de hache. Quand Fernand arrive, deux heures après, il ne peut supporter le spectacle et se suicide.

L'inculpation se fonde sur le comportement étrange d'Henri au petit matin 13 juillet 1988. Après avoir découvert le corps de sa femme dans la cuisine, il l'a porté dehors pour, selon ses dires, «la ranimer».

Or, elle était presque décapitée et raide morte. Peut-être ce geste absurde est-il dû à l'état de choc, mais peut-être, au contraire, a-t-il été soigneusement calculé pour expliquer le sang séché retrouvé sur son pull-over.

L'inculpation se fonde aussi sur une possibilité de mobile : Fabienne aimait un homme plus âgé qu'elle, vivant aux États-Unis. Elle aurait eu l'intention de divorcer pour le retrouver. Il s'agit d'un oncle de Fernand, dont elle est secrètement et chastement amoureuse. Cette relation platonique avait donné lieu à des rendez-vous et à des échanges de lettres, que les gendarmes ont découvertes en fouillant la maison.

De toute manière, selon plusieurs témoignages, Fabienne n'était pas heureuse en ménage. Elle se plaignait souvent de la jalousie de son mari, de la vie étriquée qu'il lui faisait mener.

Et puis, en plus de tout cela, il y a l'attitude d'Henri lui-même. Elle est déroutante, voire déconcertante. Ce n'est pas un personnage conventionnel, il est volontiers décontracté, parfois ironique. Pendant les sept mois qui ont suivi le drame, il n'a rien changé de ses habitudes.

Il s'occupe toujours du comité des fêtes local et de l'équipe de football.

Il n'empêche qu'il nie avec la dernière énergie et que l'enquête est loin d'avoir abouti. Un transport de justice, qui a lieu le 12 mars suivant, n'apporte rien de décisif.

Les réactions des habitants du village sont très prudentes, après l'arrestation. Beaucoup reconnaissent que Fabienne et Henri avaient des problèmes, mais ils ont du mal à croire le mari coupable. Le mobile, en particulier, leur semble bien léger pour un tel carnage. L'avis le plus répandu est que ce n'est pas le dernier acte de l'affaire.

Il y a tout de même une exception notable à cette réserve : la famille de Fabienne après s'être longtemps tue, se fait l'accusatrice farouche d'Henri. Pour le père des victimes, il n'y a pas de doute : c'est lui. Il a toujours été brutal et arrogant. C'est un assassin ! …

Les mois passent. En août 1989, la chambre d'accusation refuse une demande de liberté provisoire présentée par les défenseurs d'Henri. Et ce dernier, qui n'a jamais avoué, qui clame, au contraire, son innocence depuis sa prison, commence une grève de la faim.

Ses défenseurs, le bâtonnier de Caunes, du barreau de Toulouse, le bâtonnier Charles-André Mouniélou, du barreau de Saint-Gaudens et maître Catherine Mouniélou, mettent en avant les faiblesses du dossier.

Toute l'accusation repose sur l'horaire des décès et, dans ce domaine, rien ne peut être établi avec certitude. Le drame a fort bien pu se produire le soir et non en fin d'après-midi. Or, de 19 h 15, jusqu'à son départ pour le travail où il a pointé à 21 heures, Henri était avec un ami : dans ce cas, il est innocent.

Cette argumentation doit avoir quelque vraisemblance, car Henri est remis en liberté le 27 octobre

1989, après plus de sept mois de prison. Son père et sa sœur, qui se sont dépensés sans compter pour lui, sont là, à sa sortie de prison. Ses avocats sont radieux. Bien sûr, Henri reste inculpé, mais la fin de ses épreuves est en vue.

Maître de Caunes déclare :

– Cette décision sonne le glas de ce qui aurait pu être une terrible erreur judiciare.

Quant à Henri, il accueille la chose avec son flegme coutumier :

– Je suis heureux de retrouver la place qui me revient dans la société, car je suis innocent, comme je le proclame depuis le début de cette affaire. J'ai confiance dans la justice. Je vais désormais m'organiser dans la nouvelle vie qui m'attend.

Henri ne retournera pas, en tout cas, au village. Par mesure de sécurité, il est même interdit de séjour dans la Haute-Garonne et les départements limitrophes.

C'est qu'au village, deux clans irréductiblement opposés se sont formés : la famille d'Henri, d'une part et la famille de Fabienne, de l'autre. Entre eux, c'est une véritable guerre de tranchées qui s'est organisée. L'atmosphère devient chaque jour plus lourde, plus malsaine, plus irrespirable. Comme dans l'affaire Grégory, un corbeau se manifeste. La famille d'Henri reçoit des lettres maculées de sang sur lesquelles sont dessinés des cercueils. Un tireur mystérieux envoie des traits d'arbalète contre la gendarmerie...

En mai 1990, le juge d'instruction, mademoiselle Khaznadar, change d'affectation et ce fait, en apparence secondaire, n'est pas sans conséquence. Elle parlait alors de rendre un non-lieu en faveur d'Henri.

Son successeur, monsieur Rispe, lui, décide de prendre son temps et de revoir tout le dossier.

La chose n'est pas inutile. L'enquête n'a pas été bien menée : on n'a pas pris les empreintes, on n'a pas apposé les scellés sur la maison du drame, qui a tout de suite été rendue aux parents de Fabienne.

Le juge d'instruction Rispe décide de faire appel au CARME (Centre d'Application et de Recherches en Microscopie Électronique), un laboratoire d'expertise privé situé à Bordeaux. Il lui remet aux fins d'analyses 3 m³ d'objets divers (vêtements, armes, meubles, etc.). Le plus important est un film vidéo pris par les gendarmes lors de la découverte des corps. Or, le CARME vient de se rendre célèbre pour avoir décrit la mort réelle des époux Ceaucescu à la seule vue du film diffusé à la télévision.

Monsieur Rispe ne s'en tient pas là. Il décide également d'organiser, le 26 novembre 1990, une reconstitution de la découverte des victimes par Henri, ce qui n'avait jamais été fait jusque-là.

Inutile de dire que, le jour dit, au village, la tension est extrême.

Depuis la libération d'Henri, les incidents se sont multipliés. On craint le pire. L'inculpé arrive au milieu d'un cortège de véhicules de gendarmerie. Aux approches de la maison du drame, sa voiture est escortée par trois hommes à pied, formant la protection rapprochée.

Henri sort enfin. Il a considérablement vieilli en deux ans et demi : il a grossi et perdu beaucoup de cheveux. Il fait bien plus que ses vingt-huit ans. À tel point que monsieur S. et sa femme, les parents de Fabienne, ont du mal à le reconnaître. Il s'avance, dans un pull vert et noir aux rayures jaunes. Madame S. s'écrie :

– Assassin !

Et elle explique, en pleurs, que c'était elle qui lui avait offert le pull. Monsieur S., très tendu, déclare :

– Aujourd'hui, c'est le jour !

Henri est assisté de ses défenseurs. Il fait preuve d'un calme absolu. Il affiche cette sorte de demi-sourire, qui lui est caractéristique, un sourire très curieux, qui a intrigué les psychiatres et qu'on peut voir nettement sur les clichés que prennent les photographes de presse.

À la demande du juge, il pousse le volet de la cuisine. Il perd une seconde son impassibilité quand il découvre une femme gendarme allongée, qui joue le rôle de Fabienne. Ensuite, il la prend dans ses bras et mime tous les gestes qu'il a accomplis, le tragique matin du 13 juillet 1988...

Les conclusions du CARME sont connues au même moment. Henri n'a pas pu transporter le cadavre de Fabienne tel qu'il dit l'avoir fait. Il est «peu vraisemblable » que Fernand se soit tiré une balle dans la tête : il n'avait de sang ni sur son pull-over ni sur ses poignets. Tous ces résultats s'appuient principalement sur les images du film vidéo.

Le juge Rispe en tire les conclusions et c'est un nouveau coup de théâtre dans l'affaire du massacre. Le 29 novembre 1990, alors qu'après sa libération il s'attendait à un non-lieu, Henri se retrouve inculpé non plus de deux, mais de trois meurtres: ceux de sa femme, de sa belle-sœur et de Fernand, puisqu'il est dit qu'il n'a pu se suicider. De nouveau, les portes de la prison se referment sur lui...

Tout recommence comme près de deux ans auparavant: Henri clame son innocence et demande sa mise en liberté. Ses avocats attaquent le dossier d'accusation. Ils demandent, en particulier, une contre-expertise. De toute façon, les conclusions du CARME, organisme privé, ne peuvent constituer des preuves judiciaires.

Le 19 février 1991, la chambre d'accusation de la cour d'appel de Toulouse est amenée pour la seconde fois à examiner la demande de mise en liberté d'Henri. Et, tout comme en octobre 1989, elle répond par l'affirmative: Henri est libre, même s'il reste accusé de trois meurtres.

Comme précédemment, l'intéressé proteste de son innocence sans se départir de son calme.

– Ce n'est pas un cadeau que l'on me fait. Je n'ai rien fait. On me doit la liberté.

Lorsque les journalistes lui demandent sur quels indices il est accusé, il a cette réponse:

– Peut-être sur mon sourire. On me reproche ce sourire que j'ai toujours…

La libération d'Henri fait monter la tension au village. C'est maintenant une habitude bien établie: à chaque épisode favorable dans un sens ou dans un autre, l'un des clans va narguer le clan adverse. On ne compte plus les motifs de déchirement, mesquins ou tragiques, entre les familles ennemies: le partage des biens du couple que formaient Henri et Fabienne, la restitution de la dépouille mortelle de Fabienne, inhumée dans le caveau de la famille d'Henri, et que les S. veulent mettre dans le leur. Le tribunal de grande instance de Saint-Gaudens a tranché en faveur de la restitution, mais la famille a fait appel.

À l'heure où nous écrivons, malgré la poursuite de l'enquête, on en est toujours là. Dans une interview récente, Henri a déclaré:

– J'ai la conscience tranquille et, logiquement, la justice, après tout le mal qu'elle m'a fait, ne devrait plus me faire que du bien: prouver mon innocence.

Effectivement, si tout continue ainsi, Henri se retrouvera devant une cour d'assises, qui décidera de son sort. À moins qu'il n'y ait, d'ici là, un nouveau rebondissement, ce qui est loin d'être improbable, car ils n'ont pas manqué – c'est le moins qu'on puisse dire – dans «l'affaire du massacre».

Vive le Pérou
Espagne-Avril 1991

William F., un touriste américain, entend bien profiter de ses vacances en Espagne, pour prendre quelques contacts avec certains hommes d'affaires ibériques ; la Catalogne, en particulier, prépare à la fois les Jeux olympiques et le 500ᵉ anniversaire de la découverte de l'Amérique. William, pour l'instant, sur une aire de repos de l'autoroute, près de Barcelone, rêve au soleil.

Mais sa rêverie est interrompue par plusieurs individus vêtus de blanc, qui descendent précipitamment d'une voiture blanche. Avant qu'il ait eu le temps de faire « ouf », William est dépouillé de tout son argent, et son épouse, de ses bijoux.

Plus tard, un touriste français, monsieur H., roule lui aussi en Catalogne vers des vacances andalouses. Son attention est attirée par un véhicule qui le double et lui fait pratiquement une queue de poisson. À la portière, il aperçoit les visages de plusieurs personnes qui lui font signe de s'arrêter. Monsieur H., inquiet, baisse sa glace pour essayer de comprendre. Il perçoit un mot que tout le monde connaît :

– Fuego ! Fuego !

Le feu ? Il se passe quelque chose d'anormal. Monsieur H. se gare en catastrophe pour vérifier. Il descend, madame H. aussi, et fait le tour de son véhicule… Tout a l'air très normal.

Mais monsieur H. comprend vite son erreur. À peine a-t-il quitté son siège que les trois complaisants passagers de l'autre voiture, impeccablement vêtus de blanc des pieds à la tête, ont bondi. Ils font main basse sur le sac à main et sur la sacoche que monsieur et madame H. ont, un instant, sous le coup de la panique, abandonnés sur les sièges de leur voiture. Et hop ! les Français voient les voleurs rejoindre leur véhicule et démarrer avant même que les portières ne soient claquées… Ils s'enfuient sur les chapeaux de roue, en laissant les Français sidérés. En deux minutes, ceux-ci ont tout perdu… Il ne leur restera qu'à trouver le poste de la Guardia Civil le plus proche pour conter leur mésaventure. Leur dossier y rejoindra des centaines d'autres… Un Français de Montpellier, monsieur D., lui aussi agressé, dépouillé puis abandonné par le consulat, décide alors de former un Comité de défense international. Des centaines de lettres affluent chez lui. Il faut dire que l'affaire devient préoccupante. Les «messieurs en blanc» améliorent leur technique : ils se font accompagner de dames, elles aussi vêtues de blanc. Les messieurs et les dames en blanc deviennent plus agressifs, utilisent à présent des prises de karaté pour intimider et immobiliser les touristes, de gros couteaux pour lacérer les pneus.

On les repère aussi dans le métro de Barcelone, où ils changent de tactique : un complice macule les vêtements d'un touriste bardé de sacoches et d'appareils-photo, un autre se précipite pour aider le malheureux et en profite pour le délester de ses portefeuille, passeport, cartes de crédit, bijoux, billets de banque et menue monnaie.

La police espagnole se mobilise alors. On réussit à arrêter 12 gangsters – 12 Sud-Américains – et une dame italienne. On découvre que cette bande est composée de Péruviens originaires de la région d'Inca, arrivés en

Espagne pour «travailler au chantier des Jeux olympiques» et recyclés dans le banditisme. Ils opèrent pour un «mystérieux commanditaire» installé en Suisse. C'est une affaire qui rapporte: monsieur F., l'Américain, s'est fait dérober pour 15 millions de francs de bijoux, et madame D., Française, qui partait en vacances avec 220 000 francs de bijoux de famille, a tout perdu... Mais comme la bande de Péruviens comprend au moins 80 gangsters, les parts ne sont pas si importantes que cela, finalement...

La formule péruvienne connaît un succès éclatant dû à la loi espagnole: la plupart des victimes, traumatisées et dépouillées, hésitent à refaire, à leurs propres frais, le déplacement jusqu'à Barcelone pour s'y trouver confrontées à des visages à peine entrevus. Les Péruviens, faute de témoins, sont relâchés et renouvellent leurs exploits avec des méthodes plus féroces.

Bernard D. et sa femme Annette font probablement partie de leurs nouvelles victimes. Rançonnés, lapidés, lardés de coups de couteau, ils ont terminé leurs courtes vacances enfermés dans le coffre de leur voiture, dont, heureusement, ils ont pu s'extraire pour échapper à la mort lente. Ils ont porté plainte, plainte qui a rejoint les 3 000 autres qui s'accumulent à Barcelone. Un routier de Millau ne portera pas plainte. Ni François A., ajusteur brestois: ils ont été égorgés pour 500 francs...

Une belle affaire
Chine-Mars 1991

À Pékin comme ailleurs, quand une jeune fille meurt, les parents, même s'ils ne le manifestent pas avec autant de démonstration que chez nous, sont plongés dans l'affliction.

Ce jour-là, arrivant de leur village, un père et une mère chinois se dirigent à petits pas vers la morgue pour reconnaître la dépouille de leur fille, tuée dans un accident de la circulation.

Le bâtiment n'a rien de réjouissant: carrelages fonctionnels, couleurs de circonstance et une drôle d'odeur de formol et de mort. Mais ces parents paysans ont les yeux tellement brouillés de larmes que tout cela n'est qu'un détail.

Les employés chargés des dépouilles s'inclinent avec respect devant la douleur, leurs yeux ne laissent rien filtrer en dehors d'un intérêt poli. Aucune émotion. Peut-être une certaine inquiétude, un certain agacement.

Au moment de reconnaître leur malheureuse enfant, les pauvres parents, devant qui on a découvert le cadavre nu, ont un haut-le-cœur. Mais aussitôt après ils se déchaînent, parlant et gesticulant à toute vitesse. Les employés, après de nouvelles courbettes, donnent des explications qui, elles, ne paraissent pas claires du tout.

Il faut bien dire que le pauvre cadavre a de quoi étonner: il lui manque les deux fesses et les deux cuisses. On dirait une carcasse de poulet à demi découpée.

Après les explications confuses du responsable, l'honorable Wang, les parents outrés se sont précipités à la police. Celle-ci connaît, comme l'on sait, l'art de délier les langues et monsieur Wang a, avec réticence, donné quelques détails: propriétaire momentané de corps pour la plupart sans famille, il a monté une petite affaire assez florissante avec un autre monsieur Wang, son frère. Celui-ci, après la fermeture, vient régulièrement à la morgue pékinoise pour découper des filets de fesses et de cuisses sur les cadavres non réclamés. Et que croyez-vous qu'il en fasse? Si vous êtes allés faire du tourisme à Pékin, vous avez peut-être, dans le restaurant de monsieur

Wang N° 2, à condition d'y trouver de la place dégusté les délicieux «petits pains farcis de Sichuan», cuits à la vapeur. Parfaitement pimentés, vous les avez peut-être trouvés délicieux.

Ils l'étaient puisque, avec leurs petits pains «farcis à la fesse et à la cuisse humaine», les frères Wang ont, en trois ans, gagné 6 000 dollars.

Que d'eau, que d'eau !
France-Août 1991

Chez les C., famille simple et honnête des environs du Touquet, on a des problèmes comme tout le monde. Il y en a un qui cherche du travail et épluche régulièrement les petites annonces. Un beau jour, une offre d'emploi lui semble être dans ses cordes et, sans perdre de temps, il y répond. L'annonceur se fait connaître et on fixe un rendez-vous pour discuter des possibilités, du salaire, pour voir si l'on a des «atomes crochus». Effectivement, le futur employeur sort de l'ordinaire. Il vend des parfums bon marché dont les noms évoquent un Orient de pacotille. Quant aux senteurs... Il faut aimer les parfums violents qui donnent un peu la nausée. Chacun ses goûts.

Mais quand on cherche un travail, tout est bon. D'autant plus que le «parfumeur» est un personnage fascinant. Il s'intéresse de très près à l'occultisme. Il se dit même «voyant extra-lucide». La famille C. est intéressée car, chez eux aussi, on aime bien manier le verre et le guéridon pour recevoir des messages longue distance en provenance de l'au-delà. La vie pour Christine C., quarante et un ans, et les siens, n'est rien d'autre qu'une longue et douloureuse préparation à un au-delà promettant des félicités éternelles. Autant se renseigner le mieux possible sur notre ultime destination. Et les parfums orientaux du « voyant-commerçant » sont plus évocateurs que le plat pays du Nord, où ils vivent...

— Et si vous veniez chez nous faire une séance de spiritisme ? propose Christine au parfumeur-spirite.

— Excellente idée, nous ferons cela un de ces jours...

Il n'y a pas eu de séance spirite. Christine et sa famille ont eu trop d'ennuis. Les parfums d'Orient leur ont-ils monté à la tête ? Toujours est-il que, depuis quelque temps, les membres de la famille C. n'en croient plus leurs yeux. Dès qu'ils fixent un crucifix, ils voient le Christ qui se détache de son instrument de supplice. Et ils sont tous d'accord sur ça. N'importe quel crucifix et voilà le Christ qui descend. Et une voix, venue on ne sait d'où, leur commande d'un ton sans réplique : « Purifiez-vous, purifiez-vous. »

Une fois d'accord : on peut le supporter. Mais, en permanence, cela tourne au cauchemar.

Comment échapper à ça ? On s'habille comme un dimanche et on va tous à l'église. On l'illumine de cierges en mettant autant de pièces dans le tronc des œuvres, on récite des *Notre Père* et des *Je vous salue Marie*. Le curé, affolé par cette illumination, s'inquiète. On lui raconte toutes les visions, toutes les injonctions sonores. On réclame un exorcisme. L'exorciste du diocèse, consulté, conclura à une hallucination collective. La famille C. ne lui semble pas « nette ».

Alors, Christine et les siens rentrent chez eux, bien tristes. Pour échapper aux christs qui s'arrachent à la croix, pour ne plus entendre ces commandements de purification, ils passent la nuit sur la plage et les voisins les voient revenir au petit matin, l'air hagard. Christine prend alors une décision : puisqu'ils doivent se purifier, eh bien ! ils vont le faire, et on décide de se mettre à l'œuvre. Christine, ses deux filles, sa sœur, son neveu choi-

sissent une date et se procurent le matériel de purification au supermarché le
plus proche. Des litres d'eau de source dont l'étiquette
proclame qu'elle est «pure». Des packs entiers, enve-
loppés sous film plastique.

Et la séance commence. Christine, inspirée de là-haut,
explique que pour se purifier il faut procéder en absor-
bant et en éliminant la plus grande quantité d'eau possible. Tout le monde se met à l'aise et commence à boire
de l'eau à même la bouteille, sans prendre le temps de
respirer. Bientôt, les premiers effets ne se font pas
attendre.

Le lendemain, un parent, venu jeter un œil par la
fenêtre, aperçoit la famille C. étendue sur le sol. Vides,
les bouteilles de plastique jonchent le sol. Tout le monde,
saoulé d'eau, a perdu la conscience des choses.

Christine qui, comme chaque membre de la famille,
vient d'avaler 7 ou 8 litres de «purification», a vu malheureusement, par une réaction rare, les cellules de son
cerveau gonfler : cela se nomme «œdème cérébral».
Elle en est morte. On ne sait pas si les survivants vont
pouvoir à nouveau regarder le Christ en face.

Pour sauver un enfant
États-Unis-Juillet-1991

Anthony G. est âgé de trente et un ans; il est informaticien, célibataire et il tape jour et nuit sur son ordinateur, instrument diabolique et merveilleux qui fascine
des milliers d'utilisateurs dans le monde; certains utilisateurs finissent par établir avec leur machine une relation perverse, possessive, presque sexuelle.

Mais Anthony, de temps en temps, s'arrache à son
étrange lucarne personnelle, à ses logiciels, à ses images

de synthèse et il se met, comme beaucoup d'hommes de son âge, à penser aux filles. Anthony, hélas! est un timide. À son âge, il n'a encore jamais connu l'amour, trop occupé à taper sur l'ordinateur. Pourtant, toutes ces femmes qui vivent à côté de lui, dans l'État de New York, toutes ces femmes qui sont seules à la maison, attendant le retour des maris et des enfants, voilà, pense-t-il, un capital d'amour presque inépuisable. Et il se demande bien comment l'utiliser. Jusqu'au jour où, habitué à «bidouiller» des solutions pour toutes sortes de problèmes, son esprit fertile d'informaticien fait *tilt*: faute de les approcher de très près, faute de les toucher de ses doigts malhabiles de grand timide, Anthony trouve le moyen de «voir» ces femmes, et même de les voir toutes nues.

La méthode est simple. Anthony, dans les banlieues cossues, relève des noms sur les boîtes aux lettres des villas entourées de verdure. Puis il trouve un téléphone public à proximité de la maison de la victime. Ensuite, il ne lui reste plus qu'à passer à l'action.

La sonnerie retentit: à l'autre bout du fil, une femme, peu importe son âge, peu importe son physique. En quelques paroles inquiétantes, l'astucieux Anthony met sa victime en condition. Il lui laisse entendre qu'il détient un être cher. Qui? Il l'ignore au départ: c'est sa victime qui, par ses questions inquiètes, l'oriente vers un mari, un enfant, un proche. La plupart du temps d'ailleurs, la victime fait comprendre qu'elle craint pour la vie d'un enfant. Fille ou garçon? C'est encore la maman qui, dans son affolement, donne la précision, le prénom: «Ne faites pas de mal à Nancy», «Je vous en prie, ne touchez pas à Williams».

La proie a mordu: il ne reste plus qu'à ferrer. Anthony, après avoir créé l'angoisse, dicte ses conditions, étranges, absurdes, mais à la portée de toutes ces femmes paniquées. Il leur demande simplement, en échange de leur être cher, une chose incongrue: il leur demande de se dévêtir entièrement et, une fois la chose faite, de sortir de leur maison. Si les femmes résistent un peu, Anthony se fait plus menaçant, ses propos leur glacent le sang: elles imaginent leur cher petit égorgé dans un buisson alors que, cinq minutes auparavant, l'obsédé sexuel informaticien ignorait jusqu'à l'existence même de la victime présumée. Et elles cèdent.

Dans l'État de New York et dans l'État voisin du Connecticut, elles sortent, nues et hagardes, devant leur maison, quelques instants, pour la délectation d'Anthony qui, non loin, les regarde. Aucune d'entre elles ne remarque sa présence. Puis elles rentrent précipitamment en espérant que personne ne les aura vues. Au bout du fil, elles ne trouvent qu'une sonnerie qui indique que le maître chanteur a raccroché. Elles se demandent alors: «Pourquoi?»

Quand, en fin de journée, celui pour la vie de qui elles ont tremblé regagne le foyer, inconscient de ce qui s'est passé, la surprise heureuse fait place à la colère. Et, furieuses, elles décrochent à leur tour le téléphone de la police.

À force d'opérer selon les mêmes méthodes, dans la même région, Anthony se fait pincer. On estime à plus de trois cents le nombre de femmes américaines qui sont sorties nues de chez elles pour sauver leurs enfants.

Un joli garçon
France-Juillet 1991

Savez-vous que Shakespeare possède, de nos jours, une héritière? Une héritière morale, car il y a belle lurette que *Hamlet*, *Macbeth*, et autres Roméo et Juliette sont tous tombés dans le domaine public. Mais enfin, il y a une dame qui tire encore (comment? on ne sait pas trop) de confortables revenus des œuvres du grand William.

Le plus étonnant est que cette dame possède un petit-fils, et que ce petit-fils est Lillois. Sa généreuse grand-mère ne le laisse manquer de rien et c'est ce qui explique le train de vie et l'élégance de Thierry.

Vraiment BCBG, il représente le type parfait du « mannequin » de mode. D'ailleurs, on peut voir sa photographie en page centrale du petit hebdomadaire qui propose spectacles et sorties aux gens du Nord désireux d'organiser leur temps libre. Bien sûr, ne pouvant pas continuellement « emprunter » à sa grand-mère, Thierry pose avantageusement pour une société de location de véhicules de luxe. Thierry a de nombreux amis, il déjeune régulièrement au restaurant, il est sympathique : un excellent parti pour celle qui saura mettre le grappin dessus... Il est même séduisant. Jugez-en : par deux fois, les producteurs d'une émission télévisée lui ont fait jouer le « jeu de la séduction » devant une vedette du show-business.

Mais la « généreuse grand-mère » de Thierry, si commode pour expliquer ses revenus sans « fiches de paie », n'existe que dans son imagination fertile. En fait, ce charmant jeune homme a mis au point, à base de fausses moustaches, de lunettes et autres accessoires, une technique pour se procurer de l'argent liquide.

De temps en temps, quelquefois à deux ou trois reprises dans la même journée, Thierry, revêtu d'un blazer bleu marine et d'un pantalon de flanelle grise, discrètement cravaté, attaché-case à la main, dans l'uniforme classique de milliers de jeunes cadres aux dents longues, pénètre dans une agence bancaire. Il dépose une boîte en bois devant le caissier, lui annonce d'une voix calme qu'il s'agit d'une bombe et repart avec la caisse. Puis il disparaît, protégé par un physique extrêmement passe-partout qui fait que, même après l'avoir dévisagé, même après la diffusion de sa photo, prise par les caméras de sécurité, même après qu'il a posé dans la presse pour des publicités, bien que ses nombreux amis le côtoient tous les jours, personne n'arrive à le reconnaître. Monsieur Tout-le-Monde parfait. Monsieur Tout-le-Monde élégant, surnommé « le Solitaire », si poli avec les dames qui manquent de s'évanouir dans les agences braquées, surnommé « le VRP » par d'autres sous le nez de qui il a brandi, avec douceur et décision, un joli pistolet qui n'était qu'en plastique.

Puis, après quelques mois de calme, le Solitaire recommence une nouvelle tournée de quelques agences, riant au fond de lui-même de la manière dont il utilise notre système. Quand il fait ses comptes, il sait qu'il a déjà raflé deux millions de francs en cinq ans.

Aujourd'hui, il décide d'aller visiter une autre agence. Mais, à la sortie, les policiers lui sautent dessus. Ils n'ont même pas de menottes pour y enfermer ses fins poignets si élégants. À présent, Thierry commence à compter... les années qu'il va devoir passer derrière les barreaux. Il aura sûrement le temps de lire toute l'œuvre de Shakespeare.

Un citoyen au-dessus de tout soupçon
France-Août 1991

Dans une agence du Crédit agricole de la Nièvre, ils n'en sont pas revenus. Soudain un client, grand, qui de toute évidence n'était pas à son coup d'essai, sort tranquillement un fusil à canon scié qu'il dissimulait sous sa gabardine et, d'une voix qui ne supporte pas de réplique, ordonne au caissier de lui donner tout l'argent qu'il a sous la main. 33 000 francs changent ainsi de propriétaire avant qu'on ait eu le temps de faire « Ouf », et le monsieur au canon scié, « faisant preuve d'une grande maîtrise », sort rapidement du Crédit agricole et monte dans une voiture, au volant de laquelle se trouve une dame distinguée. La voiture démarre et on note le numéro d'immatriculation. Ce numéro est faux, bien sûr. Mais la gendarmerie veille sur la sécurité des citoyens honnêtes et, dès le lendemain, parmi ces citoyens honnêtes, elle vient réveiller le monsieur au-dessus de tout soupçon, qui, en pyjama, reste de longues minutes hébété. Ce monsieur sait qu'il a commis la veille le hold-up de trop, celui qu'il n'aurait pas dû commettre.

Revenons en 1968, époque troublée : Hervé P., vingt-trois ans, s'engage chez les pompiers. L'année suivante, il passe le concours d'officier et ce grand garçon sympathique réussit brillamment. Puis c'est une carrière heureuse, jalonnée de mutations dans différentes villes de Corse et de métropole. Mutations qui sont autant de montées en grade. Marié à Marie-Françoise, de trois ans plus jeune, Hervé forme avec cette blonde avenante, mère de deux garçons bien élevés, de surcroît très artiste, un couple exemplaire.

Tout va pour le mieux dans le meilleur des mondes. Partout on les apprécie à leur juste valeur : Hervé devient colonel du corps des Sapeurs-pompiers. Promotion tout à fait justifiée car ce grand bonhomme calme fait preuve d'une humeur agréable, sait être sur le terrain avec ses hommes quand il le faut. D'autre part, il a le ton qui convient pour les relations indispensables avec les autorités préfectorales. Calme et travailleur. Souriant et efficace. Tout le monde n'a qu'à se louer d'être en rapport avec ce fonctionnaire exemplaire.

Mais derrière cette belle façade, quelque chose craque. Une pensée perverse, des dettes pressantes dues à un trop lourd endettement immobilier font qu'un jour Hervé parvient à convaincre sa tendre épouse que le moyen de s'en sortir est de commettre un hold-up. Ou bien est-ce elle qui lui glisse cette fâcheuse idée dans l'oreille ? La lecture de romans policiers a peut-être fait naître dans leur tête la conviction que son profil personnel et familial fait de lui « un citoyen au-dessus de tout soupçon ». Et voilà pourquoi le couple bascule un beau jour dans la délinquance. Une délinquance organisée, réfléchie, pour laquelle le colonel des Sapeurs-pompiers démontre son sens habituel de l'efficacité, de la « maîtrise » et sa parfaite éducation.

Il n'y a que le premier « hold-up » qui coûte, il est si bien réussi qu'Henri et Marie-Françoise en concluent qu'un second serait le bienvenu. Ils réitèrent l'opération. Hervé jubile d'un bout à l'autre des hold-up. Jubilation dans le repérage des lieux, dans la préparation du matériel (armes, perruques, fausses moustaches, plaques d'immatriculation pour sa propre voiture), jubilation dans le retour à la maison, jubilation dans la « comptée » du butin, jubilation de sourire hypocritement au monde extérieur qui est loin de se douter que le couple joue une nouvelle version de « Colonel Jekyll et Mister Hyde ». Jubilation d'être plus malin que tout le monde. Péché d'orgueil ! Mais on s'ennuie tellement dans le train-train de la vie...

Dès aujourd'hui, on respire dans tout l'ouest de la France : en Eure-et-Loir, dans les côtes d'Armor, dans le Morbihan, dans le la Mayenne, la Sarthe, les Deux-Sèvres, le Cher, etc. Henri et Marie-Françoise, nouveaux *Bonnie and Clyde* sans violence, viennent d'accomplir leur trente-deuxième et dernier braquage de « citoyens au-dessus de tout soupçon ».

Promenade
France-Mars 1991

Georges et Lina se promènent en amoureux dans la région de Grasse. C'est déjà la fin de l'hiver et ils vont se séparer jusqu'à l'année prochaine. Georges va rentrer en banlieue parisienne et Lina va rejoindre sa famille près de Lunéville.

Comme tous ces mois sans se voir vont leur sembler longs... Pourtant, s'ils le voulaient, ils pourraient se rejoindre pendant l'été. À leur âge, ils sont libres de leurs mouvements : Georges a quatre-vingt-trois ans et Lina en a soixante-dix-neuf. Ils n'ont pas non plus de problèmes d'argent et, miracle, ils s'aiment comme des fous après s'être rencontrés... dans un village de vacances pour retraités. Leurs cœurs ont vingt ans, même si leurs artères en ont beaucoup plus...

Ainsi, sous l'œil attendri des autres vacanciers du troisième âge, Georges et Lina vivent tous les ans leurs amours dignes de Philémon et Baucis pendant les six mois d'hiver. Puis, la belle saison revenue, chacun rentre chez soi en attendant de se revoir avec encore plus de passion (ou du moins autant) la saison prochaine. Et cela fait des années que ça dure. Parfois, en remontant vers Paris, Georges fait quelques petits détours par Lunéville, où Lina l'accueille avec joie. La famille de Lina, des neveux qui adorent leur tante, trouvent cet amoureux bien sympathique et attendrissant. Et tous ceux qui les voient les envient de connaître encore « à cet âge » des émotions d'amour aussi vives et aussi fraîches.

Mais, dans un couple, il y en a toujours un qui aime plus que l'autre. Georges, sans doute, se sent plus perdu que Lina quand la «belle saison», ironiquement, les sépare. Lina possède une famille qui l'entoure, lui n'a personne et, logiquement, il ne voit pas pourquoi, avec sa Lina adorée, ils ne pourraient pas vivre leur grand amour trois cent soixante-cinq jours par an.

Lina, elle, se dit que leur passion est une passion de vacances dans le cadre organisé du club où ils se retrouvent. Elle s'imagine moins bien en épouse attentive, vivant un tête-à-tête permanent avec Georges, obligée de gérer la vie quotidienne, les chaussettes sales et l'estomac fragile de son amoureux. Les veuves connaissent souvent, en même temps que la solitude, une sensation de liberté qui les tient éloignées de toute nouvelle union.

Mais Georges insiste : il a quatre-vingt-trois ans et il ne sait pas s'il en a encore pour longtemps. Chaque séparation le désespère davantage car il se dit qu'elle sera peut-être la dernière. Il se répète qu'en serrant Lina sur son cœur une fois de plus pour leurs adieux de chaque année, il l'étreint, qui sait, pour ne jamais la revoir. Lina se dit aussi la même chose, mais, avec ses soixante-dix-neuf ans, elle aspire à la tranquillité ; et les problèmes de Georges, aussi fringant soit-il, l'effraient chaque année un peu plus. Aussi, depuis l'an dernier, Lina a-t-elle gentiment prié Georges de rentrer directement chez lui sans passer par la Lorraine. Et Georges s'incline.

Cette fois, il espère que Lina l'invitera quand même à prolonger leurs vacances communes. Mais non ! Alors qu'on célèbre gaiement leur anniversaire, Lina répète qu'elle préfère rentrer seule. D'ailleurs, ajoute-t-elle, ses bagages sont déjà partis par le train. On se reverra l'année prochaine, au début de l'hiver…

Georges compte les minutes de bonheur qui lui restent encore pour cette saison… les dernières peut-être.

Rien de pire que cette séparation. Il imagine que l'un des deux, lui sans doute, doive mourir loin de l'autre. Quelle horreur !

Georges propose à Lina une dernière promenade en amoureux le long de la route qu'ils connaissent si bien depuis des années. Toujours le même parcours, et pourtant jamais le même, car le ciel change et la lumière n'est jamais identique. Lina et Georges marchent côte à côte, commentant la fête de la veille, parlant de ce qui les attend quand ils vont regagner leur domicile respectif. Silences éloquents de ceux qui se comprennent sans rien dire. Un camion survient et Lina quitte le bras de Georges pour moins encombrer la route. Il se laisse distancer. Lina fait un petit geste au camionneur. Elle est heureuse de retrouver sa maison.

Quand, quelques minutes plus tard, le camionneur revient par le même parcours, il voit Georges et Lina étendus dans l'herbe, sur le bas-côté de la route. «Bizarre, se dit-il. Des gens de cet âge, par cette température, ne s'allongent pas à cet endroit.» Il stoppe son véhicule et descend de la cabine. Il comprend tout à coup ce que la gendarmerie confirmera plus tard : Georges a tiré deux balles dans la nuque de Lina et celle-ci étant morte sur le coup, il a retourné l'arme contre sa tempe.

«Il n'y a pas d'amour heureux», dit le poète.

Table

Composition réalisée par INFOPRINT

IMPRIMÉ EN FRANCE PAR BRODARD ET TAUPIN
Usine de La Flèche (Sarthe).
LIBRAIRIE GÉNÉRALE FRANÇAISE - 6, rue Pierre-Sarrazin - 75006 Paris.
ISBN : 2 - 253 - 06368 - 1 ✦ 30/9670/8